U0045954

GOBOOKS & SITAK GROUP©

戲非戲271

千門之心

千門 五

方白羽——著

高寶書版集團

目錄

第四十五章　示警

齊小山覺得自己就像是被人追獵的狼，雖然早已筋疲力竭，卻還是得拚命奔逃。這一路上他像狐狸一樣設下了七八處迷魂陣，但追蹤他的都是些頂尖獵人，輕易就識破了齊小山的伎倆，逐漸逼近到離他不足半里之處，再這樣下去就無法逃脫了。

快了快了！齊小山不斷在心中鼓勵自己，目的地已遙遙在望，只要堅持到那裡，把口信帶給那個人，就算是死也可以瞑目了。

前方就是那幢三層高的望月樓，齊小山知道，每個月的這天下午，那人都會來望月樓三樓的牡丹閣接見那些苦候多時的委託人，只要能見到他，讓他把那個警訊帶給公子襄，就算被身後這些追蹤者擊殺當場，也死而無憾！

只見望月樓近在眼前，齊小山甚至能看到三樓牡丹閣那洞開的窗戶裡影影綽綽的人影。他暗鬆了口氣：禹神保佑，我總算可以把那個警訊帶到！

突然，望月樓前方十字街口閃出一個懷抱長劍的佝僂人影，像影子一樣貼在牆根。遠遠地，來者周身散發的強烈死亡氣息就給人以無形的壓力。齊小山頓時感覺渾身冰涼，雖然是初次見到此人，齊小山也能立刻猜到，只有殺人無算的影殺堂絕頂「影殺」，才會自然而然散發出這種死神一般的陰冷氣息！那人抱著劍，好整以暇地用戲謔的眼神盯著急奔而來的齊小山，他剛好攔在十字街口，那是通往望月樓的必經之路！

齊小山煞住腳步，心知以自己目前的狀況根本無法再跟人動手，何況對方是出必中的的「影殺」。他急切地環顧四周，企盼能找到其他通往望月樓的道路，但他失敗了，要接近望月樓就必須衝過那個殺手的攔截。不僅如此，跟蹤而來的人離他已不過數十丈，現在連逃命的機會都沒有了。

十字街口的另外兩側也有人慢慢逼近，他們的神態舉止無可掩飾地暴露出他們職業殺手的身分。若不是顧忌這裡是鬧市，恐怕他們早已動手。齊小山發覺自己成了落入陷阱的困獸，而且還是隻受傷的困獸！他不甘心地望著不遠處那扇窗口，距離自己已不足二十丈，可這二十丈卻如不可逾越的天塹！禹神啊！快賜我力量！他在心中焦急地祈禱！

就像是回應了他的祈禱一般，旁邊一扇烏沉沉的大門突然打開，一個形貌猥瑣的老頭被人從門裡扔了出來，另一個地痞模樣的漢子拍拍手上不存在的塵垢，罵道：「媽的，輸光了還要賭，你當咱們『富貴坊』是『濟生堂』啊？」

除了那地痞的咒罵，門內還隱約傳來吆五喝六的嘈雜人聲，顯然是一間半公開的地下賭坊。齊小山想也沒想就拐了進去，那地痞剛伸手要攔，齊小山遞過去的一塊碎銀立刻讓他收了手。

「客官請！」地痞殷勤地向裡面示意，看在銀子的分上，他裝作沒看見齊小山渾身血汙，只在心中尋思：傷得這般重還要來賭，看來又是個賭鬼！

賭坊中萬頭攢動、喧囂非凡，齊小山撿了個賭客聚集的桌子硬擠進去，立刻引來周圍賭客的不滿，不過一看齊小山滿身血汙和懷中的短刀，幾個賭客趕緊把髒話嚥了回去，還不自覺地往兩旁擠了擠，給齊小山留出一個相對寬鬆點的位置。

「發牌！」齊小山把身上所有銀子往桌上一拍，足足有二十餘兩，令這小小賭坊中沒見過世面的賭客們一陣騷動。只有莊家不動聲色，依然手腳俐落地砌牌發牌。這桌是推牌九，片刻間兩張黑黢黢的骨牌就推到齊小山面前，他把牌扣入掌中，眼光卻掃向兩側。只見兩個殺手也已跟了進來，若無其事地混在眾多賭客中盯著自己。齊小山不怕他們突施暗算，他很清楚除非是萬不得已，否則這些殺手不會在人群稠密處動手，他們總是很小心，不想讓人認出來，以免成為六扇門通緝的逃犯。

「殺！」齊小山一聲大吼把所有人都嚇了一跳，只見他「啪」的一聲把骨牌拍在桌上，順手奪過身旁一位賭客手中的茶杯，咕嚕嚕地喝了一大口後又還給他。那賭客驚訝地發現，自己那滿滿一杯茶已經變成了半杯血水。

「我贏了！」齊小山等莊家一開牌，伸手就要去拿桌上的銀子，卻被莊家一把扣住手腕。「慢著！這牌有問題！」莊家盯著齊小山面前那兩張牌，對身旁的助手一擺頭，「亮堂子！」

這是賭場術語，就是亮出所有的牌，以查驗是否被人偷換。助手熟練地掀開所有骨牌，眾人頓時一驚。齊小山的牌明顯是多出來的兩張，仔細檢視甚至能看出那兩張牌的成色與其他牌有所不同。

「老大，逮著個換牌的老千！」莊家興奮地朝賭坊內進一聲高喊。裡屋立刻傳出一個粗豪的嗓音：「照老規矩，左手出千剁左手，右手出千剁右手，雙手出千就兩隻手都剁了！」

那老大的話音未落，幾個賭坊的打手立刻圍了過來，其中有兩個還掏出專門剁人手腳的斧頭把玩著。眾賭客趕緊往兩邊閃開，把齊小山一人留在賭桌旁。

「小子，出千也想點高招啊，居然用換牌這等拙劣的伎倆，」一個把玩著斧頭的大漢用貓捉老鼠的眼神打量著齊小山，「別怪哥哥我心狠，出千最少要剁一隻手，這是天底下所有賭坊的鐵規，咱不能壞了規矩不是？」

說著他伸手來抓齊小山，不想齊小山突然掀翻了賭桌，一把推開他就往門外跑去。周圍那些打手已經小心提防了，可還是讓齊小山一口氣衝出人叢跑到門外，一路撞倒了七八個賭客。眾人吶喊著追了出去，場面一時混亂不堪。跟蹤齊小山的那兩個殺手猶豫了一下，最終還是沒在這人多的地方貿然動手。

齊小山衝出賭坊後立刻向望月樓拔足飛奔，十幾個賭坊打手嚎叫著追在他身後，立刻吸引了街頭行人的目光。

前方堵在通往望月樓十字街口的那個殺手立刻手扶劍柄準備出手。很顯然，只要齊小山敢衝向望月樓，他就會毫不猶豫地出手，哪怕在鬧市殺人也在所不惜。誰知齊小山跑到離他數丈遠處突然拐向左邊那條街口，但那條街口也有人守候，於是齊小山又彎向左邊，不過後面那條路也有追蹤者迎上來，他只得再往左邊拐。片刻功夫齊小山已在十字街口跑了一大圈，卻依然沒辦法逃脫包圍，他就像落入陷阱的狼一樣，在十字街口不停來回奔跑。

十幾個賭坊打手追在齊小山身後跟著跑了兩圈，有幾個聰明的便改變策略，繞到他前面去堵截，卻被齊小山拚命揮舞的短刀逼開。不過這也拖延了齊小山奔逃的腳步，後面追擊的斧頭匕首終於招呼到齊小山後背，鮮血噴湧而出，齊小山卻不管不顧，依然拚盡全力在十字街口來回奔跑。

「媽的，這小子該不是被嚇傻了吧？」追擊的打手們陸續停了下來，奇怪地望著依然在來回奔跑的齊小山。只見他從東折向南，再由南折向北，由北折向西，最後又由西折向東，來來回回沿著固定的路線在十字街口拚命奔跑，鮮血因激烈的奔跑不斷從他身上的傷口噴薄而出，留下一路斑駁醒目的血痕。

打手們不再阻攔追擊，光看他流出的那一路鮮血，任誰都知道他堅持不了多久了。眾人抱著胳膊好奇地看著齊小山，尋思這小子要到什麼時候才能不像落入陷阱的野獸那般徒勞地來回瞎跑。

力量隨著鮮血飛逝，齊小山感覺雙腳就像踏在棉花上一樣虛浮，神智也漸漸模糊。他最後看了一眼遠處望月樓三樓牡丹閣的那扇窗戶，隱約可見有人在窗口張望。齊小山不禁在心中大叫：你可一定要把這警訊帶給公子襄啊！公子，你可一定要讀懂這警訊啊！

不知跑了多少圈，齊小山終於無力地摔倒在地，幾個賭坊的打手緩緩圍上去查看，一個打手小心翼翼地探了探齊小山的鼻息，立刻一臉驚訝地縮回手：「死了！」

話音剛落，就見一個面色陰沉的傢伙擠入人叢，眾人只覺眼前有道寒光閃過，齊小山的脖子上立刻出現一道小小的刀口，剛好破開頸項的大血管。但意外的是，刀口卻幾乎沒有鮮血噴出，想來鮮血早已流盡。眾人抬頭想要尋找出劍之人，然而那人轉瞬間已走出老遠，自始至終沒一個人看清他的模樣，只看到他那微微佝僂瘦削的背影，像一隻在秋風中躑躅獨行的老狗。

「死了！」又一個賭坊的打手不甘心地摸摸齊小山的脈搏，同樣嚇得一縮手，「這下麻煩了，官府非找咱們麻煩不可。」

「有啥麻煩？不過是個外鄉人，弄去埋了就是，只要沒人報官，官府才懶得管這等閒事呢。」一個打手不以為然地撇撇嘴。

就在富貴坊的打手們商量該如何處理齊小山屍體的時候，望月樓三樓的牡丹閣內，一個面色木訥的老者正遙遙望著十字街頭，隨意地問了句：「下面是怎麼回事？」

一直在牡丹閣親自伺候的望月樓熊掌櫃趕緊吩咐一個夥計下去打聽，眼前這老者是望月樓最尊貴的客人，他隨便一句話熊掌櫃都恨不得當成聖旨來執行。

不一會兒，下去打探的夥計氣喘吁吁地跑回來，垂手笑著對老者彙報道：「是個在富貴坊出千的外鄉人，居然敢用換牌這等拙劣的伎倆，被人逮了個正著。成老大本想剁他一隻手就算了，誰知道他像是嚇傻了般，竟在那十字街口沒命地來回奔跑，弄得身上傷口迸裂，血流而盡死了，成老大已讓人把他弄去葬了。」

「唉，真是丟人！」老者小聲嘟囔了一句，最後看了眼那個不知名的老千在十字街口留下的殷紅刺目的血跡。從這窗口看去，那血跡四四方方，像個大大的殷紅「口」字，正好在十字街口的中央，遠遠望去頗有些怵目驚心。老者遺憾地搖搖頭，在心中暗自嘆息，一旁的熊掌櫃陪笑道：「還從來沒見過這麼笨的傢伙，居然連逃命都不會，只在那街口像蠢驢一樣來回跑圈，最後失血過多而亡，其實他應該算是笨死的。」

「客人來了沒有？」老者無暇理會這等閒事，收回目光緩緩坐回主位。熊掌櫃趕緊陪笑道：「客人們已經等候多時，就等您老吩咐。」

「讓他們遞上來吧，今日已有些晚了。」

熊掌櫃趕緊退了下去，匆匆來到二樓一個隱密的房間，親自引著一個客人來到三樓的牡丹閣。那客人在熊掌櫃示意下，一言不發把一個信封擱到老者面前的書案上，然後拱拱手退了下去。

等他離開沒多久，又一個客人被熊掌櫃領進牡丹閣，來人也像先前那人一樣，一言不發地留下一個鼓鼓囊囊的信封就走。不一會兒功夫，老者就接待了四五個客人，都是默默地留下個口袋或信封就走。看看再沒客人了，老者才把那些信封和口袋用一個大袋子收好，準備要離開，不想熊掌櫃不好意思地搓著手陪笑道：「還有一位客人，不過她的敬獻有點特別，我不敢自作主張，還要您老拿主意才是。」

「特別？」老者有點意外，但更多的是懷疑，「讓她來吧，我倒想看看，還有什麼東西可以稱得上『特別』？」

熊掌櫃這次沒有親自去帶人，而是朝樓下拍了拍手。不一會兒，一個素白的身影出現在樓梯口，在熊掌櫃示意下緩步來到牡丹閣內，朝老者盈盈拜倒。

雖然早已過了為女色心跳加速的年紀，老者還是眼前一亮，不由自主地深吸了口氣。跪在面前的是一個只可能出現在夢中的女子，看模樣雖僅有十七八歲年紀，卻給人一種豔麗的感覺。尤其那身素白的孝服，直讓人懷疑是狐精豔鬼，或者落難的女仙。

「小女尹孤芳，拜見公子襄特使。」她是第一個對老者開口說話的客人。

「妳知道我家公子？」老者沒有怪她壞了規矩，反而饒有興致地問道。

那女子抬起頭來，沒有直接回答老者的問題，而是輕輕念起那首江湖廣為流傳的詩句：

「千門有公子，奇巧玲瓏心；翻手為雲靄，覆手定乾坤；閒來倚碧黛，起而令千軍；嘯傲風雲上，縱橫天地間。」

「妳既知我家公子，就該知道他的規矩。」

「我知道，」那女子直視老者的眼睛，「我有比錢財更寶貴的東西！」

不知從何時起，公子襄喜歡上了登山。別人登山是為享受沿途絢麗的風光和克服艱難險阻的樂趣，公子襄卻只沉溺於登頂後一小天下的心曠神怡。在黃昏時分登上屋後那座無名小山，欣賞西天豔麗的紅霞漸漸轉變成朦朧模糊的墨霧，成了公子襄每日的習慣。俯瞰山腳下那些玩偶般的房舍，螻蟻般的人潮，讓人不由覺得天地之恢宏，人之渺小。遙望山腳小鎮裡那些忙忙碌碌的百姓，公子襄不禁為之感到悲哀，人的一生難道就只為三餐一睡而忙碌？最後又在忙碌中走向墳墓？

晚霞最後一絲餘輝完全隱去後，公子襄才翻過身來，以手枕頭，仰躺在山頂。浩瀚無垠的夜空中，月色蒼茫，繁星似錦。公子襄心情出奇地寧靜，唯有遙望深邃不可測度的天幕，他的心中才有這種赤子般的寧靜，思緒也才不染任何塵埃。

遠處傳來「吧嗒吧嗒」的腳步聲，彷彿某種四腳動物在山林中奔馳，公子襄慢慢坐直身子，轉頭望向聲音來源，淡淡問道：「阿布，是你嗎？」

月色朦朧的山道上，漸漸現出一匹碩大無朋的獒犬身影，烏黑的皮毛上盡是凌亂斑駁的舊疤痕，一道一道令人怵目驚心，不過這反而讓牠看起來更顯威猛。見到主人，牠不像別的狗那樣圍著主人搖尾乞憐或撒歡嬉戲，而是高傲地昂著頭，在一丈外靜靜站定，用微微泛光的眼眸默默與公子襄對視。那神態讓公子襄覺得有些像自己，自傲、孤獨、不屑與他人為伍，甚至連牠那身怵目驚心的傷疤也有幾分像自己，大概當初收留這條奄奄一息的惡狗，就是意識到牠與自己有幾分相似吧？公子襄這樣想道。

「是筱伯回來了？」公子襄懶懶地問。阿布不可能回答主人的問題，只是吝嗇地搖了一下尾巴，那神態彷彿對主人搖搖尾巴都是一種難得的慷慨。公子襄見狀笑了起來，「阿布，你就不能多一點表示嗎？好歹我每天讓你吃好喝好，可沒虧待過你。」說著公子襄站起來，遙望山腰喃喃道，「咱們回去吧，希望筱伯這次能給我帶回點值得期待的東西。」

半山腰上有一幢樸素而精緻的小竹樓，外觀就如公子襄的衣著一般，簡約而不失溫雅，於平凡中隱隱顯露一股大家氣象。公子襄回到竹樓後，立刻躺到竹製的逍遙椅上，似乎多站一會兒都是受罪。竹樓中，那個風塵僕僕的老者早已等在那裡。

「公子，這次我給你帶回了些好東西，請過目。」面容慈祥的筱伯說著把褡褳中的信封一件件拿出來擺在桌上，然後一一打開，從中抽出一疊疊銀票，看那些銀票的花紋式樣，都是全國最大的通寶錢莊五百兩以上的大額銀票，一張就夠尋常人家幾年的開銷，公子襄卻連眼簾都沒有多眨一下，甚至沒有正眼看那些銀票一眼，只是意態蕭索地揉著自己的太陽穴。筱伯對公子襄的反應早已習以為常，也不在意，又從褡褳中拿出一個樣式古樸的盒子笑道：「金陵有家大戶這次倒是下了功夫，除了銀子，還弄來了失落多年的九龍杯，公子要不要看看？」

公子襄接過盒子，盒內是一只小巧的金爵，筱伯立刻在爵中倒滿清水，只見金爵內壁鏤空，刻有九條栩栩如生的小金龍，隨著清水蕩漾，小金龍便如活過來一般在杯中游動，公子襄見狀啞然一笑：「不過是件奇巧玩意兒罷了，也沒什麼稀奇。」

筱伯見公子襄沒看在眼裡，忙把那些信封中的帖子一一拿出來遞給他，見他信手翻看，臉上漸漸顯出不耐的神色，筱伯便笑笑說道：「還有一樣東西，不過老僕卻沒法拿出來。」

公子襄眉梢一挑：「是什麼？」

筱伯臉上的神情有點古怪，猶猶豫豫地道：「是……是一位姑娘的處子之身。」

公子襄怔了一下，突然失笑道：「筱伯你糊塗了嗎？」

筱伯忙道：「我也是這麼說的，可那位姑娘不知得了誰的指點，打聽到老僕的行蹤，苦苦哀求老僕多時，老僕拗不過她，也是一時心軟，只好勉強答應把她的帖子給公子帶來。她還有一副肖像畫也託老僕帶給公子過目。怕公子怪罪，老僕不敢拿出來，公子若無意，老僕這就回絕了她。」

公子襄沒有回答，只靜靜地靠在椅背上閉目養神。筱伯以為他已睡著，不由小聲嘀咕了一句：「老奴還是回絕了她吧。唉，可惜一個孤苦伶仃的弱女子，遭逢如此大難，還帶著個年僅六歲的弟弟，以後的日子可怎麼過。」

「筱伯你又在嘀咕啥？天下可憐人無數，咱們幫得過來嗎？」公子襄閉著眼嘆了口氣，最後還是睜開眼道，「把她的帖子拿來我看看吧。」

筱伯臉上閃過一絲喜色，忙從懷中取出一封信和一個小卷軸遞了過去，小聲解釋道：「這是她自畫的一幅肖像和她的帖子，公子請過目。」

公子襄接過信封和卷軸，看也不看便把那幅卷軸湊到燭火上。望著卷軸無聲地在公子襄手中燃盡，筱伯心中十分奇怪，問道：「公子既然對她有興趣，何不先看看她的模樣？若是沒興趣，又何必要看她的帖子？」

公子襄眼中閃過一絲隱痛，默然半晌方喃喃道：「你以為我今生還會看上別的女人嗎？」

筱伯悄悄嘆了口氣，黯然搖搖頭：「公子還是忘不掉舒姑娘？可惜老奴派出無數眼線和風媒，卻始終沒能打探到舒姑娘的消息，老奴無能！」

公子襄苦澀一笑，跟著一甩頭，一掃滿面頹唐，朗聲道：「這女子既然敢畫像自薦，想來對自己的容貌有十分的自信，不看也罷。只要她的事有足夠的挑戰性，我倒也不妨幫她一回。」

筱伯疑惑地撓撓頭，問道：「以前也有人以美色獻公子，公子從未放在眼裡，這女子模樣公子還未見過，何以便接下她的帖子呢？」

「這不同，」公子襄淺淺一笑，「以前那些俗客都是用別人的女兒獻我，如今這女子是獻上自身，顯然她更需要幫助，比之那些以美色賄賂我的傢伙完全不同。」

說著公子襄已撕開手中信封，展信看了起來，他那白皙溫雅的臉龐漸漸布上一層嚴霜，連連冷笑道：「有趣有趣，想不到這事還如此有趣。」

他最後看了看落款，輕輕念道，「尹孤芳，這名字有性格，我喜歡。」說著雲襄抬起頭來，對筱伯點點頭，「告訴她，這帖子我接了！」

「好的！」筱伯高興地搓搓手，跟著又笑道，「說到有趣，我這次還真碰上了件有趣的事。」

見公子襄好奇地盯著自己，筱伯接著道：「我在望月樓見那些委託人時，一個在賭場出千的笨蛋讓人攆得在十字街口來回亂跑，大概是給嚇傻了，居然不知道往遠處逃，生生累死在十字街口。」

公子襄眼裡露出探詢的神情，筱伯又把看到的情形仔細講述了一遍，最後搖頭嘆道：「真是有些奇怪，那傢伙在十字街頭來回奔跑不說，還沿著固定的路線繞圈，一路上灑下的血多得嚇人，就像一個大大的『口』字。」

「口？」公子襄皺起眉頭，筱伯解釋道：「是啊，還正好在十字街口中央，不偏不倚。」

公子襄神情漸漸凝重起來，默然片刻後突然輕嘆：「筱伯，你一定要查查這個人的來歷，咱們差點錯過了別人用性命帶來的警訊。」

「警訊？」筱伯一臉疑惑。公子襄點點頭，在茶杯中沾了一點茶水，在桌上畫著說道：「你說他一路灑下的血跡像個大大的『口』字，還剛好在十字長街中央，是這樣嗎？」

「沒錯！」筱伯望著公子襄用茶水寫下的那個「口」字，依然一臉疑惑。

公子襄沾著茶水把「口」字的四條邊一一延長，「口」字就變成了一個「井」字，他點著那個字嘆道：「十字街頭中央的『口』不就是個『井』？而他又像困獸般在這『井』中來回奔跑，你說他是要告訴我們什麼？」

合罷了。」

「陷阱？他是說自己落入了陷阱？」筱伯恍然大悟，接著又連連搖頭，「不對不對，你怎麼肯定他是要向咱們傳遞訊息，而不是向旁人？這一切也許根本就沒有意義，只不過是巧合罷了。」

「我能活到現在，就是從來不相信什麼巧合。」公子襄正色道，見筱伯露出深以為然的表情，他才接著解釋，「首先，只有你定期要到望月樓三樓的牡丹閣見委託人，這在江湖上已不是祕密，他留下的血跡也只有從上方俯瞰才能讓人聯想到『口』字；其次，他是先在賭坊中故意用低劣手段出千，讓人揭穿遭到追砍，把事情鬧大以吸引你的注意，同時也表明他自己的身分；最後，也是最重要的一點，他不是說自己是落入陷阱的困獸，而是警告咱們小心陷阱，不然無法解釋他為何會失血過多，死在當場。他一定是被人所阻，無法把警訊親自帶給你，他是用自己的性命來向咱們示警啊！」

說著公子襄抹去桌上那個「井」字四條凸出的邊：「你看，這個鮮血寫成的『口』字，若不把它當成一個字來看，像不像一口井？」

「沒錯！」筱伯恍然大悟，「難怪他的舉動如此古怪。可惜，他沒有告訴咱們是誰在設陷阱，又在哪裡設了陷阱！」

公子襄拿起桌上那幾張帖子若有所思地自語，「那陷阱一定就在這些帖子裡。」說著他把每張帖子都細細看了一遍，然後把帖子遞給筱伯，「我想，這個陷阱一點也不難猜。」

筱伯接過帖子細細看了一遍，恍然大悟：「沒錯，幾乎所有的帖子都指向同一個地點——金陵！」

九月的金陵城依舊像個巨大的蒸籠，潮溼悶熱得令人意亂心煩，四下裡除了喧囂單調的蟬鳴，幾乎聽不到別的聲音。時值烈日當空的正午，除了蟬蟲，所有活物都自然而然地躲到樹蔭下避暑，這樣的天氣本不是請客的好時機，但沈北雄卻偏偏在這個時候請客。

沈北雄喜歡請客，尤其是請那些即將成為自己口中食的獵物。在他眼裡，宴席也是殺戮場，杯來盞往的酒桌也是江湖，甚至比刀光劍影的江湖更讓人迷戀，更讓人動心，更讓人心甘情願為之付出一生。

「主上，客人們都到齊了，候在門外呢，是不是請他們入席？」

聽到外面隨從的稟報，沈北雄凝定幽寒的眼眸終於閃現一絲笑意。這完全在他意料之中，想想三個月前，自己初來乍到，作為外鄉人，即便腰纏萬金，在奢華自大慣了的金陵商賈眼中也沒人真正看得起自己，不過三個月後的今天，就算天上落著刀子、地上燃著烈火，接到自己請帖的商賈也必定會來，他們不敢不來！

「不忙，讓他們等會兒。」沈北雄淡淡吩咐道。待隨從悄悄退下後，他才從冰盤環繞的太師椅上起身，好整以暇地來到窗邊，透過竹編窗簾的縫隙瞧瞧外面。從這座金陵最富麗堂皇的天外天酒樓的三樓窗口望出去，剛好可以看到酒樓的大門。門外不知什麼時候已聚集了數十個衣著華麗的商賈，眾人全然不顧天氣炎熱，正在交頭接耳小聲議論著什麼，遠遠可見眾人臉上都隱隱帶著一層憂色。沈北雄見狀微微一笑，一伸手，立刻有丫鬟遞過一杯冰鎮酸梅湯，他接過來一邊細細品嘗，一邊面帶微笑欣賞著樓下這一幕。誠心請客卻不讓客人進門，沈北雄大概算是第一人了。

直到一杯酸梅湯飲完後，他才對門外淡淡吩咐道：「讓他們進來吧。」

酒店的大門終於打開，眾人不及客氣就連忙衝進稍微涼爽點的酒樓。估摸著眾人俱在二樓落坐後，沈北雄才施施然從三樓下去，一進二樓的酒宴大廳，他便面帶微笑地團團一拱手：「讓諸位老闆久等，北雄甚感慚愧。」

眾人紛紛站起來還禮，同時細細打量來人，雖然「沈北雄」三個字在金陵如今已是炙手可熱，可大家還是第一次認真打量這位短短三個月就征服金陵商界的傳奇人物。只見他面色紫黑，五官輪廓異常突出清晰，頷下短髯稀疏，年過四旬，卻有一雙比年輕人還清亮幽寒的眼眸。那高大健碩的身材，迥異於尋常商賈的富態和臃腫，完全不像從商之人。眾人正打量間，卻見沈北雄皺起眉頭，突然回頭喝斥隨從：「如此炎熱的天氣，宴席間豈能沒有冰盤？快著人送上來！」

隨從立刻諾諾而去，不多時，便有身披輕紗的少女魚貫而入，人人手捧冰盤圍著大廳擺了一大圈。眾人方才還在門外受烈日烘烤，而今為冰盤環繞，頓感涼爽異常，同時心中又是一陣驚異。大富大貴之家窖藏冰塊不稀奇，然沈北雄不過是來金陵僅三個月的外來客，卻一下子拿出這麼多冰塊，在這等小事情上都不馬虎，顯然是有備而來。

「諸位老闆，天氣炎熱，本不該在這等時候要大家前來赴宴，不過幸好在下還有冰鎮的吐番葡萄美酒和幾味清淡小菜待客，倒也可聊以賠罪。」沈北雄說著拍拍手，立刻有衣著清涼的美貌侍女捧著酒菜魚貫而入，悄無聲息地在桌上鋪陳開來。見到那些酒菜眾人又是一陣驚嘆，這些見慣大場面的巨商富賈，只需聞聞酒味就知道是窖藏了六十年以上的吐番葡萄酒，這樣的酒有個一小罈已是稀奇，對方卻一下子拿出兩大桶，看那木桶約莫半人多高、合抱粗細，這一桶酒應該有百十斤上下。再看那幾味小菜，都是些叫不上名字的花花草草，或拌或炒或作湯羹，全都鮮嫩異常，像剛摘下來的一般。有人忍不住悄聲詢問身後侍立的婢女，才知道那是用天山雪蓮、長白蕨菜、大理優曇花、遼西茴茴草等做成的清淡小菜。眾人這下更加驚訝，這些東西單獨一樣倒也不稀奇，但放在一起做成宴席就很罕見了。尤其大理優曇花、天山雪蓮之類，花期既短又極難保鮮，離開故土則無法存活，所以即便見過大世面的這些金陵商賈，也從未見過它們鮮採的模樣。有人心存疑惑，便虛心請教主人：「沈老闆，不知這些花草是如何保鮮的？」

沈北雄笑著攤開手，「我也不知，這等小事我從來都是交給下人去做，我只需告訴他們我的要求，他們自然會去達成。」說著他轉向身後的婢女，「去把白總管叫來，讓他給大家介紹一下這些花草如何保鮮，好讓諸位老闆依法炮製，隨時可以享用這些清淡野味。」

不多時，白總管來到廳中，卻是一個精瘦幹練的老者。他先給沈北雄見禮後才向眾人解釋道：「天山雪蓮是採即將開放的花蕾，連根挖出植於特製的冰車之中，一路快馬加鞭，趕在冰車中的寒冰完全融化前火速送到目的地，藏於冰窖之內，要用時再以陽光照射，待花蕾綻放後便可採用。其他幾種花草也大抵是用這等辦法。」

眾人嘖嘖稱奇，這辦法說來簡單，但耗費的人力物力財力巨大，恐怕只有皇家才不會手軟。眾人對於沈北雄有皇室背景的傳言又信了幾分，心中的憂慮也就更重了幾分。沈北雄見眾人面色怔忡，不禁微微一笑，很為自己舉重若輕地震懾對手的手段得意。他特意選在炎熱的正午宴請這些素不相識的商賈，就是要試試自己在他們心目中的地位。如今沈北雄已清楚自己在眾人心中的分量，下面的事情就容易多了。談笑間他若無其事地舉杯招呼眾人享用酒菜。眾人心中有事，對著滿桌難得一見的佳餚也是食不知味，酒過三巡後，沈北雄開口問大家：「諸位老闆，今日冒昧請諸位前來，就是想聽聽大家對在下三個月前的提議有何答覆？」

大廳中立時變得鴉雀無聲，即便有冰盤環繞，眾人依然汗如雨下。三個月前，眾人也接過一份請帖，地點也是在這天外天酒樓。不過當時大家從未聽過沈北雄這個北佬，自然就不怎麼放在心上，禮貌性出席宴會者不到今日的三分之一，而且還是看在天外天酒樓的幕後老闆、金陵知府田得應的面子上。不想那晚赴宴者俱被宴席的奢華、主人出手的豪闊征服，更為他吞天食地的氣概震懾，對他在席間提出的狂妄要求，出席者竟只有兩人當面拒絕，剩下的都推說要回去好好考慮。沈北雄當時也不要眾人急著表態，只說三個月後再宴請大家，聽大家的答覆，於是才有了今日這宴席。

「諸位都是金陵商界的頭面人物，」寂靜中，只聽沈北雄淡淡道，「沈某這次南下，正是想進軍江南商界，想在這富甲天下的金陵城打出一片天地。要在金陵站穩腳跟，當然首先就要置業，總得先買下幾家鋪子作為根基。我查看了整個金陵的商號後，發覺自己中意的鋪子大多在諸位手中，因此想請諸位賣個面子給在下，希望大家不會讓沈某失望才是。至於價錢方面，當然不會讓各位吃虧。」

三個月前，出席沈北雄酒宴的幾個富商聽到這要求的當下都感到有些好笑，但同時又為主人的實力震懾。要知道，沈北雄想買的可不是「幾間鋪子」，而是數十間大商鋪，還全都在金陵城人潮最旺的繁華街口，有些還是生意興隆的百年老店。這些商號的老闆大多是金陵商界的頭面人物，個個財力雄厚，不說大家都不缺錢，就是缺錢，憑著自家店鋪的名號，也能在任何錢莊籌到銀子周轉。所以大家看在知府田大人的面子上沒有當場拒絕，只搪塞說要回去考慮考慮。除了榮寶齋的張老闆和金玉典當行的陳老闆，兩人表示絕不會出賣祖產，結果，就在這三個月內，兩間殷實的大商號垮了，張老闆上吊自殺，陳老闆則成了瘋子，他們的兒女也賣身為奴來抵債。至此大家才意識到，沈北雄不是在開玩笑，他不僅有那個實力，更有那個手段！江湖上甚至傳言，沈北雄已悄悄吞下「百業堂」十多家賭坊，他這條過江龍，居然壓倒了江南第一大幫會「百業堂」這條地頭蛇。

金陵為江南最繁華的城市，也是整個江南的商業中心。而全天下又以江南最為富庶繁華，不論古玩珠寶或是棉麻綢緞等貨物的買賣量俱是天下第一。因此對商人來說，得金陵者得江南，得江南者得天下。

也正因為如此，幾乎每個金陵商賈都家道殷實，稱得上富得流油。一家老字號的珠寶行和典當行要在短時間內垮掉，除非是遇到天災、戰亂或劫匪，可那樣定會鬧得滿城風雨，榮寶齋和金玉典當行卻偏偏不聲不響就垮了，連子女都遭殃。此事雖沒聽說與沈北雄有什麼關係，不過整個金陵商界都猜測是他幹的，只是不知他使了什麼手段，這種霧裡看花的感覺更讓大家心中生出懍懍懼意。看樣子，沈北雄胃口之大，財力之雄，手段之狠，已不是常人能測度的了。所以三個月後的今天，一接到沈北雄的請帖，眾人皆不顧酷暑立刻趕了過來，無一例外。

窗外的蟬蟲一如既往地喧囂，廳內卻寂靜異常，眾人都三緘其口，一方面是沒人想賣掉自己的祖產，另一方面又不想去做那出頭的傻鳥，當面拒絕不知什麼來頭的沈北雄。

「你們的鋪子我已找人估了價，不妨看看，若覺得還公道的話，在這契約上按個手印就成交了，你們店裡的貨底我也可以全部吃下。」沈北雄話音剛落，那個精瘦幹練的白總管便把一張張的契約遞到眾人手中。眾人看看契約上的估價，也還算合乎行情。看來沈北雄是下了一番功夫，今日正式向大夥兒攤牌了。

有人輕輕咳嗽了一聲，小聲問：「買下咱們這幾十家鋪子，再加上所有的貨底，那該要多少銀子啊？」

沈北雄轉望發問者，呵呵笑道：「你是懷疑我的實力？」說著他拍了拍手，立刻有數十個壯漢抬著一個個紅木箱從樓上下來，有條不紊地把箱子整齊擺在廳中，打開。大廳內立時為黃澄澄的光芒籠罩，刺得人睜不開眼。廳中之人俱是巨商富賈，什麼場面沒見過，卻也很少有人見過如此多的黃金，眾人一時目瞪口呆。

沈北雄見狀淡淡一笑：「這裡的黃金約值近一百萬兩銀子，大概也夠買下你們的鋪子和貨底了。若還不夠，我就以這個暫抵。」他接著摘下左手無名指上一枚玉扳指，隨意地放到桌邊。一位鬚髮皆白的老珠寶商遠遠一見那枚玉扳指，渾濁的眼睛立時放出異樣的光芒，指著那玉扳指澀聲問：「老朽……能看看嗎？」

沈北雄做了個「請便」的手勢，老者立刻來到沈北雄桌前，小心翼翼地捧起那枚翠綠如新柳的玉扳指，然後他的手和頷下三尺白鬚同時顫動起來，不禁抖著嗓子喃喃道：「是龍紋玉，獨一無二的龍紋玉，這……這可是無價之寶啊！」

他這話引得眾人又是一陣騷動，即便是見過大世面的金陵富商，也只聽過傳說中的「龍紋玉」，很少有人親眼得見，如今沈北雄隨隨便便就拿出一枚，眾人不禁圍上來一開眼界。只見翠綠幽寒如萬古深潭的玉扳指中，天然生成一條爪、角、口、眼俱全的瑩白小龍，栩栩如生，就連一枚枚鱗片都清晰可辨，直讓人疑為上古精靈被封於這翠玉之中。

龍紋玉扳指在眾人手中傳遞了一圈，最後又回到沈北雄手中。眾人重新落坐後，就聽方才認出龍紋玉的老者清清嗓子道：「我們不敢懷疑沈老闆的實力，沈老闆給的價錢也很公道。不過老朽的溫玉閣是祖上的基業，不打算變賣，所以你有再多錢也跟老朽無干。老朽只想知道，咱們若不答應你的要求，沈老闆會怎樣對付我們？」

沈北雄呵呵一笑，淡淡道，「對沈某來說，商場上只有兩種人，一種是合作夥伴，一種是對手。咱們若不能成為夥伴，就只能做對手。對於對手，沈某向來是斬盡殺絕，不留後路。」說到這裡，沈北雄悠然一笑，「相信總有人願意與我合作，把鋪子商號都賣給沈某，屆時咱們就各憑實力，一較高低。」

顯然他是要憑藉雄厚的實力打擊膽敢不買帳的人，欲以非常手段擠垮對手。眾人不由面面相覷，這根本不是一個利字當頭的商人應該採取的手段，沈北雄也實在不像正經商人，這樣的人對老老實實做生意的商人來說最為可怕。眾人心知若聯合起來，實力未必不如沈北雄，但要幾十個自私自利的商人聯手恐怕比登天還難，遲早會被沈北雄各個擊破。商人最是重利，對損及利益的事難免會猶豫，其中有幾人便存了屈服的心思，畢竟沈北雄給的價錢也算公道。只是不知旁人的打算，也就不好先開口。還有人心存僥倖地想道：這北佬顯然不是正經生意人，以為錢多就可以為所欲為，若能把鋪子高價賣給他，沒準他將來怎麼虧死的都不知道呢。

眾人各自打著小算盤，一時間靜默不語。就在這時，一人色厲內荏地質問道：「金陵乃江南重鎮，關係著整個江浙一帶的安寧，田大人豈能容你擾亂金陵商界？」

沈北雄沒有看那個膽敢質問他的商賈，而是緩步踱到窗邊，指著對面一幢高樓淡淡對白總管吩咐道：「那樓擋了我的視線，給我拆了。」

白總管答應著奔下樓去，不一會兒，只見四面八方湧出無數工匠，飛速把那幢兩層高的樓臺包圍起來，也不顧天氣炎熱，立刻動手拆房。一時間號子喧天，那幢富麗堂皇的兩層高樓轉瞬便矮了下去，相信不到天黑就會變成一片斷垣殘壁。

酒樓中眾商賈驚得目瞪口呆，不僅僅是為沈北雄巨大的人力物力財力，更是因他那深不可測的背景。眾人都知道對面那幢金陵有名的青樓和腳下這幢酒樓一樣，都是金陵知府田大人私底下引以為傲的祕密產業，可沈北雄說拆就拆，即使是他事前出高價從田大人手中購得，也顯示沈北雄全然不顧忌田大人面子的自信，以及損失上萬兩銀子也在所不惜的魄力。

「天色不早了，」就在眾人怔忡之際，沈北雄冷冷道，「願意轉讓鋪子的老闆請留下來與白總管商談轉讓細節，不願賣的人請自便，恕沈某不送。」

眾人面面相覷，是走是留一時竟難以決斷。就在這時，只見白總管手捧一封拜帖快步上樓，來到沈北雄身旁小聲道：「主上，金陵蘇慕賢求見。」

沈北雄皺起眉頭，滿臉不悅：「我不是說過除了我請的客人，誰也不見嗎？」

白總管俯下身來，在他耳邊低聲道：「是金陵蘇家的蘇老爺子。」

沈北雄臉上第一次露出點異樣的神色，來人竟是金陵蘇家大名鼎鼎的蘇老爺子。金陵蘇家無論財力物力還是武林地位，在江南都無人能及，而蘇老爺子則是蘇家聲名赫赫的前一任宗主，如今雖已不料理族中事務，可沈北雄再自負也還不敢稍有輕慢，忙點頭示意道：「快請！」

白總管立刻朝樓下高喊：「請蘇老爺子！」

話音剛落，就見一個神態飄逸的白衣老者大步上樓而來，眾商賈忙搶著招呼見禮。白衣老者微微點頭答應，眼光卻落在沈北雄身上。不等白總管介紹，沈北雄已遙遙抱拳笑問道：「是什麼風把金陵蘇家蘇老爺子給吹來了，沈某初到貴地，自忖不過是一小小商賈，沒資格拜見蘇老爺子，所以不敢冒昧打攪，卻沒想到蘇老爺子竟會親移玉趾來見在下，令沈某惶恐萬分啊！」

「沈老闆不用客氣，」白衣老者輕捋柳鬚淡淡道，「老夫早已不理俗務，今日冒昧前來不過是受人之託，給沈老闆送上一紙請柬罷了。」

沈北雄滿臉詫異：「是什麼人居然能勞動蘇老爺子，僅僅是送一封請柬？」

白衣老者呵呵一笑：「若不是老夫，旁人要見你恐怕也不容易。請柬就在這裡，你一看便知。」

老者從懷中掏出一個信封，不等白總管上來接便一抖手向沈北雄平平射去。信封晃晃悠悠地飛過數丈距離，直到離沈北雄前胸不及一尺處他才伸兩指拈住。白衣老者見狀不由微微頷首讚許：「好身手！」

沈北雄淡淡一笑，抬手示意：「蘇老爺子請上座，容在下給您老敬酒賠罪。」

「不敢打攪，請柬既已送到，老朽這就告辭！」白衣老者一拱手轉身便走。直到他去得遠了，沈北雄才緩緩拆開信封，展開裡面請柬，只見上面僅寥寥數行字：金陵城郊，望江亭內，已備下清茶一壺，雅曲一首，恭候沈老闆登亭觀雲霞滿江，長河落日。

最後落款是珠圓玉潤的兩個字——雲襄。

看到最後那兩個字時，沈北雄拿帖子的手不禁一顫，卻沒有說話。身旁的白總管見他面色有異，忙低聲問道：「主上，是何人的請柬？」

沈北雄神情複雜地把請柬遞給白總管，木然望著窗外已經拆得差不多的那幢殘樓，喃喃道：「你自己看吧。」

白總管接過請柬，只看了一眼便失聲輕呼：「是公子襄！千門公子襄！」

「備馬！咱們立刻趕往城郊望江亭！」沈北雄說著看看天色，片刻間他的面色已恢復冷定自如。白總管掃了周圍那些不明所以的商賈一眼，低聲問：「他們怎麼辦？」

沈北雄擺擺手：「今日這買賣暫且擱下，讓他們先回去候著。」

眾商賈糊裡糊塗被白總管送出天外天酒樓，歸途上不禁議論紛紛，不知這位公子襄究竟是何等人物，居然能讓沈北雄如此失態？大多數人都一臉茫然，顯然從未聽說過這個名字，只有溫玉閣的祁老闆神情複雜地喃喃道：「老朽聽說過公子襄，不過卻不知道他是凡人還是神仙，是聖人還是魔鬼？」

第四十六章 宣戰

城郊望江亭，如孤鷹般聳立在江岸懸崖峭壁之上，直面浩淼東去的江水，是歷代文人墨客喜好的風雅去處。沈北雄率領十多個隨從趕到亭外，只見西邊江面上，血紅夕陽將落未落，映照得江面殷紅一片，也映照得亭內霞光漫漫。就在這滿亭霞光中，一白衣公子負手臨江孑然而立，孤傲而單薄的背影，在漫天晚霞襯托下，說不出的冷寂蕭索。涼亭一旁的石几上，尚有一瞽目老者獨自盤膝撫琴，徐緩幽咽的琴聲，隱然與江水的波濤遙相應和，讓人分不清何為琴音，何為水意。

沈北雄在亭外示意隨從們四下戒備後，才遙遙朝白衣公子的背影抱拳高聲道：「沈北雄應邀前來，希望沒誤了公子觀日之約。」

白衣公子緩緩回過身來，沈北雄不禁驚詫於他的年輕，只見他不過二十七八年紀，身材相貌並不特別出眾，卻有一種與生俱來的雍容氣質，白皙溫婉的臉上，有一種未經風霜的貴族子弟特有的容光，使他看起來實在不像曾經叱吒風雲的公子襄；然而那慵慵的眼神，又像是經歷過太多磨難的風燭老人，似乎對身外的一切都已失去興趣，就連打量沈北雄的目光，也彷彿只是例行公事。

「敢問閣下就是公子襄？」沈北雄皺起眉頭，心中隱然升起一種見面不如聞名的感覺。白衣公子沒有直接回答，而是抬手示意道：「素昧平生，本不該冒昧相邀，不過幸好在下還有一壺清茶與滿江晚霞待客，倒也可聊以賠罪。」

沈北雄聽到這話眉頭皺得更深，對方所言與方才自己宴請那些商賈時的場面話如出一轍，甚至連語氣中那調侃的味道都有些相似。沈北雄心中不由暗驚，對方果然是有備而來？想到這裡，他立刻恭恭敬敬地抱拳道：「公子客氣了，接到千門公子襄的請柬，北雄豈敢不來？」

「坐！」白衣公子指了指亭中石桌旁的石凳，沈北雄依言坐下。只見對方拿起桌上那壺茶徐徐斟上兩杯，然後抬手向沈北雄示意。沈北雄小心翼翼地端起一杯，稍稍湊到鼻端一聞，眼裡便閃現一絲驚異：「公子這壺清茶，下的功夫只怕不比在下那花草宴席少啊！」

白衣公子眼望西天，並不搭理沈北雄，只蕭索地喃喃自語道：「驕陽終於要沉下去了，日落時分，大概是天地間最美的時候吧？」

沈北雄掃了一眼西方那僅剩一半的紅日，不以為然地淡淡道：「日出日落，原本再自然不過，也沒什麼稀奇。」

白衣公子無聲一笑，轉向沈北雄問道：「在色鬼眼裡，女人最美；在酒徒眼裡，烈酒最美；在賭棍眼裡，骰子最美；在財迷眼裡，銀子最美。不知在沈老闆眼裡，什麼最美？」

沈北雄一怔，沉吟了片刻，然後指著亭外那浩浩蕩蕩的江面，感慨道，「生命如流水，轉瞬即逝，人這一生，不過是歷史長河中短短一瞬，然這短短人生，是如這江水一般默默流逝，還是如流星一般留下萬丈光芒，便是平常人與大英雄的區別。」沈北雄頓了頓，定定地望向公子襄，「在我眼裡，流星最美。」

白衣公子一怔，微微頷首，「你倒有幾分像我。」說著他端起茶杯輕輕啜了一口，幽幽一嘆，「收手吧，流星雖美，可也不是人人都能做的，更何況流星對旁人來說，還是一場巨大的災難。」

沈北雄哈哈一笑，傲然道：「既然公子知道我跟你是同一類人，就不該勸我，更不該請我。不知道你這是託大還是失策？」

白衣公子微微皺了皺眉頭：「這麼說來，你是不給在下面子了？」

沈北雄深吸一口氣，肅然道：「能做公子襄的對手，北雄深以為幸！」

「對手？」白衣公子啞然失笑，「這個世上雲襄即便有對手，也絕對不是你。」

沈北雄面色立時漲得通紅，卻沒有反駁，心中想起關於公子襄的種種神奇傳說，沈北雄心知，對方完全有資格說這種話。不過，這不但沒有嚇跑沈北雄，反而激起他天生的狂傲之氣，暗暗在心中發誓：公子襄！你遲早要為今天的話後悔！

就在沈北雄暗下決心的同時，亭外瞽目老者已劃弦收聲，如傾如訴的琴聲戛然而止。在這寥然而逝的琴音中，白衣公子端起茶杯對沈北雄示意道：「你可以走了，從現在起，你要時時睜大雙眼過日子，千萬不要犯一丁點錯誤。」

沈北雄心中惱怒異常，自己在這人面前居然自始至終都處於下風，而且對方並沒有顯露出過人的氣勢或財力物力人力，僅憑他那名字就能令自己在氣勢上輸了不止一籌。沈北雄心中陡然生出孤注一擲的念頭，心有所想，內息便隱隱而動，衣衫瞬間無風而鼓。就在這時，一旁陡然傳來一聲突兀的琴音，如銀瓶乍破，又如銳箭穿空，更如奪魂驚雷，令沈北雄渾身不由一個激靈，本能地閃開一步，提掌護胸暗自戒備。

卻見一旁那瞽目老者神色如常，手撫琴弦引而不發。沈北雄警惕地打量著老者，冷冷道：「想不到公子襄身邊竟有如此深藏不露的內家高手，北雄差點看走了眼。」

瞽目老者神情漠然地淡淡道：「小老兒不過是為貴客助興的賣藝人，公子出得起價錢，小老兒便為貴客獻上一曲，僅此而已。」

賣藝人？沈北雄心中一驚，陡然想起一人，不由脫口驚呼道：「奪魂琴！影殺堂排名第二的頂級殺手！」

「慚愧！」瞽目老者淡然一笑，「這次小老兒只為貴客助興，只要沈老闆心無惡念，小老兒手中這琴，就只是一具彈奏高山流水的樂器。」

沈北雄臉色陰晴不定，想起那眾多死在奪魂琴下的風雲人物，他心中權衡再三，終於強壓下爭強鬥狠的衝動，轉頭對白衣公子一拱手：「公子有奪魂琴護身，難怪敢孤身請客。今日感謝公子款待，他日北雄再還請公子。」

「隨時奉陪！」白衣公子儀態蕭索地點點頭，對沈北雄言語中的威脅渾不在意。沈北雄見狀轉身就走，出了望江亭便照原路返回，緊跟著他的白總管見主人面色陰沉，也不敢多問。待走出一箭之地沈北雄才對一個隨從低聲吩咐：「英牧，你帶人在望江亭四周布下眼線，如果能掌握公子襄的行蹤，便是大功一件！」

那隨從應諾而去，沈北雄目送他走遠，臉上漸漸浮現一絲冷笑，轉頭對身後的白總管低聲道：「你派人連夜傳訊給柳爺，就說目標已經出現，獵狐計畫可以啟動了。」

白總管臉上閃過一絲興奮：「好！等了這麼些年，總算等到對付他的機會，柳爺想必早已按捺不住。」

「你錯了，」沈北雄眼神複雜地勒馬回望暮色四合的望江亭，「柳爺追蹤了他幾年，卻連他一根毫毛都沒摸到，還反而被他戲耍了無數次，柳爺的性子早就磨平了。這是柳爺今生最後一個心結，他勢必不會躁進。」

「難怪這次柳爺下了這樣大的本錢。」白總管恍然大悟。

「你又錯了，柳爺可沒這麼雄厚的本錢。」沈北雄意味深長地笑了笑，見白總管眼裡流露探詢之色，他卻別開頭，一夾馬腹加快步伐，「走吧，公子襄近年已經很少親自出手了，這一次他既然來了金陵，咱們就得打起十二分精神，千萬不能有絲毫大意。咱們的陷阱雖然天衣無縫，不過公子襄可是天底下最最狡猾的狐狸啊！」

一行人回到金陵沒多久，負責監視公子襄行蹤的英牧就匆匆帶人回來，向沈北雄稟報道：「老大，公子襄真是狡猾如狐，我帶兄弟們在望江亭四周設暗哨守望，豈料他沿著事前在懸崖邊備下的繩索，下到望江亭下的江面，那裡有他的水手和小舟，我們只能眼睜睜看著他順江而遁。」

沈北雄平靜地「嗯」了一聲，沒有感到太意外，公子襄若輕易讓人盯上，那就不是公子襄了。他正要安慰英牧兩句，卻見英牧咧嘴一笑道：「不過咱們雖然沒盯住公子襄，卻有點意外的發現。」

見沈北雄眼裡流露探詢之色，英牧忙道：「咱們的眼線發現除了我們，還有人也在跟蹤公子襄。」

「哦？」沈北雄頓時來了興趣，「是誰？」

「暫時還不知道對方底細。」英牧臉上露出自得的神色，「不過我已讓最擅長跟蹤的兄弟盯住他，那人應該是個落拓潦倒的書生，而且現在也在金陵城中。」

「按理說公子襄除非自己露面，否則從來沒人能找到他，更不可能被人盯上。」沈北雄皺起眉頭，想想又釋然地點點頭，「這次公子襄邀我赴約，先是請江南蘇老爺子遞柬，又是當著金陵那些商賈的面，走漏風聲倒也正常，就不知是誰也在留意他的行蹤？」

「把那傢伙抓來問問不就知道了？咱們雖盯不住公子襄，盯住那人可沒問題。」英牧臉上露出殘忍的微笑，拷問俘虜是他的嗜好，一說到此他便躍躍欲試。

「不妥。」白總管插話道，「咱們不知道他是否還有同夥，他若不是孤身一人，咱們一動他，就會驚動他的同伴。而今最好先在暗中監視，弄清楚他和公子襄的淵源再說。」

沈北雄想了想，沉吟道：「嗯，這樣也好，公子襄仇家遍天下，有人留意他的行蹤也很正常。咱們只需盯住那傢伙，說不定會有意外收穫。」

「朝醉夜復醒，對月長天歌。一彎銀勾似酒壺，嫦娥何不共我酌？」

金陵的夜晚少了白日的熱鬧喧囂，卻多了些絲竹管弦和狂曲醉歌。一個書生模樣的醉鬼倚在太白樓的窗櫺上，對著窗外高掛夜空的明月高聲吟哦，儀態頗為狂放。只可惜他衣著實在寒酸，面目也太過骯髒，不然還真有幾分才子狂生的模樣。

「走了走了，咱們要打烊了！」太白樓的夥計終於按捺不住了，現在只剩下這最後一個顧客，還是那種只喝劣酒、不要下酒菜的酒鬼，他們當然想把他趕走，好早一點關門睡覺。

「哦，打烊了。」醉鬼喃喃說著，伸手入懷掏摸了半晌，然後把幾枚銅板拍在桌上，大度地對夥計擺擺手，「不用找了，算我請你們喝茶。」

說著搖搖晃晃站起來就要走，卻被夥計一把抓住，那夥計把幾枚銅錢摔到他臉上，罵道：「你這半天時間，一共喝了三斤老白燒，這幾個銅板連零頭都不夠付！」

「我……我沒錢了。」醉鬼掙扎著想擺脫夥計的掌握，卻被那夥計抓得更緊。

「沒錢？」那夥計一巴掌把他打翻在地，「也不打聽打聽，咱們太白樓是誰的產業，敢到咱們這兒來吃白食？」

「誰的產業？」醉鬼掙扎著要爬起來，卻又被另一個夥計一腳踢翻。

「這兒可是百業堂的產業，杜嘯山是咱們的舵把子！」那夥計大聲道，言語中頗有些狐假虎威的味道。

「杜嘯山是誰？百業堂又是什麼玩意兒？」那醉鬼一臉懵懂，立刻招來幾個夥計的老拳，有人大罵道：「在金陵城混，卻連百業堂和咱們舵把子都不知道，你他媽不想活了？」另一個夥計則勸同伴說：「算了算了，看他是真喝醉了，咱們搜搜他的身，若有值錢的東西就留下充作酒錢，若沒有，再按老規矩收拾他不遲。」

幾個夥計七手八腳地把他全身翻了個遍，卻沒有找到任何值錢的東西，眾人只得照老規矩把他吃下的東西打得全嘔出來。那醉鬼對眾人的毆打渾不在意，卻對著吐滿地的酒水痛心疾首地連連哀嘆：「我的酒啊，我的老白燒啊，全白喝了！」

「媽的，沒見過這樣要酒不要命的爛酒鬼！」幾個夥計無可奈何，開酒館的最怕遇到這種不要命的爛酒鬼，這種人對自己的性命都不在乎，整天只泡在酒中，酒癮一旦發作拿命去換酒都幹，總不能真的把他打死吧。幾個人最後只得把這酒鬼從太白樓扔了出去，然後打烊關門。

太白樓門口挑著的兩個燈籠收回去後，街上頓顯朦朧起來，那酒鬼伏在地上輕輕呻吟半晌，掙扎著要爬起身，卻意外看到自己面前有一雙著粉底快靴的腳，酒鬼拚命抬起頭，順著這雙鞋往上看去，竟是一個面色紫膛的黑衣大漢蹲在自己面前。

「嘖嘖，不過是白喝了一點劣酒，怎麼就被打成這副模樣？」大漢托起酒鬼的下巴，仔細審視著他的面容，只見酒鬼的臉腫得像個豬頭，一隻眼角腫得老高，眼睛也瞇成了一條線，看來是臉頰上挨了重重一腳，嘴角還掛著嘔吐物和血沫。大漢也不嫌髒，掏出袖中的絹帕抹乾淨酒鬼的臉，這才發覺酒鬼年紀不大，五官還算周正，只可惜臉腫得完全變了形，很難看出他的本來面目。

「為一點酒弄成這樣，值得嗎？」大漢語氣中滿是同情，誰知那酒鬼卻不領情，一把推開大漢的手說：「老子樂意！」

酒鬼說的雖是吳語，卻帶有明顯的巴蜀口音。大漢對酒鬼的無禮不以為忤，只笑道：「如果我請你喝酒呢？」

「那感情好！」酒鬼一聽到有酒喝，頓時來了精神，掙扎著起身，卻總是力有未逮，嘴裡還連連說道，「你要請老子喝酒，就算讓老子叫你乾爹都沒問題。」

酒鬼在那大漢的扶持下總算站了起來，那大漢架著酒鬼的一隻胳膊笑道：「江湖何處無酒友？走！沈某請你喝一杯！」

昏黃的燭光，油膩膩的酒桌，兩碟滷味和豆干，幾大碗渾濁的老酒。即便是深夜，街頭也少不了這種露天的小酒攤。看著酒鬼迫不及待地連下了三碗，那面目稜角分明的大漢才笑問道：「今日能與老弟共飲也算有緣，還沒請教老弟大名？」

酒鬼醉眼朦朧，打著酒嗝嘟囔了一句：「不過是喝酒，問那麼多幹什麼？」

大漢淡淡一笑，抱拳道：「在下沈北雄，最喜歡結交江湖上形形色色的朋友，聽老弟口音像是巴蜀人士，不知與唐門可有淵源？」

酒鬼眼中閃過一絲警覺，敷衍道：「落魄之人，怎攀得上那等世家望族？」

對方聽到自己名字的反應並沒有讓沈北雄太意外，「沈北雄」三個字雖然能令金陵商界為之動容，但在普通人面前不過是個很少聽說的陌生名字。可說到「唐門」，對方那點難以覺察的異常反應卻沒能逃過沈北雄的眼睛，他若無其事地望著自己的手，笑問道：「公子襄呢？不知老弟與他又有什麼淵源？」

「什麼公子香公子臭，老子全不認識。」酒鬼說著站起來就要走，卻被沈北雄按住了肩頭，他只得咧著嘴乖乖坐下來，在沈北雄的掌握下全無掙扎之力。

「別跟我說你跟公子襄沒任何關係，不然你跟蹤他幹什麼？」沈北雄笑咪咪地問道。酒鬼的神色頓時有些慌亂起來，不過依舊故作鎮定地道：「我不知道你在說什麼。」

「你真不知道嗎？」沈北雄笑著放開了手，若有所思地自語道，「據我所知，幾年前公子襄曾在巴中做過一件大案，弄得素有巴中第一富豪之稱的葉家傾家蕩產。這葉家與蜀中唐門是世交，公子襄卻在唐門眼皮底下把葉家弄得家破人亡，僅有一位葉二公子倖免於難。」

「是嗎？這跟我有什麼關係？」酒鬼又端起酒碗，邊喝邊嘟囔道。

沈北雄呵呵一笑，也舉起酒碗：「對，這跟咱們都沒關係。只是我沈北雄喜歡交朋友，尤其是吃過公子襄苦頭的朋友。」

「我不喜歡交朋友，」酒鬼一口喝乾碗中劣酒，然後舔著嘴脣自顧自地道，「不過誰若給我酒喝，那又另當別論。」

「呵呵，沒問題！」沈北雄說著拍了拍手，一個身影立刻從燭火照不到的暗處閃到他面前。沈北雄看也不看地對來人吩咐道，「去弄抬轎子過來，把這位公子請到舍下一敘。」

那黑影悄然離開，又一個精悍的老者閃到沈北雄面前，在他耳邊低語道：「咱們在城西遇到了點麻煩，那是百業堂的地盤。」

沈北雄皺了皺眉頭，叮囑道，「咱們的時間不多了，得抓緊。我這就去見杜嘯山，若沒有他這條地頭蛇的支持，咱們恐怕會無功而返。」說著他轉頭對身旁的酒鬼笑道，「老弟先隨我這兄弟去寒舍暫歇，明日老哥再陪你好好喝上一杯。」

接著他朝暗處打了個響指，立刻有數名黑衣人來到他面前，沈北雄指著依舊在喝的酒鬼對眾人吩咐道：「替我好好接待這位公子，千萬莫要怠慢了他。」說完他帶上那名精悍的白總管，往城西大步而去。

百業堂的總壇在城西杜家巷，這兒整條巷子的人家幾乎都姓杜，杜家祖先幾百年前在這裡定居，靠著屠、捐、賭、私、漕等百業為生，經營上百年之久，漸漸發展成控制整個金陵城的第一大幫會。傳到杜嘯山手上時，百業堂已是插足整個江南百業的最大幫會組織。

沈北雄帶著白總管來到這裡已經是三更時分，杜家巷中看不到一絲燈火。不過憑著「沈北雄」三個字，他還是沒費多少周折就見到了百業堂現在的舵把子，杜嘯山。

「說吧，半夜把我叫起來究竟有何事？」二人在大廳中分賓主坐定，百業堂堂主杜嘯山便不陰不陽地問道。外表看來他只是個精瘦幹練的矮小老頭，留著稀疏的山羊鬍，慵慵的三角眼給人一種似睡非睡的感覺，不過舉手頭足間卻流露出一種高高在上的人才有的從容氣度。就算不知道他是百業堂舵把子，光憑這分氣度也讓能人相信他決計不是個普通人。

「呵呵，深夜打攪杜堂主，實在是不好意思。」沈北雄恭敬地抱拳為禮，算是為自己的唐突賠罪，然後道，「我剛得到手下兄弟回報，說咱們在城西一帶的買賣遇到了點麻煩，不知這是怎麼回事？」

杜嘯山拈著頜下稀疏的山羊鬍，不陰不陽地道：「我聽說沈老闆在城中大肆購買商鋪，心中不免好奇。雖然沈老闆以高價買下百業堂名下十多處產業，短期來看百業堂沒有吃虧，但賣出經營多年的當鋪賭坊，對我百業堂聲譽影響極大，不明就裡者還以為我杜嘯山怕了沈老闆。基於這種原因，百業堂不打算再與沈老闆合作，除非我知道你真正的目的。」

沈北雄收起笑容，漠然道：「有些事杜堂主還是不知道為好。」

「既然如此，沈老闆請回吧，恕杜某不送。」杜嘯山說著端起茶杯，聽語氣顯然是動了真怒。沈北雄對杜嘯山的怒氣視而不見，只笑道：「百業堂名下的產業，沈某可以再多出兩成價錢，若杜堂主能幫助沈某收下其他商鋪，每間鋪子還可以另外給百業堂一成的佣金。」

杜嘯山聞言不禁動容，暗自在心中計算起來。光是百業堂名下的產業，在本來就比行情高的價錢上再多出兩成，就是十多萬兩銀子的差異，若再加上沈北雄意圖收購的商鋪付給百業堂的佣金，應該會有幾十萬兩銀子的好處，這足以抵得上百業堂數年的收入，這北佬究竟為何要出如此高價來收購金陵商鋪？杜嘯山百思不得其解。雖然在巨大利益面前杜嘯山也不禁怦然心動，不過多年的江湖經驗告訴他，這世上沒有白吃的午餐，對方既然敢出如此高價，肯定就有加倍賺回來的把握。況且，在江湖上打滾，還有比銀子更重要的東西，杜嘯山容不得對方掌握全部主導權，而自己卻不明就裡。因此他只在心中猶豫片刻，便斷然拒絕道：「除非我知道你收購商鋪的原因，不然咱們無法合作。」

沈北雄一臉無奈地攤開雙手：「沒有商量的餘地？」

杜嘯山沒有回答，只端起茶杯示意：「送客！」

沈北雄無可奈何地站起身就走，剛走出兩步卻又像想起什麼似地回過頭道：「哦，對了！這次我來金陵，柳爺千叮萬囑要沈某一定來拜見杜堂主，並代他老人家向杜堂主問好！」

「柳爺！」杜嘯山臉色頓時有些異樣，「你是柳爺的人？」

沈北雄淡淡一笑：「沈某不過是替柳爺打前哨的馬前卒，柳爺隨後就到，屆時沈某若不能完成柳爺交代的任務，只好到柳爺面前領受責罰了。」

「柳公權也要來金陵？是他要收購金陵商鋪？」杜嘯山十分驚訝。誰知沈北雄神祕一笑，搖頭道：「杜堂主眼線遍布天下，應該知道柳爺可沒這麼多銀子買不動產。」

杜嘯山臉色終於變了，沉吟半晌，突然下定決心似地一點頭：「好！百業堂與你合作，不過價錢上你得再加一成。」

「你這是坐地起價！」

「談生意本來就是要討價還價！」

二人如猛虎般彼此瞪視著，互不相讓。片刻後只聽沈北雄淡淡道：「杜堂主想要討價還價，總得讓沈某看看你的本錢。」說著手腕一翻便向杜嘯山胸口抓去。

杜嘯山看似年老體衰，手腳卻十分靈活，沈北雄手腳剛動他便勾手還擊，二人雙手在咫尺之間上下翻飛，轉瞬間已交手數十招，場中「劈劈啪啪」盡是二人雙手的交擊聲，少時二人總算停了下來。只見沈北雄扣住了杜嘯山左手脈門，而杜嘯山右手則扣住了沈北雄左肩胛。二人身形凝定，靜靜相持片刻，沈北雄突然呵呵一笑，緩緩放開杜嘯山的手道：「杜堂主果然高明。好！成交！」

杜嘯山臉上露出一絲感激的微笑，也慢慢放開沈北雄肩胛，然後與對方擊掌為約：「從現在起，百業堂上下將全力協助沈老闆收購金陵商鋪，直到沈老闆滿意為止。」

離開百業堂後，緊隨沈北雄出來的白總管不解地問道：「主上，我不明白方才主上明明占了上風，為何最後卻故意輸了半招？」

沈北雄淡淡一笑：「百業堂是金陵的地頭蛇，咱們若沒有杜嘯山的全力協助，恐怕會事倍功半。我出手是要顯示咱們的實力，警告他胃口別太大，要適可而止。讓他半招是讓他在自己手下面前掙足面子。對這一點杜嘯山心知肚明，相信他未來不敢再坐地起價，今後杜嘯山和百業堂，將是咱們在金陵最可信賴的盟友。」

白總管臉上露出嘆服的神色，不由微微點頭。沈北雄笑著拍拍他的肩頭，躊躇滿志地悠然道：「制服一個人有時候以力勝之並不是最好的辦法，智者不為。好比棋道高手對弈，力戰者等而下之，善戰者以戰謀利，真正的絕頂高手，總是勝人於不知不覺間。」

金陵城那場突如其來的騷動令所有人為之驚訝，很快就成為街頭巷尾談論的焦點。一個北佬大肆收購金陵商鋪，手筆之大前所未見。雖然他出的價錢足以令人動心，但不少商賈還是不願出讓祖傳產業，任憑牙行掮客說破了嘴也是枉然。在僵持了近一個月之後，那些堅守祖業的小商賈漸漸感受到來自黑白兩道的壓力。先是百業堂幫眾上門騷擾，以下三濫手段破壞商家聲譽，然後恐嚇顧客、破壞生意，令這些商鋪門可羅雀；而你若是報官，不僅得不到官府保護，甚至會引來黑白兩道更為嚴厲的報復和打擊。直到這時，所有人才明白，沈北雄這條過江龍，不僅有黑道地頭蛇百業堂支持，就連官府都已被他收買，普通生意人家除了賣掉鋪子，根本無路可走。

雖也有路子通天的大富商不甘屈服，偷偷把沈北雄的霸道和金陵知府的不作為告到中央關係密切的朝臣跟前，可得到的回覆卻是「提高賣價，大賺一筆」。

不過這場商界的騷亂跟小老百姓沒多大關係，人們除了在茶餘飯後談論一下某老闆倒楣進了牢房，或揣測一下沈北雄的背景和目的外，依舊是該幹啥還幹啥，畢竟這些事都是富人之間的問題。

值此動蕩不安的時期，十月暮秋的一個黃昏，一方簡樸的小轎悄然從北門進入金陵城，八名風塵僕僕的漢子錦衣怒馬護佑在小轎周圍，人人面容冷峻，一臉肅然，雖然只有寥寥數人，卻如一票訓練有素的軍隊，令人不敢直視，這排場與小轎的簡樸不太相稱。一行人進城後也不停留，徑直往天外天大酒樓而去，且毋須通報便從側門進了天外天酒樓的後院，直到進入二門，小轎才在庭院中停了下來。

沈北雄與白總管早已候在那裡，不等小轎停穩，沈北雄便搶先一步上前掀起轎簾，轎中是個鬚髮花白的青衫老者，看模樣只有五十出頭，滿面的滄桑和粗糙的皮膚使他看起來不像是個養尊處優的主兒，尤其他那骨節粗大的手，倒像是個勞動了一輩子的販夫走卒，但富可敵國的沈北雄對他卻異常恭敬，親自為他撩起轎簾。

老者彎腰鑽出轎子，跨過轎桿時腳下突然一個踉蹌，差點摔倒，沈北雄趕緊伸手扶住，滿是關切地問：「柳爺這腿……」

「唉，今晚大概又要下雨了。」老者揉著自己的腿，眼裡滿是疲怠，一旁的白總管也趕緊扶住老者另一隻胳膊。在二人的攙扶下，老者一步一瘸地進了一旁的廂房。

「這腿是越來越不中用了。」在床上盤膝坐定，老者邊揉著自己的腿邊感慨道，然後示意立在床前的沈北雄和白總管，「你們都站著幹什麼？是不是想顯示你們都有一雙好腿？」

「不敢！」二人笑著在床邊的凳子上坐下，沈北雄陪笑道：「我前日剛從一藥商手中買下一具完整的虎骨，正琢磨著泡兩罈虎骨酒孝敬柳爺呢。」

「別盡他媽的幹些拍馬屁的鳥事，」柳爺瞪了沈北雄一眼，並不領情，「我讓你帶著數十萬兩銀子來金陵，可不是要你買什麼虎骨。」

心知老者迫切想知道這段時間的成果，沈北雄忙示意隨從退下，待房中只剩下三人後，他才掏出幾本帳簿遞給老者：「柳爺請過目。」

老者細細翻看著帳本，眼光爍爍，滿面的疲怠一掃而空。沈北雄在一旁小聲解釋道：「我帶來的銀子幾乎全用光了，也僅拿下數百間商鋪，有些鋪子是金陵蘇家名下的產業，照您老吩咐我沒碰他們，還有些鋪子背景複雜，我就沒有輕舉妄動。下一步該怎麼走，還請柳爺示下。」

老者仔細看完帳本，很不滿意地搖了搖頭：「你還是太過謹慎，缺乏吞天食地的氣勢，許多繁華地段的鋪子都無法拿下。下一步你要提高收購價，以現在的價碼再加三成，不信這些大商鋪不吐出來。」

「加三成？」沈北雄目瞪口呆，「目前金陵商鋪因我們大肆收購，價錢幾乎上漲了一倍，再加三成，我們哪有那麼多錢？」

「你守著那些沒用的房契地契幹什麼，」老者教訓道，「把它們抵押給通寶錢莊，自然又有幾十萬兩銀子到手，這樣邊買邊押，幾十萬兩銀子能幹成幾百萬兩銀子的大事。」

「這……風險是不是太大了？」沈北雄猶豫起來。老者不悅地擺擺手：「風險你不要管，照我的話做就是。」

「咳咳！」一直不曾說話的白總管突然清了清嗓子，小聲插話道，「柳爺，咱們這次來金陵是為了對付公子襄，屬下實在不明白，買這麼多商鋪和對付公子襄有什麼關係。」

老者掃了白總管一眼，反問道：「你倆跟著我追查公子襄也有兩、三年了，可發現他什麼致命的弱點？」

沈、白二人對望一眼，異口同聲地答道：「貪財！」

「沒錯！」老者讚許地點點頭，「我從多年前就在追查公子襄，發現他對錢財的貪婪簡直到了喪心病狂的地步，從巴中首富葉家到揚州珠寶巨賈湯家，無不是被他弄得傾家蕩產，就連黑道漕幫他都敢去啃一口。人為財死，鳥為食亡啊！這樣致命的弱點咱們若不加以利用，豈能逮到這隻狡猾的狐狸？」

「屬下……還是不太明白。」白總管依舊一臉疑惑。

老者詭祕地笑了笑，「咱們這次既然把公子襄引來了金陵，若沒有一個令他心動的餌，豈能讓他上鉤？再說公子襄富可敵國，若不能讓他把那些不義之財吐出來，又豈能算是成功？這次我就是要以他的方式贏他一回，讓他也嘗嘗傾家蕩產的滋味。」

沈北雄心領神會地點點頭，而白總管還是想不通，正要再問，卻聽門外有人小聲道：「柳爺，金陵知府田大人求見。」

屋裡三人都是一怔，老者小聲嘀咕道：「這傢伙，消息倒真靈通。也罷，我既然來了金陵，總是要見見本地父母官的，讓他進來吧。」

門外隨從立刻應聲而去，沈北雄與白總管也起身告辭，出門時正好看到一身便服的金陵知府田大人匆匆進來，也顧不上與沈、白二人打招呼，便匆忙進了廂房。

「哎呀，果然是柳爺到了，下官沒能親自迎接，恕罪恕罪！」田知府一進門便誇張地叫著，滿臉的肥肉也跟著唇齒張合抖動起來。老者在床上欠了欠身，淡淡道：「田大人在上，恕老朽腿腳不便，不能下床見禮。」

「不敢不敢！」田知府慌忙拱手道，「柳爺乃刑部紅人，深得皇上器重，與福王爺更是過命的交情，下官能得柳爺接見，實乃三生之幸也！」

「田大人這麼說可是亂了尊卑。」老者不疾不徐地淡淡道，「老朽不過一行將就木的小捕頭，論品級尚在大人之下，該我去拜見知府大人才是。」

「柳爺千萬別這麼說！」田知府肥白的臉上頓時露出誠惶誠恐的表情，「您老可是皇上親封的天下第一神捕，全國數十萬捕快的總捕頭，手握御賜尚方寶劍，三品以下官吏毋須請示便可直接緝拿。古往今來，有哪個捕頭有這等威儀？柳爺堪稱公門中千古第一人啊！」

老者對田知府的奉承一臉漠然，只問道：「大人是如何得知老朽來了金陵？」

田知府狡黠地眨了眨眼：「下官在朝中還有幾個朋友，對柳爺這次祕密來金陵多少有所耳聞，知道柳爺不欲張揚，因此下官也不敢以知府身分公開拜見，而是私下前來，望柳爺莫怪下官莽撞才是。今後柳爺有什麼需要請儘管開口，下官一定全力配合。」

「難得你有這分心，以後麻煩田大人的地方恐怕還真不少。」

二人有一搭沒一搭地閒聊著，都是官場上的客套話。眼看老者漸漸露出不耐之色，田知府終於忍不住問道：「近日聽說杭州市舶司要搬遷，也不知是真是假？」

老者原本懶散疲倦的眼神驀地一亮，接著又淡然道：「這等國家大事，老朽微末小吏，豈能得知？」

田知府緊盯著老者的眼睛，意味深長地自語道：「難怪最近金陵商鋪行情看漲，下官猜想這消息多半屬實，柳爺以為呢？」

「也許吧，這等大事原不是我等能測度的。」老者模稜兩可地應道。

田知府理解地點點頭：「嗯，若是市舶司遷到我金陵，屆時從東瀛、琉球、瓜洲等地的商船俱從金陵上岸，而江南乃至全國的貨物也從金陵出海，那金陵的商機將陡增數十倍，水漲船高，金陵的商鋪也將成為令人眼紅的稀世珍寶啊！」

「呵呵，那大人該買下幾間留給兒孫才是。」老者一臉玩笑，不過田知府卻從這玩笑中聽出了老者的弦外之音，只是他不敢肯定，便陪笑道：「下官正有此意，只是這傳聞尚未證實，所以還要柳爺指點迷津。」

「不敢不敢，田大人高瞻遠矚，何須老朽指點？」

二人意外深長地相視而笑。田知府已得知自己想要的答案，又閒坐了一會兒就趕緊告辭離去，步履比之方才輕快了許多。待他走後，沈北雄與白總管再次來到老者床前，本想打聽田知府此行的目的，卻見老者神色怔忡，對二人輕聲道：「把商鋪收購價提高五成，要快！」

沈、白二人相顧駭然，白總管忙提醒道：「可是我們的銀子幾乎用盡，就算找錢莊借貸也需要時間，再說，一般錢莊也沒那麼多銀子周轉啊！」

「我今晚就去見通寶錢莊的費掌櫃，通寶錢莊乃皇家錢莊，有國庫做後盾，要多少銀子都沒問題。」說到這裡，老者似乎想起了什麼，望向沈北雄問道，「公子襄有消息嗎？」

「自從望江亭一別就再沒有他的動靜，也沒探到他任何消息。」沈北雄忙把與公子襄望江亭會面的經過細說了一遍，見老者神情木然，他又補充道，「雖然英牧沒跟上公子襄，不過卻發現另外有人也在追蹤他，是原巴中首富葉家的二公子，想當年葉家敗在公子襄手裡，他便發誓要報此仇，是公子襄眾多仇家中比較有頭腦的一個，所以我把他請到了這裡。」

「你不該讓一個陌生人接近咱們，」柳爺皺了皺眉頭，「再說，對這種富家子弟也別抱太大希望，你查過他的底細嗎？」

一旁的白總管回道：「我讓兩個兄弟這幾天去了趟巴中，順便還去了唐門，從目前了解的情況來看，各方面都相符，應該沒問題。」

柳爺的眉頭依舊沒有舒展：「即便如此也不能掉以輕心，況且他未必對咱們有用。」

「我當初對他也沒抱多大希望，」沈北雄笑道，「不過後來發覺，在某些方面，他對公子襄的了解比咱們要深，畢竟葉家是敗在公子襄手裡，他對公子襄的仇恨使他不惜用盡一切代價和手段來追蹤公子襄，比任何人都要執著。」

「我不信這世上還有誰比咱們更了解公子襄。」柳爺不以為然地撇了撇嘴。

「我是說在某些方面，」沈北雄解釋道，「比如我們以前不知道公子襄崇信黃老之術，同時又極愛清靜，不喜歡與俗人打交道，除了一些煉丹修真的道士，幾乎沒有任何朋友。」

「他有這種毛病？」柳爺若有所思地撫鬚沉吟起來，「若是如此，他這趟來金陵，很可能會選擇偏僻的道觀落腳，不僅可以時時請教那些煉丹修真的道士，也可以避開城中捕快的追查。」

「我也是這樣想的，」沈北雄笑道，「所以派出十多個兄弟密查金陵城附近方圓數十里內的道觀寺廟，因為人手不太夠，我還讓百業堂也幫我追查。不管有沒有收穫，至少不會損失什麼。」

柳爺點了點頭：「你這麼一說，我對那位葉二公子倒有了些興趣，現在就想見見他。」

「這會兒他多半不在，」沈北雄笑道，「這位葉二公子生性好酒，又痴迷棋道，每日不是上酒樓買醉就是去棋道館廝混，若非窮得沒錢買酒，他多半是不會回來的。我估計他是看在天外天酒樓可以白吃白喝的分上才在這兒待下去。說來也怪，別看他每天醉醺醺的好像難得清醒一回，但棋藝卻真不賴，金陵幾個棋道館幾乎沒人是他的對手。柳爺若想見他，我這就讓人上棋道館去找找。」

「還是算了吧，以後有的是機會。」柳爺遺憾地搖搖頭，「今日我有些累了，待會兒還要去見通寶錢莊的費掌櫃，改日再見這位葉二公子吧。」

見柳爺露出疲憊之態，沈、白二人忙告辭離開。待他們一走，柳爺便不顧疲憊地高聲呼喚門外的隨從：「備轎，拿上我的名帖去拜見通寶錢莊的費掌櫃。」

第四十七章　對弈

金陵城那場商鋪收購風波，因柳爺的到來而漸漸醞釀成一場令人瞠目結舌的風暴。先是消息靈通的田知府，悄悄與沈北雄一道爭相高價收購商鋪，繼而本地世家望族也聞風而動，加入搶購商鋪的行列，與此同時，杭州市舶司即將遷到金陵的消息也漸漸在茶坊酒肆流傳開來，金陵商鋪聞風價格暴漲，連帶普通民房也跟著日日看漲，有財大氣粗的商家甚至沿著整條街高價買下民居，並雇用工匠改建成商鋪，再以更高的價錢轉賣，一兩個月內，金陵商鋪就令人咋舌地暴漲了數倍。

這種百年難遇的賺錢機會立刻引起眾多商家瘋狂搶購，這股風潮甚至蔓延到整個江南，幾乎每天都有江南各地的鄉紳富賈雇鏢客把一車車的銀子運到金陵，爭相購買那日日看漲的商鋪，經常可以看到不少買家拿著一疊疊的銀票守在牙行外，一旦有人要賣鋪子，就有十多個買家同時競價爭搶，把價錢哄抬到一個令賣家也不敢相信的地步。這場從未有過的火熱買賣，使得專門撮合商鋪房產交易的牙行掮客如雨後春筍般冒了出來，以致民間流傳著金陵城牙行多過米鋪、掮客多過工匠的說法。

在這場搶購狂潮中，所有人都有個共識：不管花多少錢，只要把商鋪搶到手，肯定能以更高的價錢賣出去，將來市舶司搬到金陵，商鋪恐怕還會有更加驚人的漲幅。

不過就在眾人搶購的熱潮中，仍有人保持理智和冷靜，他們就是這場風暴的始作俑者，自然不會為之所迷惑。

「柳爺，咱們借來的銀子又快打完了。」沈北雄望著那厚厚幾大摞的房契，手心不由捏了把汗，就算是見過大世面的他，也為這價值數百萬兩銀子的商鋪房契咋舌，要知道，國庫一年的收入也才不過幾百萬兩銀子。

「市面上的鋪價如今是多少？」柳爺並不因銀子告罄而擔心，依舊一副鎮定自若的模樣。

「一間好一點的鋪子價錢差不多要一萬兩，」白總管忙道，「這已是幾個月前的三倍多了。」

「嗯，還不夠，」柳爺淡淡道，「把抵押給通寶錢莊的房契地契先贖一部分出來，重新估價之後再抵押給錢莊，價錢既然已經漲了三倍，咱們自然可以借出更多的錢。」

「還要把鋪子的價錢往上抬？」沈北雄驚訝不已。

「沒錯！」柳爺一臉平靜，「不過這次你要集中銀子把最繁華的內城一帶的商鋪價錢抬高至少十倍，同時把咱們手上那些中城、外城的鋪子悄悄賣出去。內城商鋪暴漲，中城、外城的鋪子也一定會跟著水漲船高，咱們手上這些鋪子就能賣個好價錢。不過你可千萬要有耐心，不能讓人發覺有人在大量賣出，更不能把價錢打落下來。」

「我明白了！」沈北雄心領神會地點點頭，「我這就讓人去找牙行掮客，一點點地把咱們手上的商鋪悄悄放出去，絕不讓人察覺，更不會影響現在的漲勢，我保證咱們手上的鋪子至少能賣三倍的價錢。」

「抓緊去辦吧，別讓我失望。」柳爺滿意地擺擺手，示意沈、白二人照計畫行事。不過一旁的白總管並沒有在柳爺的示意下退出，反而滿懷疑惑地問道：「柳爺，屬下不明白咱們現在的行動和對付公子襄有什麼關係。」

「當然大有關係，」柳爺笑道，「這次行動的銀子可是福王爺資助的，我已誇下海口，保證不會讓福王爺虧本，甚至還要付他一筆不菲的利息，所以低買高賣是不得已而為之。公子襄富可敵國又十分貪婪，既然他來了金陵，我不信他對這一夜暴富的機會一點都不動心。只要他貪心一起，自然會落入咱們的圈套，以高價位接下咱們手中的鋪子。」

「可是，」白總管依然一臉疑惑，「杭州市舶司若遷到金陵，這些商鋪也算物有所值，公子襄即便花高價買了下來，也不一定會虧啊。」

「呵呵，我既然有辦法讓這些商鋪身價百倍，自然也有辦法令它一落千丈，這正是此一圈套的價值所在。」柳爺悠然笑道。白總管半信半疑地點點頭，嘀咕道：「就怕公子襄不上當，反而是金陵和江南這些富商落入這圈套，花高價買下咱們手上這些鋪子。」

「那也不算壞啊！咱們這陷阱本是用來對付狐狸的，但要是有野豬麋鹿落到這陷阱裡來，咱們也算是有所收穫。這可不能怨老夫這陷阱，只能怨他們既愚蠢又貪婪。」說到這裡柳爺悠然一笑，「當然，如果能找到公子襄下落，並以他為質，逼他把過去聚斂的錢財全吐出來，這才是老夫最希望看到的結果。」

「我懂了，」白總管若有所思地點點頭，「如果僅僅用嚴刑拷問等手段逼出公子襄手中的銀子，恐怕全都得上交國庫，可要是能令他高價接下咱們手上的商鋪，他手中的贓物自然就成了商鋪而不是銀子，這對咱們來說，是最好不過的結果。嘿嘿，還是柳爺高明。」

「我這就親自帶人去查金陵周圍的道觀，盡快找到公子襄的落腳之處。」沈北雄也恍然大悟。柳爺則叮囑道：「對於如何找到公子襄，你們該多請教一下那個葉二公子，他說不定能幫咱們。我倒是有點奇怪，公子襄至今尚無任何動靜，這可不像他的作風啊。」

三人正在密談，忽聽門外有人高聲稟報道：「柳爺，金陵知府田大人求見！」

「這傢伙又來做什麼？」柳爺皺起眉頭，雖然心下很不想見他，可對方畢竟是本地父母官，柳公權也不能不給他面子，只得說道，「請！」

神情略顯緊張的田知府應聲而入，顧不上與沈北雄和白總管寒暄，甚至也沒與柳公權客套，便直接問道：「柳爺，下官剛聽坊間傳言，說市舶司遷到金陵一事純屬謠傳，不知這話是真是假？」

「田大人怎麼突然問這個？」柳公權奇道。田知府抓起丫鬟送上的茶水咕嚕咕嚕連灌了幾大口，才喘著粗氣道：「我也是剛聽人說就趕緊過來問柳爺，這傳言要是屬實，那可就糟糕至極。我不僅把多年積蓄全拿來買了商鋪，還在錢莊借了不少銀子周轉，甚至向百業堂借了高利貸。要是鋪價大跌，我可就只能上吊了！」

柳公權一臉平靜，與田得應的惶惑形成鮮明對比，只見他好整以暇地輕呷了一口清茶，這才笑問道：「田大人在朝中也有官及一品的朋友，你是相信他的話呢，還是相信這沒來由的市井流言？」

田知府一怔，神情漸漸鎮定下來，連連點頭道：「不錯不錯，市舶司遷到金陵的消息我可是從工部尚書張大人那兒得來的，他老人家還託我幫他在金陵也買上幾間鋪子，這消息肯定不會錯。不過如今已是好幾個月過去，一直不見朝中有正式的官函下來，總讓人無法放心。」

柳公權淡淡一笑：「朝中那些衙門辦事的效率田大人又不是不知道，你還擔心什麼呢？」

「柳爺這麼一說我就放心了，」田知府終於鬆了口氣，「我就再等上幾天，同時派人到京中打探，希望只是虛驚一場。」

把田知府送出房門後，柳公權的臉色漸漸凝重起來，轉頭對沈北雄低聲吩咐道：「你快著人到城中幾大牙行去看看，到底發生了什麼事！」

沈、白二人離開後，柳公權神情怔忡地望著窗外的天空發愣，足有一頓飯功夫，他突然對在附近伺候的一個部屬問道：「英牧，那位葉二公子現在在哪裡？」

那個面目英俊的年輕人一怔，猶猶豫豫地回道：「大概在附近的酒樓或棋道館吧，我今日也沒看到他。」

「快帶人去找，找到他的下落後立刻回來向我彙報。」

「遵命！」

英牧匆匆離去後不久，沈北雄便從門外大步進來，一進門便對柳公權低聲道：「我帶人去了附近幾家牙行，媽的，不知是誰造謠說市舶司遷到金陵的消息有假，鬧得那些等著買鋪子的財主人心惶惶，不敢再輕易下手。還有個大商家在大量拋售，引得一些小商家也跟著賣鋪子，就連一直不曾出賣名下商號的蘇家，現在也來湊熱鬧，放出了幾家鋪子，引得金陵一些商家跟著拋售，把價錢打低了差不多一成。」

「公子襄終於有所動作了。」柳公權撫鬚輕嘆。沈北雄卻不以為意地笑道：「如果這是公子襄所為，他就是在幫咱們的忙。咱們正愁沒法買到低價的商鋪，現在正好利用這謠言大肆收購。」

柳公權沒有理會沈北雄的提議，反而問道：「如果咱們現在就把手中的鋪子放出去，大概能賺多少？」

沈北雄一怔，猶豫道：「雖然現在的市價是原來的三倍，但咱們當初既要打通官府，又要買通杜嘯山這條地頭蛇，所以成本也高。再加上現在謠言四起，一旦咱們把手中的鋪子大量放出去，鋪價肯定應聲而落，恐怕到時不僅不賺錢，還會虧本。」

柳公權心事重重地在房中負手踱了幾個來回，最終決然道：「把最近買到手的那些商鋪的房契地契全部抵押給錢莊，借錢先把鋪價穩住，以目前這個價位，有多少人賣咱們就收多少。」

「我這就令人去通知各大牙行！」沈北雄忙道。話音剛落，就見白總管匆匆進來，對柳公權和沈北雄稟報道：「柳爺，百業堂杜老大託人捎來話，說他們的人在城郊隱仙觀發現了形跡可疑的外鄉人，聽來人描述，可能就是公子襄。」

「太好了！」沈北雄興奮地一躍而起，「總算有他的下落了！我這就親自帶人前去，只要能拿住公子襄，還怕他的人敢繼續在金陵興風作浪，跟咱們作對嗎？」

柳爺本欲阻攔，不過沉吟片刻後，終於點頭叮囑道：「你要當心，不到萬不得已不可魯莽行事，若能把公子襄請到老夫面前，那自然是最好不過；若不然，也一定要設法纏住他，老夫隨後就到。至於找錢莊借銀子周轉的事，暫且交給白總管去辦吧。」

沈、白二人剛走沒多久，英牧就匆匆回來，對柳爺稟報道：「咱們果然在城西的『雅風棋道館』找到了葉二公子，他正在與人對弈，柳爺若想見他，我這就讓人把他帶回來。」

「不用！」柳公權緩緩道，「讓人備轎，老夫親自去見見他！」

城西的雅風棋道館一向清幽雅靜，不僅是文人墨客烹茶手談的所在，也是金陵城聲名在外的茶樓，尤其館內天井中央那一口千年古井，水質甘冽，寒暑不涸，以其烹茶茶香醇正，因此不少文人雅士也多愛在這兒品茗小憩或以棋會友，相反的，一些慕名而來的江湖豪客或巨商富賈來過一次後多半不會再來，旁人若問起對此處的印象，這些俗客多半是四個字的評價——淡出鳥來。

也正因如此，當八名鮮衣怒馬的精壯漢子護著一乘小轎來到這裡時，自然引得眾人連連側目，只見八名漢子腰佩兵刃，人人精氣內斂，在門外翻身下馬落地無聲，就算一般人也能看出這些漢子身手絕不簡單。反觀那個從他們護著的小轎中出來的老者，倒顯得有些平常，不那麼引人注目。

「柳爺稍待，容小人把老闆叫出來迎接您老。」一個在門外守候的漢子忙上前向柳公權奉承。誰知柳公權擺了擺手：「不用了，那位葉二公子在哪裡？先帶我去見他。」

一旁的英牧回道：「葉二公子現在二樓，柳爺請隨我來。」

一行人在英牧的帶領下緩緩上了二樓，只見偌大的二樓僅有寥寥幾個茶客在靜靜地圍觀二人對弈。其中一個是一臉富態的錦衣老者，正拈著枚棋子舉在空中，全神貫注地盯著棋盤，遲遲不能落下。他的對手則是位衣衫落拓的年輕書生，與老者的緊張形成鮮明對比，那書生正半醉半醒地斜靠在椅子上，舉著個葫蘆獨自飲酒。按沈北雄的描述，柳公權立刻看出這書生就是葉二公子。對書生的狂放舉止柳公權沒有太奇怪，倒是驚訝地盯著他的對手，失聲驚呼：「費掌櫃！」

那拈棋沉思的錦衣老者驀地從沉思中驚醒，一抬頭見是柳公權，他也一臉驚訝，慌忙站起來要見禮，卻被柳公權按住肩頭問道：「費掌櫃怎麼也在這裡？」

那老者不好意思地笑了笑：「說來慚愧，老朽也喜手談，對自己的棋藝還頗有幾分自負，早聽說金陵城中來了位棋藝精湛的年輕人，所以慕名討教，誰知半個多月來，老朽每弈必敗，直到他讓了老朽四子，才稍有獲勝的機會，真是天外有天，人外有人啊！」

柳公權一臉驚訝地望向一臉醉態的書生，他倒不是對書生的棋藝感到意外，而是對通寶錢莊的費掌櫃與書生相識感到奇怪，心中突然升起不祥的預感，隱隱覺得這恐怕不是巧合。

「葉二公子？」柳公權眼中厲芒閃爍，緊緊盯著書生問道。那書生悠然抿了一口酒，用醉眼乜斜著柳公權，醉態可掬地笑道：「早聽說柳爺精於棋道，小生正琢磨什麼時候才能與柳爺手談一局呢！」

柳公權掃了桌上棋盤一眼，只見書生的黑棋已占盡優勢，費掌櫃的白棋不過是在做困獸之鬥，仔細看了看黑棋的布局，柳公權越發驚訝，黑棋處處照應，全盤面面俱到，幾乎沒有一顆閒子廢棋，這等棋力實乃平生僅見。柳公權臉色不由凝重起來，對書生點頭道：「選日不如撞日，老朽今日便與公子一弈。」

費掌櫃趕緊推枰起身，陪笑道：「我這局已然敗定，早聽說柳爺棋藝精湛，今日正好一開眼界。」

柳公權也不客氣，大馬金刀地在費掌櫃的位子上坐下來，立刻有茶博士清理棋枰，同時給新來的柳公權泡了盞新茶，並示意二人猜子爭先。柳公權不急著猜棋，卻對茶博士道：「老朽與人對弈，向來不喜有人圍觀。」

茶博士一怔，臉上不禁露出為難之色，要把其他客人驅下樓清場，這在雅風棋道館還從未有過先例。不過沒等他拒絕，柳公權的八個隨從就已開始驅逐茶客，在這些身佩兵刃的武人面前，眾人不敢違抗，只得乖乖下樓。茶博士剛想抗議，卻被柳公權冷眼一掃，便也不由自主地閉上了嘴。柳公權對他擺擺手：「你也下去吧，沒有我的招呼不准上來。」

對方那種頤指氣使的作派令茶博士不敢違抗，只得乖乖下樓而去。不一會兒功夫，茶館二樓就只剩下那半醉半醒的書生和柳公權二人。而那八名隨從守在樓下，新來的茶客也無法上樓，偌大的棋室頓時顯得清幽異常。寂靜中只聽柳公權淡淡道：「老朽與人對弈，素來是讓先，所以不必猜棋，你先請。」

醉書生呵呵一笑：「小生與人對弈素來是讓子，你要我讓你幾子？」

「如果是賭命，自然越多越好！」柳公權冷冷一笑道。醉書生猛地把葫蘆一扔，臉上醉態一掃而空，以清澈的眼眸迎上柳公權冷厲的目光笑道：「小生命賤，不配與柳爺相賭，如果是賭錢，小生倒是可以奉陪。」

「怎麼賭？」

「一子一萬兩，賭注既然由小生決定，這先手就該讓給柳爺才公平。」

「好！」柳公權也不客氣，拈起一枚白棋子「啪」一聲砸在棋盤中央的「天元」上，慨然道，「老夫生平遇一對手不容易，希望你別輸得太快！」

就在同一時間，城郊的隱仙觀外，沈北雄帶著十多名手下悄悄趕到，立刻有先行在此盯梢的兩名部屬迎上來，沈北雄顧不得抹去一臉汗漬，問道：「怎樣？」

一個部屬忙稟報道：「觀中除了幾個窮道士，還有一個白衣公子帶著個隨從在這兒隱居，遠遠看其模樣，正是上次在望江亭見過的公子襄！」

「太好了！你們守在這道觀周圍，待我親自去會會他！」沈北雄難以掩飾心中的興奮，立刻分派人手把道觀包圍起來，自己則帶著兩名隨行高手逕自往觀中而去。自上次在望江亭被影殺堂的奪魂琴所阻，沈北雄不敢再託大，這次隨他前來的，均是公門中頂尖的高手，相信即便有奪魂琴保護，公子襄也別想再安然脫身！

三人闖進道觀，兩名迎客的道童見沈北雄一行神情不善，嚇得張口結舌不敢阻攔，還沒來得及向觀主通報，沈北雄三人就已進了道觀二門。

一行人暢行無阻地來到道觀後院，遠遠便見一白衣公子負手立於樹下，正仰頭遙望天邊落日。看那蕭然卓立的神態，不是公子襄是誰？第二次見面，沈北雄已沒有數月前的惶恐，心中反而莫名地興奮。環顧四周並無任何人影，沈北雄遙遙朝樹下人的背影一拱手，笑道：「公子襄，咱們總算又見面了！」

「你總算來了，沒讓我等太久。」對沈北雄突然的到來，對方似乎沒有太過驚訝，依然是那副落落寡歡的模樣。從天邊收回目光，他抬手向沈北雄示意，「坐！」

沈北雄一進入這後院，便注意到園中沒有多餘的人，也就沒必要太過戒備。可見對方似乎並不因自己的突然到來而有絲毫慌亂，沈北雄反而有點拿不準他打的是什麼主意。滿腹狐疑地在樹下的石凳坐下，沈北雄正要發問，卻見一個書童模樣的少年捧著一副茶具匆匆過來道：「公子，茶已烹好，是從福建送來的鐵觀音。」

「給沈老闆上茶。」白衣公子抬手對童子示意，那少年立刻嫻熟地在四個龍眼大的小茶盅中斟上滾燙的茶水，再用托盤捧到沈北雄面前。沈北雄心知以公子襄的為人必不會在茶水中使詐，便端起一杯一飲而盡，隨著那股醇香的熱流滾落肚中，一種說不出的愜意慢慢從腹中蔓延開來，沈北雄不禁一聲讚嘆：「好茶！」

白衣公子淡淡一笑道：「這等好茶，原本是可遇不可求的稀罕之物，沈老闆好運氣。」

沈北雄也呵呵一笑，回道：「沈某運氣來了，公子襄的好運恐怕就要到頭了。」

「沈老闆何出此言？」

沈北雄眼裡浮現貓捉老鼠的神色，微微笑道：「我從進入這道觀起就在留意，卻沒發現你有任何保鏢，不知是你疏忽還是託大？」

「有沒有保鏢又有什麼區別？」

「現在已經沒有區別了！」沈北雄說著慢慢放下手中茶杯，接著屈指成爪，以閃電般的速度扣住了公子襄手腕。他的臉上露出勝利的微笑，揚揚自得地調侃道，「就算你有幫手，這個時候也已經遲了，柳爺早想見見你，只是一直未能如願，今日他老人家總算可以一睹公子襄風采。」

「是啊，柳公權這個時候恐怕正在目睹公子襄的風采呢。」白衣公子說著手腕驀地一翻。沈北雄只感到對方手腕上傳來一股柔和的力道，輕輕卸開自己手指，接著手腕就如泥鰍般輕輕巧巧地滑出了自己的掌握。

沈北雄雙眼倏然圓睜，臉上的神情比白日裡見鬼還要驚訝，他呆呆地瞪著儀態蕭索的白衣公子足足半晌，才難以置信地喃喃道：「你……你不是公子襄！」

雅風樓的棋局激戰正酣，枰中已落下數十枚棋子。柳公權雙眼緊緊盯著棋枰，邊落子如飛，邊搖頭嘆息：「沒想到，真沒想到！雖然從一開始我就猜到什麼葉二公子多半有詐，可我從來就不相信巧合，我怎麼也沒有想到，公子襄居然會孤身犯險，將自己投入險地，這簡直可以用瘋狂來形容。」

對面的書生眉梢一挑，笑道：「柳爺真是目光如炬，任誰在你面前都無所遁形。」

「什麼目光如炬，我簡直就是睜眼瞎子！」柳公權連連搖頭，「直到方才我都還不敢肯定你的身分，一直以為你不過是公子襄投在咱們身邊的一枚棋子，待你落下這數十枚棋子後我才終於確定，你就是真正的公子襄！」

「何以見得？」

「千門中人長於算計，而棋道正是一門算計的學問，只這數十枚棋子就可看出公子胸中韜略，天底下只怕也僅有公子襄才能有這等恢弘的布局、精準的算計、與眾不同的謀略和出人意表的手筋！」說到這裡，柳公權抬起頭來，第一次細細打量面前這位追蹤多年的對手，只見他的面容其實有些普通，就像任何一個眉目端正的窮書生，唯有那雙清澈明亮的眼眸中閃爍著自信而孤傲的光芒，令他平凡的面容生出一種令人仰慕的魔力。

柳公權對著公子襄的面容打量了足有一盞茶的功夫，最後輕嘆道：「老夫閱人無數，自信只一眼就可看出一個人一生大致的經歷，但我卻不敢說能看透你。比如你皮膚並不細膩，甚至稍顯粗糙，可見你並非如傳言所說出身富貴。再者你的髮質柔細，稍顯枯槁，頭頂毛髮甚至有些稀疏。一個人的頭髮反映了他的健康，可見你的健康狀況並不理想，再看你手上粗糙的皮膚和無數的疤痕，想必曾經遭受莫大磨難，以致你的身體至今無法恢復。而你的手指骨骼並不粗壯，身架也顯單薄，說明你並不是從小歷經風霜，且你右手中指第一個關節有厚厚的老繭，那是長年握筆造成的，說明你苦練過書法。我想你多半是個出身貧寒的讀書人。不知老夫說得可對？」

隨著柳公權侃侃而談，公子襄臉上神情越來越驚訝：「都說柳爺眼光毒辣，今日一見果然名不虛傳，雲襄佩服！」

柳公權沒有理會對方的恭維，只冷冷質問道：「公子既然讀過聖賢書，為何要投身千門，專做這等有違聖賢教誨的卑劣勾當？」

公子襄輕蔑地撇撇嘴：「聖賢在雲襄心中早已死了，何況柳爺這次在金陵的所作所為，恐怕也未見得就是高尚吧。」

柳公權臉上微有些尷尬，忙轉開話題問道：「我實在想不通，你為何要孤身犯險接近咱們？只此一點便可看出，你是多麼的瘋狂和不智。」

「諸葛一生唯謹慎，尚有空城一計險！」公子襄淡淡一笑，「我碰巧知道有人在金陵設陷阱對付我，而我卻毫無頭緒，不知是一個怎樣的局，這讓我無法忍受，所以特意跟蹤那個假的公子襄。只要有人對公子襄感興趣，多半會自己主動來找我，那我就可以看出究竟是什麼陷阱，冒險接近沈北雄也是不得已的選擇。」

「就憑你在天外天酒樓住了幾日，就能知道咱們的內情？」柳公權顯然不相信。

「你莫忘了我可是設局的高手，什麼樣的騙局能瞞得過我？我不必知道內情，只需留意你們跟什麼樣的人來往，有什麼樣的舉動，就能猜個八九不離十。」公子襄笑著解釋道，「沈北雄用各種手段大肆購買金陵商鋪，動用的資金達數十萬兩之巨，還拚命拉攏官府、黑道和錢莊的力量，甚至借你過去抓住的把柄逼金陵商家就範，金玉堂和榮寶齋就是因為曾經買賣贓物被你抓住，只好配合沈北雄唱一齣雙簧，讓眾商在不可預知的威脅面前，不得不把鋪子賣給你。接著又傳出杭州市舶司將遷到金陵的消息，引得江南富賈蜂擁而來，瘋狂追捧暴漲的商鋪。我剛開始還以為柳爺是為對付我才不惜動用如此巨大的人力財力，可現在看來，我是太高看自己了，柳爺志存高遠，我雲襄不過是這場彌天騙局中一枚比較重要的棋子或者說一個誘餌罷了。」

「何以見得？」柳公權神色又恢復冷定，緩緩拈起一枚棋子，輕輕點在棋枰上。

「市舶司從杭州遷到內陸的金陵，這舉措顯然有些荒唐，從常理來看根本不利於商業往來。」公子襄也信手拈起一枚棋子點在棋枰上，「不過這消息是從朝中高層傳出，再加上朝廷經常辦些糊塗事，所以很少有人會懷疑這消息的真偽，就算有所懷疑，面對日日看漲的鋪價，這點疑心早晚也會打消。」

柳公權兩眼盯著棋枰，淡淡道：「既然朝廷做事並不總是明智，市舶司遷到金陵也就並非不可能。」

「本來是這樣，」公子襄抬眼盯著柳公權，「但這消息若是屬實，就無法解釋為何柳爺要借金陵富商把我引來金陵，難道要我也跟著這股東風發一筆橫財？更無法解釋一個千門中人用性命傳遞給我的警訊。唯有這消息根本就是假造，想引我以高價接下你手中的商鋪，甚至你擔心自己的財力不足以撬動龐大的金陵商鋪市場，想借助我的財力把鋪價推上天去，為你造市，才能在真相大白時將我置於死地，而柳爺卻能賺個盤滿鉢滿。這大概是你最希望看到的結果。」

柳公權從鼻孔裡輕嗤一聲，淡淡道：「金陵富商手眼通天，與朝中大員皆有往來，假消息豈能騙過他們？」

「這正是你這陷阱的高明之處！」公子襄嘆道，「以對付我雲襄為由，說動福王爺為你撒謊，連朝中重臣都被你騙過了。如今皇上年幼，朝中實際上是福王爺當政，在福王爺眼裡，他不過是放出一個假消息，朝廷沒花一個銅板，所以不覺得有什麼不妥。而你則巧妙地利用這個消息，在金陵布下一個吞噬一切的陷阱，先用各種卑劣手段低價悄悄買入大量商鋪，待消息傳出後再把鋪價推高數倍、甚至十多倍賣出去，有我上當幫你推高價錢最好，就算我不上當，金陵乃至整個江南的財主富商也會上當，如今整個江南的財富正源源不斷地湧入金陵，前仆後繼地撲向你設下的陷阱，你是想洗劫整個江南的財富啊！」

說到這裡，公子襄不禁露出欽佩之色：「本朝最大一樁劫案，悍匪薄雲刀折損數十個兄弟，也不過劫得十多萬兩銀子。你這陷阱如今吸引了江南千萬兩銀子，一旦計謀得逞，起碼有數百萬財富將被你帶走，多少人積蓄數代的家業會被你這陷阱吞噬乾淨，又有多少人會在接下來的鋪價暴跌中輸得一乾二淨？」

柳公權神情漠然地在棋枰中投下一子，撇撇嘴道：「千門公子不是向來以財主富豪為獵物嗎？沒想到還這麼富有同情心。沒錯，我當初引你來金陵，其實是想借你的財力把鋪價推到一個沒人敢想的高度，我早就知道，這陷阱騙得過別人卻一定騙不過你，我以為你會借這千載難逢的機會大撈一筆。你的財力與我的權力聯手，咱們完全可以做到雙贏。」

公子襄哈哈一笑：「本來這主意不錯，可我卻不想成為代罪羔羊。你以我為由說動福王爺，又把我引來金陵，想必是早就準備好將來一旦有人追查這場騙局，你就一股腦兒全推到我頭上，所有上當受騙的人都會相信是惡名昭著的公子襄騙了他們，誰會相信一向公正廉潔，有天下第一神捕之稱的柳公權會設下這等彌天騙局？就連我都有些不明白，你廉潔一生，為何這次卻如此貪婪？」

柳公權輕輕嘆了口氣，揉著自己的腿淡淡道：「我老了，為朝廷奔勞一生，除了個神捕的虛名，就剩下這一身的傷病。我自己可以不在乎，卻不能不為兒孫、還有那些追隨我出生入死的老兄弟們考慮，尤其那些殉職的弟兄們丟下的孤兒寡母，大多還在為生存苦苦掙扎，我得在退職前為他們謀一份活命錢。碌碌一生，到現在我算是明白了，廉潔有什麼用？餓的時候不能當飯果腹，病的時候不能當藥救命。人到最艱難困苦的時候才會明白，還是只有銀子靠得住啊！」

說到這裡，柳公權「啪」一聲把一枚棋子拍在棋枰上，斜視著公子襄笑道：「你就算看穿了我這步棋又如何？你已經無法阻止我撈到這塊決定勝負的實地。」

「是嗎？」公子襄針鋒相對地把棋子拍在枰上，「你以為我不能破掉你這片大空？在你的勢力範圍險中求勝？」

「我不信！」柳公權立刻投子還擊。

「我知道你半年前就在著手準備了，」公子襄邊落子邊笑道，「在沈北雄來金陵之前數月，你就已經令人悄悄收購商鋪，這一點你連沈北雄都瞞過了，經過半年多的準備，你手中握有大量低成本的商鋪，所以才會如此自信，對嗎？」

柳公權臉上終於露出一絲驚訝：「這你也知道？」

「這都要感謝一位堅強的奇女子，」公子襄嘆道，「半年多前，有人想收購她父親開的小客棧，結果未能如願，後來客棧就開始鬧鬼，生意一落千丈。那位姓尹的小老闆不信邪，每晚守夜要抓住這鬼，結果卻受鬼驚嚇，失足從二樓摔下來，不幸亡故。官府草草結案，那間客棧最後也落到一個不知名的外鄉人手裡。這位名叫尹孤芳的女子歷盡艱辛，總算把尋求幫助的帖子遞到我手裡。我在調查這件怪事的過程中，發現附近多家鋪子皆遇過這樣那樣的怪事，最後的結果都是鋪子變賣，落到某個不知名的買家手裡，再加之後來沈北雄大張旗鼓高價收購商鋪的舉動，我才發覺你布的這個局。」

柳公權恍然大悟：「所以你讓人假冒公子襄邀約，自己則偽裝成公子襄的仇家藉機接近沈北雄。不過我還是有些奇怪，是誰假冒公子襄，竟能騙過精明過人的沈北雄？」

公子襄笑了笑說道：「他是誰其實並不重要，不過他肯定比我更像江湖傳說中那位孤傲絕世的公子襄。」

「你不是公子襄！你是誰？」沈北雄吃驚地盯著白衣公子，瞠目質問道。

公子襄不懂武功，這在江湖上早已不是祕密，而以方才震開沈北雄手指的那分功力判斷，眼前這位白衣公子絕對是江湖上罕見的高手！

白衣公子沒有否認，只淡淡笑道：「我是誰有什麼關係呢？既然沈老闆知道我不是你要找的公子襄，那就請回吧，別打攪了我的清靜。」

沈北雄雙眼似欲噴出火來，從鼻孔裡冷哼一聲，「就算你不是公子襄，也是他的同黨，既然我來了，你還想脫身嗎？」說著對兩個隨從一招手，「給我拿下！」

兩個公門高手一左一右抓向白衣公子胳膊，一出手便是北派「分筋錯骨手」，卻見白衣公子雙臂微動，巧妙脫出兩名公門高手掌握，接著大袖橫掃，竟把兩名公門好手逼退數步。沈北雄見狀不禁露出凝重之色，原以為方才白衣公子脫出自己掌握只是僥倖，這下子沈北雄再無懷疑，這白衣公子身手異常高明。要知道，那兩個公門好手乃是北派燕氏兄弟，是公門中頂尖擒拿手，也是北派「分筋錯骨手」的嫡傳弟子，已不知多少黑道強人被他們輕易擰斷了胳膊手腕。

「難怪敢戲弄沈某，原來身手如此了得，把沈某都騙過了。」沈北雄說著緩緩站起身，慢慢拔出腰間軟劍，迎風一抖，頓如銀蛇一般發出嗡嗡震響。白衣公子眼裡露出精光，衣衫無風而動，暗自戒備。

「看劍！」沈北雄一聲輕斥，軟劍直點白衣公子眉心，只見白衣公子右手往上一撩，竟以胳膊格擋軟劍，沈北雄冷哼一聲，手腕下壓，意欲一劍卸掉他半隻胳膊，卻聽「叮」一聲輕響，軟劍竟被對方的胳膊蕩了開去，接著就見對方手腕一翻，一點淡若無物的刀光從袖中脫出，恍若瑩瑩月光般直瀉而來。

「袖底無影風！」沈北雄大驚失色，軟劍接連換了十幾個劍式才擋住那無孔不入的刀光，場中頓時爆出一陣「叮叮噹噹」的刀劍交擊聲。沈北雄被逼得退出數步，盯著對方掌中那柄形式奇特的短刀，眼裡的驚詫已變成震駭，「你是金陵蘇家弟子？」

白衣公子漠然收起短刀，冷冷道：「金陵乃蘇家根基所在，不容外人撒野，即便你來自京中也不行。」

沈北雄心知蘇家乃金陵另一地頭蛇，是江湖上屈指可數的武林世家，勢力比百業堂更為龐大，不過蘇家只做合法買賣，也很少捲入江湖紛爭，所以不如百業堂出名。走黑道的百業堂對柳爺心存畏懼，但蘇家卻未必會買柳爺的帳，所以柳爺一再叮囑，能不招惹蘇家就不要招惹。加之方才這一交手，便知自己奈何不了對方袖中短刀。就算與燕氏兄弟聯手勉強得勝，也是慘勝，且無可避免要與金陵蘇家正面開戰。想到這裡沈北雄收起軟劍，呵呵笑道：「蘇公子誤會了，北雄此次來金陵不過是做點小買賣而已，來得匆忙，也沒來得及跟蘇宗主打個招呼，改日定要親自登門拜見蘇宗主。」

說完沈北雄轉身就走，剛走出兩步卻又回過頭來，打量著白衣公子，他若有所思地點了點頭道：「蘇家幾位公子都是天下名人，不會做冒充公子裏的閒事，聽說只有蘇家大公子蘇鳴玉一向深居簡出，離群索居，但刀法卻是幾位公子中最高的，今日一見果然名不虛傳，往後若有機會，北雄定要再次討教。」

「好說。」白衣公子索然端起茶杯，他眼中有一種世家公子不該有的厭世和蕭索，讓沈北雄有些奇怪，也正是這種獨特的憂悒氣質，才讓沈北雄把他錯當成公子襄。

沈北雄領著燕氏兄弟從道觀中出來，二人心有不甘地問道：「咱們就這樣算了？」

沈北雄冷冷一笑：「咱們這次的目標是公子襄，與蘇家的恩怨只好暫且記下。」

說話間三人來到觀外，幾個在外埋伏的兄弟忙上前詢問究竟。沈北雄顧不上說明方才發生的一切，只對眾人一揮手：「快趕回金陵，咱們中了調虎離山之計！」

第四十八章　連環劫

雅風棋道館中的對弈進入中盤激戰，二人緊盯著棋枰，神情越發肅穆專注。不知何時開始，隔壁隱隱有琴聲悠然響起，為二人的對弈又增添了一分雅意。

盤中局面漸漸明朗，望著漸漸陷入苦鬥的黑棋，執白先行的柳公權臉上終於露出一絲微笑，邊落子邊調侃道：「公子襄啊公子襄，就算你聰明絕頂，完全猜到我的目的和手段，可在老夫強大的實力面前，你依然無能為力。」

公子襄神色如常，似乎並不因自己的黑棋陷入困境而擔憂，甚至還有閒暇回應柳公權的調侃：「是嗎？你真以為自己已經穩操勝券？我既然能看穿你的迷局，自然有應對之法。」

柳公權瞇起眼睛盯著公子襄：「我行動在前，手握大量低價商鋪，你如果加入搶購商鋪的行列，自然會把價格推得更高，讓我把手中商鋪順利地以高價賣出。倘若你袖手旁觀，光江南這些富商也能讓我賺個對半，就算你對所有人說市舶司遷到金陵的消息有假，只要鋪價還在上漲，誰又會相信你這個千門公子呢？」

「是啊，我阻止不了你，所以只好順應大勢，借你這東風分一杯羹。」公子襄意味深長地笑道。

「分一杯羹？」柳公權手拈棋子審視著對手，「這幾個月以來，任何大量購進商鋪的買家我都讓人探過底細，其中並無可疑之人，不可能你搶購商鋪而我卻不知情。你如何來分這一杯羹？」

公子襄沒有直接回答，而是指著漸漸進入收官階段的棋局道：「雖然從盤面看，白棋憑先行之利占了兩三子的優勢，但其中卻有一處不為人注意的漏洞。」

柳公權仔細把全域細看了一遍，最後搖頭道：「我從一開始就占了先機，到現在盤面只餘幾處官子，走到最後我會勝你兩子。」

「是嗎？我卻不信！」公子襄說著「啪」一聲落子入枰，「我先在此開劫！」

柳公權胸有成竹地投下一子：「這劫早在我計算之中，你翻不了天。」

公子襄淡淡一笑，又輕輕投下一子，這一子出乎柳公權意料，他莫名其妙地望了望棋枰，又狐疑地看看公子襄：「這一手你棄掉十餘子，豈不是輸得更慘？」

公子襄迎上柳公權探詢的目光笑道：「你只關注著金陵商鋪的行情，卻沒留意更加龐大的民宅市場，它也隨著你那消息水漲船高。我既然不願為你作嫁，就只有悄悄收購大量民宅，以遠低於商鋪的成本，我已立於不敗之地。」

「民宅？」柳公權不以為然地撇撇嘴，落子提掉了公子襄十餘子，頭也不抬地嗤笑道，「其價錢雖低，但數量太過龐大，根本無法在短時間內推高價錢，況且民宅買主稀少，轉手很慢，就算上漲，幅度也有限得很，根本無法與商鋪的暴利相提並論。」

「如果我把大片的民宅改造成商鋪呢？」公子襄笑問道。柳公權一怔，臉上終於變色。只見公子襄指著棋枰輕嘆，「你只知道多吃多占，卻忘了棋道中還有一種罕見情況，就算你盤面占盡優勢，也依然贏不了！」說著，公子襄緩緩把棋子投入早已算計好的位置，「我再開一劫！」

「連環劫！」柳公權終於恍然大悟。圍棋對弈中偶爾會出現這種罕見的情況，就是兩個劫爭同時出現，雙方又都不能放棄，那這局棋就會一直走下去，永遠分不出勝負。一旦遇到這種情況，無論雙方盤面優劣，最終也只能以和局論，這就是俗稱的連環劫。公子襄棄掉十餘子，成功抓住了柳公權這個盲點。

見柳公權一臉懊惱，再無法落子，公子襄終於投子而起，負手笑道：「這局棋你苦心孤詣，在占盡優勢的情況下卻為一小小的連環劫所阻，無法勝出。正如你謀劃良久的商鋪暴漲陷阱，也因我手中握有大量可以改造成商鋪的廉價民宅而行將破滅。目前已有部分民宅改建成商鋪投入市場，你大概也感受到鋪價最近幾日的異動，往後是要讓它往上漲還是往下跌，全在我一念之間。」

柳公權望著公子襄愣了半晌，然後揉著自己的腿輕嘆道：「千門公子果然名不虛傳，不過你千算萬算，卻忘了自己最致命的罩門。老朽這雙腿雖然半殘，但要在這雅風樓上拿住你也不過是舉手之勞。你說，我要是生擒了你，咱們這一局的結果又會如何呢？」

公子襄笑而不答，柳公權卻聽身後突然有人小聲道：「柳爺，您老茶涼了，容小人給您老續上新水。」

這茶館二樓早已清過場，不該再有旁人！就算有人悄然躲過公門八傑的耳目摸上二樓，也決計逃不過自己的耳目！但直到對方開口說話，自己才第一次發現他的存在，這是怎樣可怕的一個人啊？柳公權只覺背脊冒起一股寒意，驚詫莫名地慢慢回頭望向角落那說話之人，只見他一身茶博士打扮，滿臉的皺褶讓人看不出年紀。在柳公權驚訝目光的注視下，他陪笑著提起茶壺過來續水，神情自然得就像任何一個年老體衰的茶博士一樣。但柳公權的神情卻是從未有過的凝重，眼光如銳芒般盯著這茶博士，留意他那穩如磐石般的手，柳公權一字一頓地問道：「影殺堂鬼影子？」

「柳爺好眼光。」茶博士陪著笑為柳公權續上沸水，然後垂手侍立一旁。

「能躲開我八名手下的目光上這樓來的人本就不多，有這等輕盈如狸貓般步伐的人更加罕見，又能在老朽身後靜立良久卻不為老朽所覺，恐怕天下只有影殺堂排名第三的『鬼影子』一人了。」說到這裡，柳公權轉望公子襄，滿是惋惜地搖頭嘆道，「沒想到你竟會買通殺手來對付老夫，我看錯了你啊！」

「柳爺多心了！」鬼影子忙陪笑道，「公子只是請小人負責他的安全，沒有要刺殺柳爺的意思。再說，這天底下若還有誰是影殺堂也不敢動的人，那一定非柳爺莫屬。」

「哦？想不到我還這麼有威望？」柳公權冷冷問道。

「柳爺乃天下數十萬捕快的總捕頭，弟子門人遍及天下，影殺堂可不想被幾十萬隻鷹犬攆得無處躲藏。」鬼影子一臉的恭謙。

「那好，我出雙倍的價錢，你替我拿下公子襄。」

「柳爺說笑了，先不說這有違我影殺堂的規矩，就是公子襄，也是我影殺堂不能動的人啊。」

「不能動？為何？」柳公權眉梢一挑，有些不解。鬼影子卻沒有作答，只陪笑道：「二位都是我影殺堂不敢動和不能動的人，只要你們相安無事，我鬼影子自然袖手旁觀。不過萬一柳爺想要對公子不利，咱們影殺堂也只好冒險與數十萬公門鷹犬周旋周旋。」

鬼影子這話無疑是表明了立場，只要柳公權敢動手，他便不惜冒惹火數十萬捕快的險出手阻攔。柳公權心知要說動影殺堂殺手反戈相向根本不太可能，不由冷冷一笑：「你若方才悄然出手，恐怕我未必能躲過。但此刻你我正面相對，你以為還能威脅我柳公權嗎？」說著手腕一抖，三枚棋子脫手而出，前後飛射鬼影子面門。鬼影子迅若冥靈，卻也在空中連連變換了數次身形才勉強躲開，落地後臉上已有些變色。

柳公權手拈棋子引而不發，目視公子襄調侃道：「公子畢竟不是武林中人，根本不了解武功，以為影殺堂殺手天下無雙。可惜若論暗殺手段他們是夠專業，但要論武功，恐怕他們根本排不上號。此刻這鬼影子自保尚有困難，公子以為他還能保護你嗎？」

公子襄泰然自若地笑道：「我不懂廚藝，卻能嘗盡天下美味；我不善丹青，卻藏有大師名作；我不通音律，卻能聽到妙絕天下的琴音；我就算不會武功，卻依然懂得要如何才能制服柳爺這樣的絕頂高手。」

「是嗎？」柳公權把玩著手中棋子，環顧著空蕩蕩的二樓棋室，冷笑道，「方才鬼影子躲我三枚棋子尚有些狼狽，此刻我這棋子若是射向你，他還能擋嗎？」

公子襄嘆了口氣，遺憾道：「柳爺也是棋道絕頂高手，難道非要走至分出勝負那一步才肯認輸嗎？」公子襄話音剛落，隔壁的琴聲突然清晰起來，琴聲通透悠揚，那面板壁似乎對琴聲毫無隔絕阻礙。

「奪魂琴！」柳公權面色一凜，「居然請到影殺堂排名第二、第三的殺手，難怪你如此自信。不過，這一局我依然要走下去！」說著柳公權手腕一抖，三枚白色棋子飛向鬼影子，一枚黑色棋子悄無聲息地射向公子襄前胸大穴。

倏忽間只聽琴聲陡然一變，似有銳風穿透板壁，接著「啪」一聲脆響，射向公子襄的黑棋在離他胸口不及一寸處碎為齏粉。另一旁鬼影子躲開三枚白棋，立刻向柳公權飛身撲來，人未至，手中短匕已指向他的咽喉。

柳公權一聲冷哼，身形飄然後退，同時屈指彈開刺來的短匕。趁鬼影子身形一滯，柳公權立刻撲向一旁的公子襄，只要能拿下公子襄為質，就算在影殺堂兩大殺手圍攻下，也可安然無恙。

隔壁的琴音頓時一緊，從細碎的小調變成激昂的大板，聲浪鋪天蓋地，似有千軍萬馬洶湧而來。薄薄的板壁似紙一般在聲浪震撼下簌簌發抖，不多時即被銳勁一穿而透，留下一道道細微裂縫和透明窟窿。

柳公權在聲浪和銳風中左衝右突，雖然足以自保，卻無法接近公子襄一步。一旁的鬼影子又凌空撲來，如附身鬼魅般死死纏在身後，只片刻功夫柳公權便氣喘吁吁，渾身大汗淋漓。

「停！」柳公權一聲厲喝，琴聲漸漸變得低沉平緩，宛如蓄勢待發的猛獸。鬼影子則攔在他與公子襄之間，全神戒備地盯著柳公權。柳公權喘息稍定，自忖在奪魂琴和鬼影子聯手阻攔之下，自己完全沒有機會緝拿公子襄，心中權衡再三，只得對公子襄冷笑道：「有奪魂琴和鬼影子保護你又如何？我八名部屬就守在樓下，沒人能把你帶出這雅風樓。」

「我知道，公門八傑嘛，」公子襄笑道，「聽說他們是柳爺近幾年從有志於獻身公門的武林俊傑中精心挑選栽培的好手，人人都可獨當一面，在江湖上更是罕逢敵手。不過我沒打算就這樣離開，要走我也要柳爺親自相送。」

柳公權從鼻孔裡輕哼一聲沒再說話，卻見公子襄緩緩踱到窗前，遙指窗外道：「我今日若不能平安離開這裡，明天一早，我手中的那些民宅、商鋪就會全數流入市面，市舶司不會遷到金陵的真相也將大白於天下。到那時，恐怕你的如意算盤就會盡數落空了。」

「那倒未必！」柳公權冷冷道，「民宅轉手極慢，你手中就算有，數量也不會太多，能在這短短幾個月內改造成商鋪的就更少了，我即使全部接下你手中的鋪子大概也花不了多少錢。」

「但你並不確定我手中有多少已經改造好的商鋪，」公子襄笑道，「所以不敢輕易冒險，尤其你現在資金已經耗盡，還負債累累。我從費掌櫃那兒打聽到，你以房契做抵押，先後在通寶錢莊借了三百多萬兩銀子，這些錢你又盡數投入商鋪市場，你手中的銀子已沒剩多少，只要我一口氣拋出鋪子就沒有人能全數接下，鋪價必然會下跌。一旦鋪價跌上兩成，錢莊便會把你的鋪子強行拋售以收回本金，這將進一步導致鋪價暴跌，市舶司遷到金陵的謠言便不攻自破，那些追買鋪子的財主一夜間就會消失。雖然現在鋪價已漲了三倍，可你手中的商鋪數量實在太龐大，根本不可能在短時間內找到如此多的買主，鋪價一旦暴跌，你不僅賺不到一個子兒，還有可能把福王爺借給你的數十萬兩本金輸個乾淨，你承擔得起嗎？」

柳公權嘴角微微抽動了一下，色厲內荏地喝道：「我不信你能撬動整個金陵市場！」

公子襄悠然一笑：「憑我自己或許不能，不過如果再加上金陵蘇家名下的鋪子呢？」

「什麼？」柳公權終於面色大變，金陵蘇家名下數十間鋪子一旦集中低價拋出，雖然數量上不是很大，但以蘇家在本地的影響力，必定引發金陵商家跟著拋售，加上公子襄手中的商鋪，這對追買的勢頭將是致命的打擊，而鋪價上漲的勢頭一旦逆轉，買主很快就會收手，自己那一千多間鋪子就滯銷了，若再被錢莊強行拋售抵債，那真有可能血本無歸。雖然這僅是一種可能，但自己現在擔不起這個風險。想到這裡，柳公權頭上汗水滾滾而下，但他依然不甘心地道，「集中拋售打壓鋪價，對你又有什麼好處？鋪價一旦暴跌，你也未必能全身而退，咱們只會兩敗俱傷。」

「你錯了，傷的只有你。」公子襄笑道，「我手中商鋪數量遠遠不如你多，又是用民宅改造，成本也比你低得多，所以我要脫身很容易，只有你會陷入自己布下的危局。」

「你到底想怎樣？你告訴我這些，說明你不會真的這麼做，有什麼條件你但說無妨。」

柳公權氣惱地一把推翻棋桌。這一局雖是和棋，但對有先行之利的他來說，與敗局無異。

「柳爺果然是聰明人，我確實不想這麼做。」公子襄點頭道，「我答應過一個女子，要替她拿回被你奪去的客棧，這家客棧好像叫『悅來』，原本的老闆姓尹。」

柳公權臉上露出不可思議的神色：「那是一家很小的客棧，就算是現在也值不了幾兩銀子，你為了要回它竟然不惜動用如此龐大的財力物力人力來與我作對？甚至還聯合了金陵蘇家？」

「當然不僅僅是為這個，」公子襄笑道，「我不喜歡被人算計，更不想被人利用，同時我又想借你這陣東風發點小財，畢竟這是百年難遇的機會。所以我不願低價拋售手中的商鋪，又沒有耐心一點點地零賣，你如果不想看到鋪價下跌引發市場恐慌，就該把我手中的鋪子全部接下來，只要鋪價不跌，你依然有可能賺大錢，只是時間稍微長一點而已。」

「什麼？你是要我高價買下你手中的鋪子，從我這兒大賺一筆？」柳公權覺得肺都要氣炸了，卻見公子襄悠然笑道：「隨便你啊，明天我就把手中的鋪子全部拋出去，一口氣大拍賣，如果你願意全部接下，我可以按現在的市價算你九折，這樣一來我也就不必經過牙行掮客拋售，便不會引起市場恐慌，你考慮一下。」

柳公權臉上青筋暴露，直把牙咬得咯咯作響，實在不甘心受公子襄擺布，他猛一拍桌，怒道，「你休想從我這兒撈到一兩銀子，大不了咱們一拍兩散，我輸錢，你輸命，看咱們誰怕誰！」接著他突然一聲高喊，「來人！」

樓梯口有腳步聲響起，不過應聲上來的卻不是公門八傑，而是一位神態飄逸的白衣老者，柳公權一見這老者，眼光不由一寒，微微點頭道：「原來是蘇老爺子，想不到金陵蘇家竟和千門公子聯起手來。」

「誰是千門公子？」蘇慕賢眼裡閃過一絲狡黠，故意問道。

柳公權心知沒抓住任何把柄，自己無法指認蘇家與公子襄勾結。有金陵蘇家插手，僅靠公門八傑是奈何不了公子襄的，若是沈北雄和他那十幾名公門高手在這裡，還可以與對方鬥上一鬥。想到這裡，他突然醒悟，沈北雄被百業堂傳來的假訊息引去城外，顯然是中了公子襄的調虎離山之計，難怪公子襄敢在這兒等著自己找上門來。

柳公權心中權衡再三，知道穩住鋪價才是當務之急，只要鋪價不跌或緩跌，自己依然有希望賺上一大筆，於是他只得向公子襄屈服，無可奈何地問道：「你手中有多少鋪子，總價是多少？」

「不多，大概也就值七八十萬兩銀子而已，」公子襄笑道，「不過我估計你現在手中也沒那麼多銀子，你可以先付我五十萬兩通寶錢莊的銀票，只要你把我這些房契地契押給錢莊，讓費掌櫃開五十萬兩銀票出來周轉自然沒多大問題。剩下的給我寫張欠條，柳爺的欠條我信得過。」

「好，我今晚就把銀票和欠條給你送去，你說多少就是多少。」既然已經輸了幾十萬兩，柳公權也就懶得討價還價了，況且，公子襄也不會占這種小便宜。

「別忘了，還有那張悅來客棧的房契，以及被你手下意外嚇死的尹老闆的喪葬費，就算作一萬兩吧。」公子襄說著已轉身下樓，頭也不回地叮囑道，「柳爺要記住，今晚我若收不到房契、銀票和欠條，明天一早，我手中的鋪子就會低價出現在金陵所有牙行掮客手中。」

「也包括蘇家名下的商鋪。」蘇慕賢補了一句，跟著大步下樓而去。

直到二人離開，隔壁的琴音才漸漸消失，終至完全寂靜無聲。鬼影子呆呆地望著公子襄遠去的背影喃喃感慨道：「乖乖，影殺堂最大一單買賣也才掙十萬兩銀子，公子襄一不殺人二不賣命，幾十萬兩銀子就輕輕鬆鬆到手，還要別人乖乖給他送去，真應了聖賢的那句話：勞心者治人，勞力者治於人啊！」

一臉憤懣的柳公權突然一巴掌拍在那面已經千瘡百孔的板壁上，板壁頓時像薄紙一般現出個大洞。只見隔壁已空無一人，僅餘一張桌案，其上依舊可見溼漉漉的汗漬。柳公權見奪魂琴已走，不由把憤怒的目光轉向鬼影子，把鬼影子嚇了一跳，趕緊翻出窗外逃之夭夭，不敢再招惹暴怒不已的柳公權。

數日後，筱伯把悅來客棧的房契和一萬兩銀子的銀票交到那位獻身求助的尹孤芳手裡，她並沒有顯得太興奮，只略微羞怯地垂頭小聲問道：「老伯，不知小女子何時晉見公子襄？」

「不必了，」筱伯笑道，「公子從不輕易見人。」

尹孤芳有些意外地抬起頭來，滿臉詫異地問道：「小女子的容貌入不了公子的眼？」

「不是不是！」筱伯連連搖手道，「姑娘傾國傾城，相信任何人都不會視而不見。只可惜，公子壓根就沒看妳的畫像。」

「沒看？」尹孤芳更加詫異，「那他為何……」

「公子行事，向來不能以常理測度，老朽經常也看不透呢。」

尹孤芳秀美的眼眸中，羞怯早已褪去，漸漸泛起一絲期待與嚮往，遙望天邊喃喃自語道：「那我更要讓他看看小女子，我也想要親眼見見這個傳說中的奇男子，哪怕比登天還難。」

「這個我可幫不了妳。」筱伯慌忙搖頭。尹孤芳對筱伯的拒絕渾不在意，只如發誓一般堅定地道：「我一定要見到他，一定！」

數月後，還是那處雅致的小竹樓裡，公子襄半閉著雙眼躺在逍遙椅上，身子隨著逍遙椅的搖動而微微晃著。風塵僕僕的筱伯像往常一樣把一疊帖子放到桌上，然後搓著手說：「公子，上次那位尹姑娘想見見你，親自向你道謝。」

「不必了。」公子襄懶懶地回應，依然沒有睜眼，「金陵有消息嗎？」

「正如公子所料，市舶司遷到金陵的消息果然是假，而柳公權手中的商鋪本來就不少，再加上高價接下了咱們的鋪子和民宅，吃得實在太多。即使鋪價最高漲到原來的四五倍，他依然未能全身而退，至少有一半的鋪子滯銷，算起來不僅沒賺錢，還小虧了一些。不過由於他用商鋪做抵押，從通寶錢莊借了幾百萬兩銀子又投入商鋪，鋪價一跌，費掌櫃借給他的銀子全部成了呆帳。而通寶錢莊乃皇家錢莊，國庫收入一多半也存在那裡。一旦出現巨額虧損，必將動搖國家根基。因此福王無奈，與眾臣商議後，只得假戲真做，不合情理地在金陵新設一市舶副司，這才讓柳公權從金陵商鋪市場中全身而退。」

「荒唐！」公子襄驀地睜開眼，「有杭州市舶司在前，金陵市舶副司豈不是多餘廢物？白白養活一大幫閒人？」

「是啊，」筱伯嘆道，「為了把通寶錢莊的巨額呆帳救活，以福王為首的權宦不惜把假話編到底，在金陵設市舶副司，引江南那些不明就裡的愚夫入彀，接下了柳公權手中的商鋪，把通寶錢莊和柳公權的巨額虧損全轉嫁到江南富商財主頭上，只有少數人在這場風波中一夜暴富，大多數參與商鋪買賣的商賈都輸得一貧如洗，有不少人甚至為此背上巨額債務，最後只得上吊自殺，弄得家破人亡，妻離子散。」

公子襄的身子停止晃動，眼裡閃過一絲不忍，遙望虛空黯然道：「筱伯，你說咱們借柳公權之局巧取數—萬兩銀子，是不是也算害人家破人亡的幫凶？是不是有違天理？」

「公子千萬別這麼想，」筱伯忙道，「旁人不理解公子，但老僕卻是知道，公子的所作所為正是替天行道，你取的每一兩銀子，都替天下人花到最該花的地方。」

「替天行道？」公子襄苦澀一笑，「天若有道，何須我千門雲襄？」

筱伯理解地點點頭，又拿出一本厚厚的帳簿遞到他面前，安慰道：「就算公子不取這數十萬兩銀子，它也會落入柳公權之手。再說，公子的這個組織顯然比柳公權和那些江南富戶更需要銀子。有了這幾十萬兩銀子，咱們不僅可以維持運轉數載，甚至還可以在全國各地新開十幾處分堂。」

公子襄接過帳簿，輕輕撫摸著那冊厚厚的簿子，神情就像是在撫摸自己的孩子，眼裡滿是欣慰和關愛。那冊厚厚的簿子封面上，寫著珠圓玉潤的三個大字——濟生堂！

第四十九章　戰書

北京。秋夜。一騎快馬踏破沉重的夜色，疾風般掠過幽暗的長街。躲在街角偷懶打盹的更夫聽到蹄聲抬頭張望，卻只看到眼前白影閃過，馬鞍上隱約是個白衣如雪的婀娜背影，眨眼便消失在長街盡頭。更夫惱她驚醒了自己的好夢，狠狠啐了一口，嘀咕了一句：「深更半夜，縱馬疾馳，妳他媽奔喪啊？」

快馬在長街盡頭一座僻靜的宅子前停了下來，騎手看到宅門兩旁挑著的慘白燈籠，以及燈籠上那個大人的「奠」字，心中不禁一痛，不等快馬停穩就揮鞭擊向門上獸環，放聲高叫：「開門！快開門！」

銅環被馬鞭帶動，擊得門「砰砰」直響。門「吱嘎」一聲打開，一個僕人模樣的老者從門後探出頭來，詫異驚問：「姑娘找誰？」

騎手顧不上答應，猛然勒韁鞭馬。駿馬嘶叫著人立而起，揚蹄踢開大門，在老僕的驚呼聲中，一衝而入。

駿馬衝過大門、二門，直到內堂前才噴著響鼻停了下來。騎手翩然翻身下馬，內堂中幾個披麻帶孝的漢子聽到有人闖進來，紛紛迎了出來，見對方只是個纖弱少女，不像是上門找碴的主兒，於是抱拳問道：「姑娘可是與先師有舊？前來祭拜？」

少女也不與眾人見禮，徑直闖了進去。只見靈堂正中的靈牌上駭然寫著——先師柳公諱公權之靈位，弟子沈北雄率眾同門敬立。

少女呆呆地望著靈牌靜立半晌，突然一聲悲呼：「爺爺！」接著雙腿一軟倒在地上。「原來是柳小姐！」靈堂中幾個漢子慌忙上前攙扶，他們以前就聽說過柳爺有個孫女在天心居學藝，卻從未見過，聽那少女叫「爺爺」，才知她原來就是柳爺的孫女柳青梅。此刻她雙眼發直，凝望著虛空喃喃問：「我爺爺是怎麼死的？」

半晌無人回答，她將目光轉向眾人，厲聲喝問：「我爺爺是怎麼死的？」

堂上眾人皆心虛地低下頭，她的目光緩緩從眾人臉上掃過，最後落在一個面目粗豪、身材偉岸的中年男子身上，雖然一別十多年，她還是一眼就認出了對方：「沈叔叔，你告訴我，我爺爺是怎麼死的？」

那漢子愧疚地低下頭：「小姐，柳爺明是死於癆疾，但實際上，他的死另有原因。」

「什麼原因？」少女急問。

「小姐可聽說過千門公子？」那漢子問，見少女茫然搖頭，那漢子便輕輕念道，「『千門有公子，玲瓏奇巧心；翻手為雲靄，覆手定乾坤；閒來倚碧黛，起而令千軍；嘯傲風雲上，縱橫天地間。』」

少女微微頷首：「這一路上，我也曾聽過這樣幾句話，只是不知究竟是什麼意思。這跟我爺爺的死又有什麼關係？」

那漢子喟然輕嘆：「小姐七歲開始就在天心居學藝，對江湖事自然一無所知。這幾句話說的是江湖上一個前所未有的千門惡棍。他以各種卑劣手段聚斂錢財，巧取豪奪，做下了不少驚天動地的大案，其貪婪和瘋狂世間罕見。柳爺為了抓住他，曾在金陵花大本錢設下陷阱，誰知不僅未能得手，反而被他騙去了數十萬兩官銀。柳爺為此受到福王和朝廷責難，抑鬱成疾，終至不治。」

「這人是誰？」

「他就是千門公子，名叫雲襄！」

「千門公子，雲襄！」少女秀目中閃現駭人的寒光。突然翻身而起，在靈前跪倒，切齒道，「不管他是誰！我都要替爺爺將他逮捕歸案！沈叔叔，請你告訴我他的出身來歷，以及武功特長。」

那大漢苦笑道：「說來慚愧，我和柳爺雖然追蹤他多年，卻一直沒有查到他的出身來歷。只知道他是千門頂尖人物，不會武功。」

「不會武功？」少女霍然回頭，一臉驚訝。

「是的，不會武功。」那大漢肯定地點點頭，苦笑道，「說來真是有些不可思議，千門公子不會武功，這在江湖上是眾所周知的祕密，但他卻偏偏將眾多武林高手玩弄於鼓掌，實在令咱們武林中人慚愧。」

少女若有所思地點點頭，回頭對靈牌跪拜道：「我柳青梅在爺爺靈前發誓，不管他有什麼邪術妖法，我都要替爺爺將之剷除，以告慰爺爺在天之靈！」

那大漢還想說什麼，柳青梅已長身而起，回頭道：「沈叔叔，爺爺的喪事辛苦你們了。你們去休息吧，我來為爺爺守靈。」

「小姐這是什麼話？」那大漢急道，「我沈北雄乃柳爺一手提拔，我視柳爺如師如父。如今柳爺不幸亡故，我理當為柳爺披麻帶孝，守靈送葬。」

柳青梅點點頭：「沈叔叔對我爺爺的感情，青梅完全清楚。青梅只是想與爺爺單獨待一會兒，沈叔叔千萬不要多心。」

沈北雄深深望了柳青梅一眼，見她態度堅決，只得無奈點頭：「既然如此，咱們就先行告退。如今更深夜長，天氣寒冷，我讓丫鬟過來伺候妳，陪妳守靈。」

柳青梅搖搖頭：「不用了，多謝沈叔叔關心。」

眾人在沈北雄率領下悄悄退出靈堂。柳爺子女早喪，只有孫女柳青梅這唯一的親人，所以他的喪事全靠沈北雄一手操持，再加上連續數夜為柳公權守靈，沈北雄也感到十分疲憊。如今柳青梅回來，按理說沈北雄該稍稍鬆口氣，但他的神情卻反而有些緊張。對幾個在靈堂外值夜的兄弟仔細交待之後，他才獨自在一旁的客房中疲憊睡去。

朦朦朧朧間不知睡了多久，沈北雄突然被一陣敲門聲吵醒。他正要張嘴罵娘，就聽門外一個兄弟急道：「沈爺！柳小姐不見了！」

沈北雄聽出是得力手下英牧的聲音，忙翻身而起，開門問：「怎麼回事？」

英牧答道：「今日一早，丫鬟給小姐送早點，才發現靈堂裡空無一人，青梅小姐已不知去向。她的馬也不見了。」

「她什麼時候離開的？」

「不知道！」

「不知道？」沈北雄勃然大怒，「守夜的兄弟是幹什麼吃的？」

英牧吶吶道：「我整夜都未曾闔眼，也沒有看到小姐離開。」

沈北雄心中有些驚訝，心知英牧最擅長盯梢警戒，沒想到連他也沒發覺小姐離開。沈北雄不由暗忖：天心居不愧是超然江湖之外，世間最為神祕的門派，就連一個年輕弟子竟也如此了得，輕易就避開了公門一流的耳目。想到這裡他又問：「小姐可有留下書信？」

英牧搖搖頭：「沒有，她只帶走了柳爺一件遺物。」

「什麼遺物？」沈北雄忙問。

「就是御賜『天下第一神捕』的玉牌。」英牧答道。

沈北雄若有所思地遙望天邊，撫著頷下短髯喃喃自語道：「看來，這丫頭是想憑一己之力，捉拿公子襄歸案。」

英牧小聲問道：「咱們要不要把她追回來？」

「不必了。」沈北雄悠然一笑，望向虛空，「我倒是希望她去試試，也許，她就是公子襄的剋星也說不定。」

鞭炮「劈里啪啦」地響起，北六省武林盟主齊傲松的臉上，終於露出一絲難得的笑意。今日是他的五十大壽，也是他準備金盆洗手、退隱江湖的日子。自十六歲出道至今，他憑著一柄霸王刀縱橫江湖數十年，並在四十歲贏得了「北六省第一刀」的美譽，雄霸北方整整十年。不過他早已累了、倦了、厭了，若能在功成名就之際急流勇退，從此安享晚年，也不失為無數江湖成名人物最好的結局。可惜能堅持到這一天的人實在寥寥無幾，齊傲松慶幸自己堅持到了這一天。

鞭炮聲過後，賓客齊齊向主人賀喜。齊傲松客氣地回應眾人的恭維，眼光在賓客間不住搜尋，心中隱隱有一絲遺憾。一個弟子在身後小聲催促道：「師父，該開席了。」

「唔，好的！」齊傲松漫不經心地答應著，眼光最後在賓客間又掃了一圈，略有些慨然地輕聲道，「讓大家入席吧。」

那弟子連忙替師父招呼來自五湖四海的朋友入席，眾人喧譁著一陣忙亂。混亂中忽聽門外司儀拖著嗓子高叫：「滄州五虎斷門刀掌門——彭重雲來賀！」

混亂的場面一下子安靜下來，眨眼間便鴉雀無聲。眾人的目光齊齊集中到齊傲松的臉上，只見他神色未變，淡淡道：「請！」

隨著司儀高唱，一個年逾五旬的威猛老者大步而入，徑直來到齊傲松身前站定。齊傲松如釋重負地吐了口氣，淡淡笑道：「你終於還是來了！」

彭重雲澀聲問：「你也在等我？」

齊傲松微微頷首：「在北六省，你是老夫唯一的對手。過去十年，彭掌門三度敗在老夫刀下。老夫堅信，你一定會在我金盆洗手之前，與老夫再戰一場，以雪前恥。」

彭重雲苦澀一笑：「齊盟主果然了解彭某，我原本是想向齊盟主挑戰，不過，現在卻不是了。」

齊傲松眼中閃過一絲意外：「不是?那彭掌門為何而來？」

彭重雲澀聲道：「我是來向齊盟主下戰書。」

齊傲松更加疑惑：「戰書？什麼戰書？老夫早已令弟子擦亮霸王刀，恭候彭掌門多時，何須什麼戰書？」

彭重雲欣慰一笑：「難得齊盟主如此看重，彭某當敬盟主一杯。」

「拿酒來！」齊傲松一聲高喝，有弟子立刻捧上一碗酒。齊傲松親手遞到彭重雲面前，「彭掌門乃齊某最後的對手，當由齊某敬彭掌門一杯才對。」

彭重雲也不客氣，接過酒碗一飲而盡。當他擱下酒碗時，齊傲松駭然發現，碗中竟留下了半碗血水。齊傲松不由驚呼：「彭掌門你……」

彭重雲慘然一笑：「齊盟主錯了，在下已不是你最後的對手，而是一封活戰書。」說著，彭重雲緩緩解開衣衫，袒露出肌肉虯結的胸膛。只見他心窩之上，駭然插著一截折斷的刀刃，斷口處正好與胸肌平齊。

齊傲松悚然變色，忙回頭招呼弟子：「來人！快取金創藥！」

「不必了！」彭重雲慘然一笑，「這一刀刺中我的心脈，對方為了留我一口氣給齊盟主下戰書，才沒有將刀拔出，而是折斷刀尖。留下一截刀刃在我體內，阻住心血噴出。他要我轉告齊盟主，下一個月圓之夜，他將登門向盟主挑戰。」

「他是誰？為何要殺彭兄？」齊傲松駭然驚問。

彭重雲黯然搖頭道：「我不知道他是誰，只知道他是扶桑人。自稱在扶桑已無對手，素來仰慕中華武學，所以不遠萬里，渡海挑戰我中華武林。」

此言一出，眾人頓時群情激憤，個個摩拳擦掌，要與那不知天高地厚的東瀛武士一決高下。齊傲松抬手示意大家安靜，然後望向彭重雲：「你與他戰了多少招？」

「一招。」彭重雲愧然低下頭。

「一招？」齊傲松失聲道。

「實際上只有一刀。」彭重雲愧然道，「他使一把似刀非刀，似劍非劍的兵刃，出手便幻化為七道刀影。我無法辨別虛實，幾乎毫無抵擋便已中刀。」

眾人面面相覷，臉上皆有懼色。彭重雲的武功大家心中有數，即便不如齊傲松，也是相差無幾。想不到他連對方一刀都擋不了，眾人自問不比彭重雲武功更高，真要與對方決鬥，恐怕也是一敗塗地。眾人不由收起爭強好勝之心，齊齊把目光轉向齊傲松。只見齊傲松一臉肅然，默然無語。

寂靜中彭重雲緩緩把手伸向胸口的斷刃，齊傲松見狀忙驚呼：「彭兄你要幹什麼？」

彭重雲慘然一笑：「我傷已致命，堅持來見盟主，除了要給你送信，更是想讓盟主仔細看清彭某傷口，希望盟主能從這傷痕看出對方的武功深淺，早做應對。彭某死則死矣，望盟主莫辜負彭某一番苦心。」

話音剛落，彭重雲便在眾人驚呼聲中猛然拔出斷刃。鮮血頓如噴泉般疾射而出，他的身體也一下子軟倒在地。

「彭兄！」齊傲松慌忙上前攙扶，只見彭重雲面如白紙，已然氣絕。齊傲松黯然放下彭重雲，對他的遺體恭恭敬敬一拜，「彭兄放心，齊某絕不讓你白死。」說完轉向弟子高喝，「拿酒來！」

弟子趕緊捧上酒罈酒碗，手忙腳亂地正要倒酒。齊傲松已不耐煩地一把奪過，對眾人舉起酒罈：「諸位親朋好友，齊某突遇變故，平生最大的對手和知己彭重雲慘死。齊某無心再做壽，請諸位喝完這杯酒便離開吧。他日齊某定一一登門賠罪！」

眾人紛紛說道：「齊盟主這是什麼話？咱們豈能在你遇到麻煩時離開？」

齊傲松團團一拜：「多謝大家好意。齊某若是遭遇盜匪，一定歡迎諸位助拳。但這次對方是正大光明地挑戰我中華武林，齊某忝為北六省盟主，自然要給他一個公平的決鬥，無論勝敗，俱不失我泱泱中華的氣度。」

「盟主說得有理！」有人舉臂高呼，「咱們不會倚多為勝，但總可以留下來為盟主吶喊助威啊！」

齊傲松還想勸阻，誰知堂中人多口雜，竟不知如何勸說才好。正紛亂不堪之際，忽聽門外司儀顫著嗓子激動地高呼：「千門公子襄，求見北六省武林盟主齊傲松！」

呼聲剛落，堂中一下子便靜了下來，齊傲松一怔，忙道：「有請！」

天色已暗，丫鬟在書房中點上燈火，幽暗的書房頓時明亮起來。齊傲松請公子襄落坐後，這才細細打量眼前這位名震天下的千門公子襄。只見對方年近三旬，面色帶著病態的蒼白，若非眉宇間有一種與年齡不相稱的滄桑寂寥，倒也算得上溫文儒雅，乍看就像是一個再普通不過的文弱書生，只有眼中那超然物外的冷定和從容，隱隱有一些與眾不同。

待丫鬟上茶退下後，齊傲松忍不住問道：「不知名震江湖的公子襄突然造訪，所為何事？」

雲襄坦然迎上齊傲松探詢的目光：「盟主其實已經猜到雲襄的來意，何必明知故問？」

齊傲松面色微變：「你果然是為今日之事而來！你知道些什麼？」

雲襄把玩著手中茶杯，淡淡道：「雲襄確實知道一些情況。」

齊傲松見對方閉口不談，突然醒悟，忙問：「你有什麼條件？但說無妨。」

「很簡單，」雲襄抬頭直視齊傲松，「你看了彭重雲的傷口，想必已推測出對方武功高低深淺。我想知道，你有幾分勝算？」

齊傲松遲疑了一下，突然失笑道：「江湖傳言，公子襄雖出身千門，卻信譽卓著，有口皆碑，老夫就信你一次。不怕實話告訴你，老夫看過彭重雲的傷口後，就知自己連一分勝算都沒有，不，豈止沒有，面對如此精準迅捷的身手，我簡直是必死無疑。」

「與我估計的完全一樣。」雲襄微微點頭，輕輕擱下茶杯，「你的對手名叫藤原秀澤，年齡三十有二，東瀛伊賀流第十七代傳人。曾以一柄關東武士刀挑遍東瀛十三派無敵手，在東瀛有『武聖』之稱。這次隨東瀛德川將軍的使團出使我朝，意圖挑戰中原武林高手，磨礪自己的技術，以期在武道上更上一層樓。他在京中已擊殺兩名八極門和燕青門的名宿，所用招式和擊殺彭重雲的一樣，都是『幻影七殺』。我知道的就這麼多，告辭！」

「等等！」見雲襄起身要走，齊傲松忙問，「你今日突然登門拜訪，就是要告訴我這些？」

雲襄微微搖頭：「我今日前來，是想對你們決鬥的結果做出準確判斷。我告訴你這些，只為交換我方才想知道的答案罷了。」

齊傲松疑惑地望著雲襄：「方才的答案？我必敗無疑的答案？」

「正是。」

「這是為何？」

雲襄淡然一笑：「這與咱們的交易無關，不過既然齊盟主動問，雲襄也不妨告訴你，我今日冒昧登門造訪，是因為聞到了銀子的味道。」

「銀子的味道？」齊傲松莫名其妙地撓撓頭，「公子說話真是莫測高深，齊某還請公子明示。」

雲襄笑道：「齊盟主有北六省第一刀之美譽，在江湖上的聲望如日中天。今日東瀛武聖在你的壽宴上殺人挑戰，你們的決鬥必將轟動武林。如果有人借你們的決鬥設局開賭，必定會引得天下賭徒聞風而動。我敢肯定，武林中人無論是出於民族感情，還是出於對齊盟主武功的信賴，都會押盟主勝。」

齊傲松恍然大悟：「而你則要押我敗。你既知我必敗，自然勝券在握，就等一個月後，一舉贏得這場豪賭？」

雲襄頷首笑道：「這可是千載難逢的機會，盟主也可以押自己輸啊，就當為兒孫後輩掙下一大筆撫卹吧。」

「滾！你給我滾！」齊傲松勃然大怒，憤然指向門外，「立刻從我眼前消失，不然老夫恐怕控制不住自己失手傷了你！」

雲襄擺手笑道：「齊盟主不必動怒，其實你也可以不敗。只要拒絕對方的挑戰即可，他難道還能逼你動手不成？」

齊傲松哈哈大笑，傲然道：「我齊傲松自出道以來，從未在別人的挑戰面前退縮過，何況對方還殺了我平生最敬重的對手和知己。我齊傲松的為人，豈是你這江湖騙子所能理解？可嘆我以前還當你是個江湖異人，原來也不過是一俗物。快發你的昧心財去吧，別再讓老夫看到你！」

「虛名累人啊！齊盟主在江湖打滾多年，難道還沒有看透？」雲襄喟然輕嘆。見齊傲松不為所動，雲襄只得拱手道，「既然齊盟主下了逐客令，雲襄就告辭了。」

「不送！」齊傲松一臉憤懣，連最起碼的客套也免了。

雲襄嘆著氣出得房門，在門外等候的筱伯滿是希冀地迎上來，小聲問：「怎樣？」

雲襄遺憾地搖搖頭：「出去再說。」

二人在眾賓客目送下登上馬車，車夫甩出一記響鞭，馬車立刻順著長街軋軋而行，一路向北而去。直到馬車不見蹤影，齊府的眾賓客才恍若從夢境中回到現實，紛紛打聽：「他就是千門公子？他真的是公子襄？」

馬車在昏暗長街上急馳而過，後方突然有人高叫著追了上來：「公子襄站住！我點蒼派要為門下討回公道！」

呼叫聲中，幾匹快馬蹄聲急亂地追近，漸漸向馬車兩側包圍過來。車中，雲襄舒服地靠在繡枕上閉目養神，對車外的呼叫聲充耳不聞。自明珠與亞男離去後，已經過去了五年多，這五年多來，他眼中多了幾分滄桑，也多了幾分從容和冷靜，除此之外，更多了無盡的寂寥和蕭索。

他對面的筱伯側耳細聽著外面的動靜。就在幾匹快馬即將包夾馬車之際，車簾外突然響起長鞭的銳嘯，以及鞭梢擊中人體的脆響，接著就聽到不斷有人驚叫落馬，以及落馬後的痛呼慘叫。片刻後馬車外安靜了下來，筱伯高聲笑道：「風兄的鞭法又精進了，只是出手也忒狠了些。」

車外傳來車夫爽朗的大笑：「若連這些雜碎都不能乾淨俐落地打發，風某豈有資格為公子執鞭？」

馬車速度不減，繼續順著長街急速奔馳。筱伯望著閉目養神的雲襄，忍不住小聲問道：「公子，莫非齊傲松明知必敗，還是堅持應戰？」

「你知道他的為人，」雲襄遺憾地搖搖頭，「我已經如此激他，甚至點明他這一戰會受人利用，他卻依然執迷不悟，實在令人惋惜。」

「咱們已經盡力，公子完全不必自責。」筱伯小聲勸道，「也許在他心目中，這一戰不僅關係著他個人的榮譽，也還有我泱泱天朝的尊嚴吧。」

雲襄一聲嗤笑：「呿！真想不通我華夏千千萬萬人的尊嚴，跟他齊傲松一個人的勝敗有什麼關係？天朝若要尊嚴，還不如守好自己的海防線，將進犯的倭寇斬盡殺絕。」

筱伯點點頭：「看來咱們是無力阻止這場陰謀了，公子有什麼打算？」

雲襄冷笑道：「對無力改變的事，我向來是順其自然。這次是個千載難逢的機會，相信誰也不願錯過。不過為了確保萬無一失，咱們還是應該去見見這次決鬥的另一個主角——東瀛武聖藤原秀澤。」

篠伯擔憂地望了雲襄一眼：「公子，北京乃天子腳下，素來藏龍臥虎，更有六扇門一直在通緝公子，咱們這一去，會不會太冒險？」

雲襄悠然笑道：「這就要問篠伯你了。」

篠伯猶豫片刻，遲疑道：「聽說一直對公子窮追不捨的柳公權，自從上次栽在公子手裡後，受到朝廷責罰，近日已憂憤而亡。六扇門中沒了真正的好手，公子只要別太張揚，老朽自然能保公子平安。」

「既然如此，到北京後再叫醒我。」雲襄伸了個懶腰，舒服地在車中躺下，喃喃道，「我真想早一點見到那個東瀛武聖，他可是咱們的財神爺啊！」

直到雲襄的馬車駛遠，點蒼派幾個漢子依舊躺在道旁呻吟不已。雖然方才那車夫的馬鞭已手下留情，不過幾個漢子從奔馳的快馬上摔下來，仍然傷得不輕。幾個人正罵罵咧咧地掙扎著爬起身，忽見一驥神俊無匹的白馬出現在官道盡頭。隨著馬上騎手面目漸漸清晰，眾人不由自主地停止咒罵和呻吟，呆呆地望著來人，幾乎忘卻了身上的傷痛。

馬背上是一個面目清秀的白衣少女，看模樣不超過二十歲，卻有一種與年齡不相稱的淡定和從容，尤其眼眸中似籠罩著一層薄薄的雲霧，令人無法看透。少女長袖飄飄，白衣勝雪，在月色下徐徐縱馬而來，給人一種飄然出塵之感。

「請問，公子襄的馬車可是從這兒經過？」少女款款問道，聲音如新鶯出谷。

「沒錯！」幾個漢子搶著答道，「他剛過去，還打傷了我們好些弟兄。」

少女對幾個漢子拱拱手，正要縱馬追去，卻聽一個漢子問道：「姑娘，妳也跟公子襄有仇？」

少女鳳眼中閃過一絲寒芒，淡淡吐出四個字：「仇深似海！」說完一夾馬腹，駿馬立刻閃電般衝了出去。點蒼派幾個漢子依依不捨地遙望少女背影，遲遲不願收回目光。一個漢子喃喃自語道：「這姑娘是誰？像不食人間煙火的瑤池仙子，根本不像江湖中人，卻敢孤身追蹤公子襄。」

「是天心居的嫡傳弟子！」另一個漢子指著少女的背影驚呼，「我認得她那把劍，江湖上獨一無二。」

爐上新水已沸，室內茶香彌漫。長途跋涉之後，能喝上一杯新沏的好茶，無疑是最愜意的享受。不過雲襄卻任由壺中水沸，兀自閉目端坐不動。一旁的筱伯搓著手在室內徘徊，時不時往樓下觀望，眼中隱約有些焦急。

這裡是北京城最負盛名的「羽仙樓」，也是三教九流喜歡聚集的大茶樓，從二樓雅廳的窗戶可以俯瞰樓下大廳，亂哄哄的沒有半點羽仙的雅意，只有江湖過客的喧囂。

「公子，」徘徊許久的筱伯終於停了下來，「藤原真的會來？」

「放心，他肯定會來！」雲襄閉目微笑。

「聽說藤原在京中又擊殺了兩位武林名宿，朝廷竟然不管不問。」筱伯連連嘆氣，「不僅如此，朝廷還給他頒發免罪金牌，並昭告天下，任何人只要接受藤原挑戰，在公平決鬥中無論哪方被殺，勝者俱無罪。這不是鼓勵民間私鬥嗎？哪像明君所為？」

雲襄終於睜開眼：「聽說此事是福王一力促成。自上次咱們平倭一戰後，沿海總算平靜了幾年，現在倭寇又有死灰復燃之勢。朝廷欲借助東瀛幕府將軍的力量打擊倭寇，所以不得不對他的使團刻意籠絡。」

筱伯還想說什麼，卻被樓下突發的騷動吸引了目光。只見一個梳著唐式髮髻、身披奇怪服飾的異國男子，環抱雙手緩步進來。那男子年過三旬，面白無鬚，長相很平常，唯眸子中隱含一種令人不敢直視的冷厲。身上袍袖寬大，腳下穿著一雙木屐，走起路來咯咯作響，十分怪異。他的身材並不高大健碩，卻給人一種渾身是勁的奇異感。尤其腰間那一長一短兩柄怪刀，刀身狹窄如劍，前端卻又略呈弧形，既不像刀，也不像劍，樣式十分罕見。

「就是他！」筱伯雖然從未見過藤原，還是一眼就認出對方。來人睥睨四方的氣勢，絕對不是尋常人能裝出來的。筱伯正要下樓迎接，卻見有人突然攔住了那倭人的去路。

「怎麼回事？」樓下的喧鬧戛然而止讓雲襄有些奇怪，坐在雅間深處，他看不到樓下的情形。

「有人攔住了藤原的去路。」筱伯在窗口緊盯著樓下的動靜，「是自稱武當俗家第一高手的蕭乘風！他向藤原挑戰……可藤原刀未出鞘就將他打倒在地！又有人上前，他們將藤原圍起來了！」筱伯不停描述著樓下的情形。

「別讓他們亂來！」雲襄話音剛落，筱伯立刻從窗口躍了下去。

樓下藤原正與茶樓中十幾名江湖豪傑對峙，雖然他的長刀尚未出鞘，但凜冽的殺氣已彌漫整個大廳，令人不敢稍動。雙方劍拔弩張，混戰一觸即發。

就在此時，一個人影輕盈落在對峙雙方的中央，剛好擋在藤原與眾人之間，瞬間把濃重的殺氣消弭於無形。藤原秀澤心中一懍，凝目望去，竟是一個青衫白襪、僕人打扮的平常老者。老者面容和藹，舉止恭謙，對雙方拱手笑道：「不過是一點小誤會，何必要拔刀相向？蕭大俠，藤原先生是我家主人的貴客，還望蕭大俠高抬貴手。」

那領頭的蕭姓漢子見這老者來得突兀，言談舉止頗有大家風範，心知京中藏龍臥虎，倒也不敢造次，只問道：「你家主人是誰？」

「我家主人一向深居簡出，從不願在人前暴露身分，不過蕭大俠一見這個，想必就能猜到。」筱伯說著掏出一件物什在蕭姓漢子面前一揚，就見他倏然變色。眾人心中奇怪，正要細看，卻見筱伯已收起那件物什，轉身對藤原秀澤抬手示意，「藤原先生，我家主人已恭候多時，請！」

「你的主人是誰？」藤原秀澤冷冷問。

「正是你想見之人。」筱伯笑道。

藤原秀澤沒有再問，跟著筱伯緩緩登上二樓。幾個江湖漢子忙轉向蕭姓漢子問道：「蕭大俠，那人到底是誰？」

「我不能說，」蕭乘風神情凝重，「總之咱們都惹不起。」說完轉身就走，不再停留。

幾個江湖漢子見他面有懼色，心中都有些驚訝。這世上能令武當俗家第一高手蕭乘風畏懼的人並不多，眾人交換了一個眼神，悻悻地隨他離去。有人不甘心地朝樓上恨恨啐了一口，低聲罵道：「管他是誰，我看多半是個漢奸。」

二樓雅廳的幽靜與一樓的喧囂形成鮮明的對比。藤原秀澤剛進門，臉上就閃過一絲驚異。只見雅間中竟鋪設著榻榻米，榻榻米中央是一方古樸的紫檀木茶几，茶几上陳設著景德鎮的茶具。一書生打扮的男子跪坐茶几前，正專心致志地傾水泡茶。藤原秀澤先四下打量了一番，確定雅間中再無第三人，才對屋子中央那個貌似柔弱的書生一鞠躬：「你不是我要找的人，他在哪裡？」

書生淡然一笑，沒有回答，卻抬手示意：「坐！」

面前這個相貌平常的書生眼中，有一種常人沒有的淡泊和超然，令藤原秀澤心生好奇，不覺在書生對面跪坐下來。就見書生以標準的茶道手法斟上一杯茶，對藤原秀澤示意道：「虎跑泉的水與西湖的龍井是絕配，在東瀛肯定嘗不到。」

雅間彌漫著一股令人心神寧靜的茶香，藤原秀澤雖然對茶沒有特別的講究，卻也忍不住捧起品茗杯輕輕一嗅，頓覺一股清香直沖腦門，令人精神為之一振，淺嘗一口，更覺齒頰留香，回味悠長。他緩緩飲盡杯中香茗，才擱杯輕嘆：「真是好茶！」

「當然是好茶！」書生傲然一笑，「正如藤原先生的刀一樣，都是人間極品。」

藤原秀澤眉梢一挑：「你知道我，而我卻不知道你，這是不是有點不公平？」

「小牛雲襄。」書生拱手笑道。

藤原秀澤對這個名震江湖的名字似乎渾不在意，他從懷中掏出一封拜帖，展開在書生面前，盯著書生問道：「雲襄君用這幅畫把我引來，恐怕不只是請我喝杯茶這麼簡單吧？」

拜帖上是一幅簡陋潦草的畫，畫上用寥寥幾筆勾勒出一人揮刀的姿勢。雲襄點頭道：「我一個朋友聽聞藤原先生乃東瀛武聖，便託我把這幅畫帶給你。他說藤原先生若有回信，可以託我轉交；如果沒有也無所謂，不過是一時遊戲罷了。」

藤原秀澤這才注意到，桌上除了茶具，還備有筆墨，他立刻拿起狼毫，信手在拜帖上一畫，然後闔上拜帖，雙手捧到書生面前：「請雲襄君務必將這轉交給你的朋友，拜託了！」

雲襄收起拜帖：「藤原先生不必客氣。」

藤原秀澤再次鞠躬：「請雲襄君轉告你的朋友，在下殷切企盼與他相會。」

雲襄點點頭：「我會轉告。」

「多謝雲襄君的茶，藤原告辭！」藤原秀澤說著站起身來，低頭一鞠躬，然後轉身便走，待走到門口卻又忍不住回過頭，遲疑道，「有一個問題，藤原不知當問不當問？」

「請講！」

「在下剛開始以為雲襄君只是一個信使，但現在卻覺得送信這等小事，絕對無法勞駕雲襄君。你送信是次，見我才是主，不知我這推測對也不對？」

雲襄微微一笑：「不錯！你的推測正確。」

藤原秀澤眼中閃過一絲疑惑：「雲襄君不是武人，何以對在下如此感興趣？」

雲襄眼裡閃過一絲欣賞：「藤原先生是個君子，對君子雲襄當以誠待之。不知道藤原先生可曾見過鬥雞？」

「鬥雞？」藤原秀澤疑惑地搖了搖頭。

「在這北京城不少達官貴人家中，都養有一種好鬥的雄雞。這種雞嗜鬥成性，不懼生死。」雲襄笑著解釋道，「因此人們常讓兩雞相鬥為戲，甚至以此為賭，這就是鬥雞。」

「這跟我有什麼關係？」藤原秀澤眼中的疑惑更甚。

「原本跟你沒什麼關係，但自從你殺彭重雲，向北六省武林盟主齊傲松挑戰後，就跟你有關係了。」雲襄笑道。

「此話怎講？」藤原秀澤面色微變。

「人天性好鬥，其實遠勝於雞。」雲襄喟然嘆息，「既然你不惜用性命與人決鬥，自然也不在乎有人以你們的決鬥為賭。我打算在你身上下重注，自然要先親眼看過你的模樣氣質，心裡才會踏實。就像那些鬥雞的賭徒，沒見過鬥雞，誰會閉著眼睛下注？」

「你把我當成鬥雞？」藤原秀澤面色氣得煞白，手不自覺握緊了刀柄。雲襄卻渾不在意地笑道：「不只我一個，自從你與齊傲松決鬥的消息傳開後，在京城富貴賭坊下注的賭徒已超過萬人，賭資累計達數十萬兩，相信待你們正式決鬥的時候，這個數字還會翻倍。」

藤原秀澤的臉色已由煞白轉為鐵青，眼中寒芒奪人心魄，緊握刀柄的指節也有些發白。但對方在他幾欲殺人的目光逼視下，卻始終毫無所覺。半晌，藤原秀澤臉上閃過一絲嘲諷：「你是齊傲松派來的吧？他知道在我刀下必死無疑，所以只能用這種卑劣手段來打擊我的鬥志，削弱我的殺氣。可惜你們永遠不會懂，在我們大和民族眼裡，武士的榮譽高於一切！」

「武士的榮譽高於一切？」雲襄一聲嗤笑，「大概鬥雞也是這麼想的，所以才不在乎贏了也不過多活幾天，輸了則變成香酥雞。」

「你們的卑鄙手段，對我來說根本沒用。」藤原秀澤冷笑道，「你回去告訴齊傲松，除非在天下人面前棄刀認輸，否則就省點力氣，準備好棺材吧。告辭！」

見藤原秀澤一臉傲氣地決然而去，雲襄只能苦笑著連連搖頭。藤原秀澤前腳剛走，門外守候的筱伯就閃身而入，「公子，你已仁至義盡，奈何別人並不領情。」接著筱伯從袖中掏出一面玉牌，遞到雲襄面前，「對了公子，雖然咱們偽造的這面玉牌可以唬住蕭乘風之流的粗人，不過萬一落到有心人眼裡，恐怕會惹上不小的麻煩啊。」

雲襄接過玉牌掂了掂，笑道：「有時候看似危險的事，其實很安全。就拿這面玉牌來說，有幾個人敢質疑它的真偽？咱們這次進京要低調行事，能不動手盡量不要動手，用它唬那些粗人再合適不過。」

筱伯依舊一臉擔憂：「可是，冒充福王信物，實在是有些冒險了。」

雲襄笑著收起玉牌：「筱伯不用擔心，蕭乘風不敢向他人透露今日之事。就算被人識破，福王如今有大事要辦，恐怕也沒心思理會這等小事。」

筱伯憂心忡忡地點點頭，低聲問：「這次公子準備賭多大？」

雲襄沉吟道：「富貴賭坊開出的賠率是多少？」

筱伯想了想：「賠率還沒出來，不過初步估計是三賠一，大部分人都是買齊傲松勝。」

雲襄閉上雙眼，倚在靠背上，悠然笑道：「既然如此，咱們就別讓大家失望。十萬兩，買藤原秀澤勝！」

第五十章　賭局

北六省武林盟主齊傲松，與東瀛武聖藤原秀澤決鬥的消息，不到一個月的時間，就沸沸揚揚地傳遍了江湖，在武林中人眼裡，這場決鬥早已超越了過往的江湖爭鬥，而是一次關乎中原武林尊嚴與榮譽的挑戰，甚至被視作中華武功與東瀛武技的最高對決。

隨著決戰日逼近，人們從四面八方趕往保定，去齊傲松府上聲援助威，齊府應接不暇，只得在府門外的長街兩旁，搭起兩排臨時帳篷供眾人暫住。

與此同時，京城富貴賭坊的賭局也吸引了不少賭徒。富貴賭坊是天下第一大賭坊，信譽卓著，分店遍布天下，背景更是神祕。有傳言稱富貴賭坊有皇家背景，不過這個傳言從未得到證實。人們只知道一件事，就是富貴賭坊是賭壇的一塊金字招牌，代表著公平、公正和安全。

人們從四面八方湧向京城，在京城的富貴賭坊買下重注後，再趕往離北京城不遠的保定府，於齊傲松的府第外等待最終的結果。

就在人們紛紛趕往保定府的同時，雲襄像來時一樣，悄然離開了北京城。不過目的地不是保定，而是千里之外的江南。

長途旅行是一件乏味透頂的事，所以雲襄在馬車中準備了幾百本書。馬車外下著淅淅瀝瀝的小雨，但遮蔽嚴實的車中卻很溫暖。雲襄很久沒有像現在這樣，聽著窗外的雨聲，坐在書堆中信手翻閱百家雜學，不為趕考，也不為查證經詞典故，這種悠閒讓他感到前所未有的愜意。可惜這番愜意沒有維持多久，他又感到一絲心神不寧，這感覺幾天前也出現過，令人有些不舒服。

對面的筱伯見雲襄終於放下書，揉著鼻梁斜靠在書堆上，不由小聲問道：「公子，我不明白，咱們為何不去保定等著看結果？這次有數千江湖人趕往保定聲援齊傲松，熱鬧得很呢。」

「去的人越多，齊傲松越不能退縮，這哪是聲援，簡直就是逼著他去送死。」雲襄輕輕嘆息，「我雖與齊傲松沒什麼交情，卻也不忍心見他血濺當場。」

筱伯笑道：「公子還是心軟，就連下了十萬兩重注的豪賭都不看了。」

雲襄搖搖頭：「我只關心自己能把握的事情，在下注前認真權衡比較，至於結果已在計算之中，看與不看又有什麼關係呢？」

筱伯眼眸中閃過一絲敬仰，輕嘆道：「話雖如此，可就算是養性練氣大半輩子的高僧，恐怕也沒有這等恬靜淡泊的心境。公子這種與生俱來的自信，實在令老奴羨慕。」

「與生俱來？」雲襄苦澀一笑，眼光落在虛空，迷離幽遠，「只有享盡榮華富貴，才能真正看破紅塵；只有經歷過人世間最大的挫折和失敗，才能真正漠視勝敗生死。」

筱伯同情地望著雲襄，輕聲問：「公子從未向任何人說起自己的過去，難道往事竟如此不堪回首？」

雲襄沒有回答，僅閉上雙眼、斜倚著身後的書堆，半晌未動。筱伯只當他要休息，便起身輕輕為他蓋上氈毯。直到這時他才發覺，雲襄雖然雙目緊閉，但眼角處，卻有兩粒晶瑩的淚珠。

馬車在急行中微微搖晃，像搖籃一般催人入夢。筱伯見雲襄鼻息深沉，已沉沉睡去，緊握的手掌也微微張開，手中那枚奇特的雨花石項墜搖搖欲墜。他輕手輕腳想要將它從雲襄手中拿開，卻見雲襄渾身一顫，從睡夢中驚醒過來，立刻緊緊握住了雨花石。

「公子又在想舒姑娘了？」筱伯柔聲問。雲襄悄悄抹去眼角的淚痕，神色怔忡地望著虛空沒有說話。筱伯像慈愛的長者般憐惜地望著他，小聲安慰道：「老奴已調動一切力量去尋找舒姑娘下落，只要她還活著，就一定能找到。」

雲襄不置可否地「唔」了一聲，仔細將雨花石項墜收入懷中。此時急行的馬車突然緩了下來，道旁隱隱傳來女人的哭喊和男人的喝罵。雲裹好奇地撩開車簾，就見路邊朦朧夜雨中，一個青衫女子正被三個黑衣大漢橫抱著，往道旁的樹林裡拖去。雲裹忙一聲輕喝：「停！」

馬車應聲停了下來，一個黑衣漢子立刻對馬車揚揚手中的鬼頭刀，厲聲喝道：「趕你的路，別他媽多管閒事！」

話音剛落，就聽一聲鞭響，那漢子立刻捣著臉哇哇大叫。另外兩名黑衣漢子隨即丟下那女子，揮刀向馬車撲來，誰知還沒接近馬車，就被馬鞭抽得連聲慘叫，落荒而逃。

雲裹遙見那女子倒在地上，在雨中不住掙扎，卻無力站起，便對筱伯道：「去看看。」筱伯有些遲疑：「公子，咱們還有要事，既然那些傢伙已經走了，咱們就別多管閒事。」

「咱們若就此離開，那些敗類不會轉頭又回來？」雲裹不滿地瞪了筱伯一眼，「咱們是在救人還是在害人？快將她弄到車上來！」

片刻後，馬車繼續前行。那渾身溼透的少女捧著雲裹遞來的熱茶，眼裡依舊有著受驚小鹿般的膽怯和戒備。雲裹打量著滿面汙穢的少女，臉上泛起暖暖的笑意：「不用害怕，到了我這車上妳就安全了。姑娘叫什麼名字？」

「我……我叫青兒！」少女戰戰兢兢地說出她的小名。

北六省正為盟主齊傲松與東瀛武聖的決鬥鬧得沸沸揚揚，煙波縹緲的江南卻顯得十分平靜。濛濛細雨籠罩的金陵蘇家大宅，像寂靜無聲的猛獸般，孤獨地盤踞在金陵城郊。

蘇府後花園裡，蘇家大公子蘇鳴玉像往常一樣，獨自在涼亭中品茶。薄霧與細雨使他的身影顯得尤其孤獨，而他的眼中，更是有一抹永遠揮之不去的寂寥和蕭索。不過當他看到花園小徑上，一個衣衫單薄的人影打著油傘緩步而來時，他的眼中浮現一絲難得的暖意。

「坐！」他眼中的暖意隨著微笑在臉上蔓延開來，化去了滿庭的蕭索。待來人在他對面坐下後，他緩緩斟上一杯茶，有些遺憾地向來人說道，「天冷，茶涼，幸虧你來，不然我又要喝酒了。」

來人淡淡道：「喝茶我陪你，喝酒就算了，不然你又要醉死。」

二人相視一笑，蘇鳴玉搖頭輕嘆：「江湖上誰要是說千門公子襄與我是朋友，恐怕會讓人笑掉大牙。」

來人從懷中掏出一封拜帖放到桌上：「既然是朋友，我就奉勸你一句，千萬別再玩這種遊戲了。」

「只不過是遊戲而已。」蘇鳴玉嘟囔著拿起拜帖，邊打開邊笑道，「我估摸著你也該回來了，麻煩大名鼎鼎的公子襄替我跑腿，實在有些不好意思。」

「沒什麼，算是還你上次的人情。」雲襄不以為意地擺擺手。從外表看，他與蘇鳴玉是兩種完全不同類型的人，但二人坐在一起，卻顯得十分自然和諧。

蘇鳴玉定定盯著拜帖，面色漸漸變了。直到雲襄小聲提醒，他才渾身一顫，霍然回過神來，仰天輕嘆：「齊傲松死定了。」

拜帖飄落於地，只見其上用寥寥數筆勾勒出一個揮刀的人影，在人影之上，有重重一撇像小孩的塗鴉，打破了畫面的和諧。雲襄俯身撿起拜帖，不解地問：「僅憑這信手一筆，你就能看出藤原秀澤的武功高低？」

「說實話，我看不出來。」蘇鳴玉搖頭輕嘆，「沒人能看出他的深淺，唯一可以肯定的是，這一刀齊傲松決計擋不了。」

雲襄淡淡道：「這樣正好，我已經下重注買藤原秀澤勝。」

蘇鳴玉臉上有些不快：「你真以他們的決鬥為賭？」

「不是我要賭，」雲襄漠然道，「是福王，我只不過是藉機賺點小錢罷了。」

蘇鳴玉木然半晌，突然失笑道：「我知道你的意思，你放心，我才不想成為你們的鬥雞。」說著，順手將手中拜帖撕得粉碎。

雲襄深深盯著蘇鳴玉的眼睛：「你真是這樣想？」

蘇鳴玉呵呵一笑：「難道你還不了解我？」

雲襄暗鬆了口氣，轉望亭外景色，只見雨不知什麼時候已經停了，夜幕悄然降臨，淡淡月光靜靜流瀉下來，整個花園籠罩在一片濛濛銀色之中。

蘇鳴玉遙望天邊那輪圓月，有些傷感地輕輕嘆息：「月圓了，今晚就是齊傲松與藤原秀澤決鬥的日子吧？」

就在雲裏與蘇鳴玉月下對坐的當口，離江南千里之外的北京城，一處幽靜的別院中，一個面目儒雅的老者也正望著天上明月發怔。老者年逾五旬，一身富貴員外袍，打扮得像是養尊處優的富家翁，不過氣質卻像是個博學鴻儒，尤其他那半張半闔的眼眸深處，有一股旁人沒有的威嚴和冷定。不過，此刻他的神情有些慵懶，又像是午後在樹蔭下打盹的雄獅。

「王爺，」一個管事打扮的中年漢子悄然而至，在老者身邊躬身道，「介川將軍已經到了。」

「快請！」老者一掃滿面慵懶，對中年漢子一擺手，「讓廚下傳宴！」

一名身穿和服的東瀛人，在幾名東瀛武士的伴隨下大步而來。那東瀛人年約四旬，面目陰鷙，個子不高，卻拚命挺胸凸肚昂首而行。老者見到來人，立刻笑著起身相迎。那東瀛人忙在數丈外站定，先是一鞠躬，然後拱手拜道：「德川將軍特使介川龍次郎，見過福王！蒙王爺賜宴，在下不甚惶恐。」

老者呵呵一笑，擺手道：「介川將軍乃是德川將軍特使，除了我大明天子，不必對任何人行禮。再說，今日老夫只是以私人身分請將軍小酌，介川將軍不必太過拘謹。」

介川龍次郎拱手道：「王爺不必謙虛。想當今大明皇帝年紀尚輕，對國家大事尚無主見，一切俱要倚靠福王爺運籌。王爺雖無攝政王之名，卻有攝政王之實。介川臨行前，德川將軍一再告誡，萬不能怠慢了福王爺。」

福王挽起介川的手笑道：「介川將軍說笑了，這次本王還要仰仗德川將軍的協助，以防治海上匪患，咱們應該多多親近才是。」

二人又客氣了一回，這才分賓主坐下。趁丫鬟僕傭斟酒上菜的空檔，福王爺貌似隨意地問道：「今日就是貴國武士藤原秀澤，與我朝北六省武林盟主齊傲松決鬥的日子吧？」

介川龍次郎抬頭看看月色，傲然道：「今日便是月圓之夜，如果不出意外，此刻正是藤原秀澤將刀刺入齊傲松心脈的時候。」

福王淡笑道：「介川將軍對藤原的刀有十足的信心？」

「當然！」介川龍次郎臉上浮現莫名的驕傲，「藤原秀澤是我們東瀛第一武士，在東瀛有武聖之稱，六年前曾戰遍東瀛十三派無敵手。如果這世上真有什麼不敗的戰神，那一定就非藤原武聖莫屬。」

「聽介川將軍這麼一說，本王就完全放心了。」福王長長吁了口氣，見介川一臉疑惑，福王笑著解釋道，「這次藤原武聖與齊傲松的決鬥早已傳遍江湖，京中有賭坊暗中以這次決鬥為賭，開出了一賠三的賠率。本王一時手癢，也在藤原武聖身上下了一注。若藤原武聖真如介川將軍所說的那般神勇，本王可就小賺一筆了。」

「哦？有這等事？」介川一臉驚訝，「不知王爺下了多少？」

福王擺手笑道：「本王隨便玩玩，只下了一千兩銀子。」

「只一千兩？」介川一怔，「不知這次一共有多少賭資？」

「聽說有數十萬兩之巨。」福王貌似隨意地笑道。

「數十萬兩？」介川滿面驚訝，跟著連連扼腕嘆息，「中華真是富庶天下，一場賭局竟有數十萬兩賭資！可惜王爺錯過了發財的大好機會！若下個三五萬兩，一賠三，王爺便可贏個十幾萬兩啊！」

福王呵呵笑道：「可惜當初本王並不清楚藤原武聖底細，若早得介川將軍指點，本王也不至於錯過這次機會。」

介川連連嘆息：「可惜我不知有這賭局，錯過了這次千載難逢的機會。不過就算知道，在下財力有限，也是無可奈何。」

福王笑道：「這等賭局大多是祕密進行，必須有熟客引介才可參與。若非介川將軍即將回國，否則本王還可與將軍合作，共同發財。」

介川一怔，忙問：「不知如何合作？」

福王悠然笑道：「大明帝國向以天朝自居，歷來瞧不起四方蠻夷，尤以好勇鬥狠的武人為甚。恕本王直言，東瀛在國人眼中，不過一蠻夷島國。中原武林，絕無法容忍一東瀛武士挑戰我天朝尊嚴。藤原若勝齊傲松，勢必激起中原武林公憤，屆時定會有武林高手向他挑戰，這賭局便會越來越大。如此一來，介川將軍就不必再為錯過這次機會而遺憾了。」

介川若有所思地點點頭，跟著又搖頭苦笑道：「可惜藤原秀澤並非家臣，他一向獨來獨往，就連德川將軍也不放在眼裡。這次雖然與我同船前來，卻非我使團成員。以他的稟性，絕不願成為別人賭博的工具。」

「這個你毋須擔心，本王自有辦法。」福王笑道，「只要介川將軍與本王合作，本王出錢，將軍出力，咱們定可大賺一筆。」

介川兩眼發亮，忙問：「如何合作？」

福王呵呵笑著舉起酒杯：「乾了這杯酒，咱們再慢慢聊。」

二人同飲一杯後，福王若有所思地望著天上明月，喃喃自語道：「已經三更，那場決鬥的結果也該傳到京城了。」

話音剛落，就聽門外有人急奔而入，一路高叫：「報！」

「宣！」福王一聲令下，一名渾身溼透的漢子匆匆而入，在廊下氣喘吁吁地稟報：「一個時辰前，齊傲松已死在藤原秀澤刀下。」

「當時是怎樣的情形？」福王問道。那漢子喘息稍定，回道：「齊傲松擋住了藤原秀澤的第一刀，卻沒能擋住旋風般的第二刀，被藤原秀澤由肩至腰，一刀斜劈成兩半。」

「一定是旋風一斬！」介川興奮地拍桌叫了起來，「藤原武聖除了幻影七殺，旋風一斬更是無人能擋！」

「想不到介川將軍也精於刀劍之術，」福王笑吟吟地對介川舉起酒杯，「不知與藤原武聖相比如何？」

「在下哪敢與藤原武聖相提並論？」介川連忙搖手，接著又面有得色地笑道，「不過這次東渡，承蒙藤原武聖指點，在下受益匪淺。隨行的數十名武士中，除了在下，有資格得到藤原武聖指點的，也不過二三人而已。」

福王若有所思地點點頭：「如此說來，使團中除了藤原武聖與介川將軍，至少還有兩三個劍法高明的武士，這就好辦了。」

「福王此話是什麼意思？」介川有些莫名其妙。

福王悠然一笑，俯身在介川耳邊小聲說了片刻，介川面色漸變。卻見福王悠然道：「介川將軍既然想與本王合作大賺一筆，多少也該出點賭本才是。這場豪賭一旦開始，本王估計，每局賭資決計不會低於百萬之數。」

「百萬之數！」介川眼中閃爍著貪婪的光芒，遲疑片刻，終於拍案而起，決然道，

「好！在下就聽從王爺的安排。」

福王立刻長身而起，舉掌道：「既然如此，咱們就擊掌為誓！」

二人迎空擊掌，然後齊齊舉杯：「合作愉快，乾！」

斜陽，古道，天色如血，秋風蕭瑟。一乘馬車緩緩行駛在秋風裡，馬車有蓬，窗門緊閉，在暮色漸至的官道中顯得有些神祕。

馬車中，藤原秀澤懷抱雙刀盤膝而坐，如泥塑木雕般閉目無語。三天前，他得知自己與齊傲松的決鬥成為別人豪賭的名目，便感覺此番東渡失去了意義。他不想自己神聖的決鬥成為別人的賭局，更不想成為別人的工具，所以戰勝齊傲松之後，他便決定回國。為此他不得不躲在車中，以避開中原武人的耳目，悄然趕往杭州。他倒不是害怕有人阻攔，而是不願為不值得的對手拔刀。在杭州灣，介川龍次郎已為他聯繫好漁船，他可以從那裡悄然回國。

馬車突然停了下來，藤原秀澤驀地睜開雙眼。他聽到逼近馬車後方的急促馬蹄聲，還有那淡淡的血腥味，像針一般刺激著他的神經。

「藤原先生！藤原先生！」一驥快馬在馬車外嘶叫著停了下來，來人焦急地呼喚著，聽聲音依稀有些熟悉。藤原秀澤撩起車簾，立刻認出那是介川龍次郎跟前的武士大島敬二，是介川使團中為數不多的幾個劍道好手之一，在同船東渡的漫長旅途中，曾得過自己指點。

「大島君，何事？」藤原秀澤淡然問道。

大島抹抹滿臉汗珠，匆匆道：「藤原先生，你剛離開北京，便有中原武士到使館尋釁，要與你決鬥，言語十分難聽。倉鐮先生不願墮了我大和武聖威名，毅然替你出戰，誰知僅一個照面就被來人所殺。來人讓在下把這個交給你，說是他的挑戰書。」說著大島遞過來一個四方的錦盒。

藤原秀澤眉梢一挑，臉上閃過一絲驚異。倉鐮不僅是介川龍次郎的家將，也是伊賀流屈指可數的高手，論輩分自己還要尊他一聲「師叔」。他的劍法自己非常了解，誰能一個照面便殺了他？藤原將信將疑地接過錦盒，尚未打開便聞到一股濃烈的血腥味。藤原皺眉緩緩打開錦盒，定睛一看，頓覺血脈僨張，一股怒火由丹田直沖腦門。錦盒中，竟是倉鐮血肉模糊的頭顱。

「砰」一聲闔上錦盒，藤原強壓怒火冷冷問：「他是誰？」

「那人黑巾蒙面，也沒有留下姓名！」大島答道，「他只說三天之後，在杭州灣一艘樓船上等你，船上有龍捲風標誌，你一見便知。」

藤原默默把錦盒還給大島，遙望前方默然半晌，突然對車夫吩咐：「回頭，我們不去杭州灣。」

車夫答應一聲，立刻調轉馬頭。大島見狀忙問：「藤原先生這是要去哪裡？」

藤原已放下車簾，他淡漠的聲音從車簾後傳來：「請大島君轉告介川將軍，務必把倉鐮的遺體帶回故土厚葬。另外，多謝他的安排，不過我已不打算從杭州灣回國。」

大島一愣，問道：「你要避而不戰？」

「沒錯。」車中傳來藤原淡漠的回答。大島一聽大急，衝口而出道：「你難道甘心倉鐮先生白白被殺？你難道不在乎自己武聖的威名？」

馬車中沒有應答，只是緩緩順來路而回。大島見狀忙縱馬攔在車前，拉住車轅大聲質問：「你要臨陣脫逃？要知道，這次決鬥已不是你一個人的勝敗榮辱，而是關係到我大和民族的尊嚴。你難道要做大和民族的罪人？」

馬車中閃出一道寒光，閃電般掠過大島腰脅。大島只覺腰間一鬆，腰帶竟被無聲割斷。馬車中傳來藤原還刀入鞘的鏗鏘，以及他那冷酷的話音：「你再敢攔路，我就殺了你。」

大島呆呆地望著馬車漸漸遠去，突然破口大罵：「呸！什麼武聖，你根本不配！你不敢應戰，我大島敬二會替你去！大和武士可以戰死，卻絕不會臨陣退縮！」

秋日的杭州灣碼頭，正是漁民收穫的季節，從早到晚都有船來船往，顯得異常熱鬧喧囂。不過這幾日，杭州灣已被另一種熱鬧取代，無數江湖人從水陸兩路趕來此地。他們得到消息，江南第一武林世家宗主蘇敬軒，已經向殺害北六省武林盟主的東瀛武聖藤原秀澤發出挑戰。這消息像長了翅膀，短短幾天就傳遍大江南北。人們從各地趕來，除了要見證這場關係中原武林尊嚴的一戰，更想一睹江南第一武林世家那柄名震天下的「袖底無影風」。

旭日東昇，天邊紅霞萬丈，一艘樓船如在畫中，從海上徐徐駛來。樓船桅杆之上，高高飄揚著一面奇怪的錦旗，上面繡的不是常見的飛禽猛獸，也不是族徽姓氏，而是一股盤旋而上的龍捲風。岸上眾人看到這面錦旗，頓時歡聲雷動。眾所周知，這面旋風旗，正是江南蘇家獨有的標誌。

岸上的歡呼聲傳到樓船上，在艙中靜坐的蘇敬軒心中並無一絲輕鬆，相反的，他更加感到一股無形的壓力。雖然出身江南第一武林世家，但他並非好勇鬥狠之輩，蘇家在江湖上也一向低調。但這次，他不得不成為江湖注目的焦點。這次決鬥已不僅僅是蘇氏一族的榮譽，在許多江湖豪傑心目中，更關係到中華武林的尊嚴。

「宗主，船到杭州灣了。」一名蘇氏弟子小聲進來稟報。蘇敬軒「唔」了一聲，緩緩睜開眼，淡淡吩咐道：「就在這兒下錨停船，然後讓大家下船去吧。」

弟子答應著悄然退下，片刻後樓船內便靜了下來。蘇敬軒重新閉上雙眼，平心定氣緩緩調息，強壓下各種雜念。面對擊殺了齊傲松的藤原秀澤，他知道自己沒有多少勝算。不過這次，他已不得不戰。

樓船在距離碼頭數十丈處下錨停泊，水手僕傭陸續坐小艇離開，看來是不準備靠岸了，這讓岸上等候的眾人多少有點遺憾。海灣中雖然游弋著不少船隻，其中大多為江湖中人所雇，不過卻無一艘靠近樓船。人們刻意地避開樓船數十丈，以示對蘇敬軒的敬意。

紅日漸漸西斜，岸邊等候的眾人不耐煩起來，紛紛打聽決鬥的確切時間。就在這時，一艘小舢板從諸多漁船中越眾而出，徑直駛向樓船。眾人放眼望去，遙見舢板上一名青衣漢子單手搖櫓，舢板劈波破浪，漸漸靠近停泊的樓船。直至離樓船數丈處，那漢子飛身而起，抓住樓船懸梯縱身而上，穩穩落在船頭甲板上。

岸上眾人騷動起來，不少人相互詢問著：「誰？那人是誰？」

有人立刻答道：「這還用問？這個時候上船的當然是藤原秀澤，看來蘇宗主是把決鬥地點定在了船上。」

甲板輕微的震動立刻為蘇敬軒察覺，他緩緩睜開眼，就見一名年輕的東瀛武士懷抱雙刀，昂首大步上前。蘇敬軒不由皺眉道：「你不是藤原秀澤。」

那名東瀛武士在數丈外站定，冷眼打量著蘇敬軒：「你怎知我不是藤原秀澤？」

蘇敬軒淡然道：「你落在甲板上時，腳下稍顯虛浮。若你是藤原秀澤，豈能擊敗齊傲松？」

那東瀛武士臉上露出敬佩之色，拱手道：「在下大島敬二，今日是來替藤原武聖出戰。」

蘇敬軒皺眉問：「藤原為何不來？」

大島敬二傲然道：「對付你這樣一個老傢伙，何須藤原武聖親自出馬？」

蘇敬軒重新閉上雙眼，淡淡道：「我等的是藤原，你走吧！」

「你覺得我不配做你的對手？」大島憤然問道。見對方閉目不答，顯然是已默認，大島一聲怒吼，「鏘」一聲拔出佩刀，雙手握刀喝道，「拔出你的兵刃！」

蘇敬軒渾身上下空無一物，身邊也沒有任何兵刃，大島見狀以為有機可乘，不等對方反應，已然一聲輕喝，揮劍斬向對方頸項。就在這時，一道淡淡的寒光悄然從蘇敬軒袖中脫出，精準地在半空攔截。這道寒光來得突然，寒氣刺骨，大島心知不妙，慌忙收住雙臂之力，武士刀停在離蘇敬軒頸項不足一尺之處，但大島不敢再動，一柄樣式奇特的短刀抵在他手腕之上，只要他一動，就得把自己的雙手送給對方。

大島額上冷汗淋漓，見對方眼中並無殺意，他才稍稍安心。緩緩退後兩步脫離對方威脅，同時看清了那柄突如其來的短刀，長不及一尺，鋒刃前掠，刀尖前彎，樣式十分奇特。他不由澀聲問：「這是什麼刀？」

「無影風。」蘇敬軒說著手腕一翻，將刀悄然隱回袖中，原來刀鞘藏於蘇敬軒袖底，剛好與小臂一般長短，難怪先前無法察覺。

「無影風！袖底無影風！」大島失聲驚呼。中原與扶桑僅一海之隔，有不少神奇傳說也透過海上漁民傳到扶桑，而袖底無影風的故事，在扶桑已流傳近百年。大島沒想到，自己今日竟見到了它的傳人！

「回去告訴藤原，我恭候他的到來！」蘇敬軒依舊盤膝而坐，淡定如初。

大島不甘心就此認輸，把刀一橫，傲然道：「我還沒輸！」說完一聲嗷叫，再次揮劍而上，一劍直劈，氣勢如虹！

蘇敬軒終於長身而起，側身避開大島迎面一斬。二人身形交錯而過的瞬間，蘇敬軒袖中無影風再次出手，輕盈掠過大島前胸。大島衣襟應聲而裂，前胸現出一道淡淡血痕，傷痕雖長，卻不致命。大島低頭看看胸前刀痕，頓時面如死灰，澀聲問：「你武功遠勝在下，為何不殺我？」

蘇敬軒淡然道：「兵者，人間至惡，非萬不得已，不應出鞘傷人。」

大島收刀對蘇敬軒一鞠躬，昂然道：「我是替大和武聖出戰，既然戰敗，就無顏再活，你雖不殺我，我也無法原諒自己。」說著向東跪倒，突然拔出短刀刺入自己腹部，跟著橫刀一劃，白花花的腸子頓時流了一地。

事出突然，蘇敬軒想要阻止，卻遲了一步。望著痛得渾身哆嗦的大島敬二，他不禁搖頭嘆息：「勝敗乃兵家常事，你為何要如此決絕？」

「你不會懂！你們這些生性柔弱的漢人永遠不會懂！」大島敬二吃力地掙扎道，「在我們大和武士眼裡，武士的榮譽……高於一切。」

蘇敬軒惋惜地搖搖頭，對大島的舉動感到不可理喻。見他傷已致命，無法再活，蘇敬軒只得放棄救助的打算，負手轉望艙外，此時天邊紅日西沉，天色已近黃昏。

岸上傳來人們的歡呼，在樓船邊游弋的漁船上有不少江湖人，他們從打開的舷窗中隱約看到了方才的情形，不由齊齊歡呼。在岸邊等候的眾人立刻知道了決鬥的結果，頓時歡聲雷動。人們拿出早已準備好的烈酒，就在沙灘上慶祝狂歡了起來。

幾名蘇家子弟興高采烈地登上樓船，卻見蘇敬軒臉上並無一絲喜色。幾名弟子忙收起得色小聲請示：「宗主，咱們是不是可以起錨回航了？」

蘇敬軒指了指破腹而亡的大島敬二，淡淡道：「把他的遺骸送還東瀛使團，你們暫且退下吧，讓我一個人再等等。」

幾名弟子面面相覷，不知蘇敬軒還要等什麼。不過幾個人也不敢多問，只得抬起大島的屍骸悄然退下，把蘇敬軒一人留在樓船之中。

待眾人離船後，蘇敬軒重新在艙中盤膝坐下，緩緩閉目調息。他知道，藤原秀澤絕不會令大島這樣一個武士代替他出戰，所以自己還得等下去。

天色漸漸暗了下來，岸邊沙灘上燃起了堆堆篝火，遠遠傳來人們歡呼和粗鄙的玩笑，其熱鬧喧囂與海上樓船的寂靜形成鮮明的對比。黑燈瞎火的樓船上，蘇敬軒的身影與黑暗融為一體，遠處的景色也漸漸模糊，但幾天前的情景卻在他的腦海中越發清晰起來……

在那個細雨濛濛的清晨，一輛烏蓬馬車悄然停在蘇府門外，趕車的居然是個神情倨傲的東瀛武士。他送來藤原秀澤的挑戰書和一具陌生人的屍體。對挑戰書蘇敬軒一笑置之，但當他看到那具屍體的時候，臉色驀地變了，一言不發地轉身進了內堂。蘇家子弟聽說過藤原秀澤殺人傳書之事，以為是屍體上的刀痕令宗主不得不重視，不過他們卻怎麼也看不出那刀痕有多可怕。

蘇家子弟中沒人認得，那具屍體其實是他們從未謀面的兄弟，是宗主從未公開過的私生子。

每個人都有不可告人的祕密，蘇敬軒也不例外，年輕時的荒唐使他過早地做了父親。為了在長輩面前維持宗主繼承人的完美形象，他不敢認這個兒子，登上宗主之位後，又因兒子的母親出身風塵而羞於相認。不過他並沒有忘記這個兒子，除了在暗中資助，還託朋友將他送往京中學藝。雖然不能傳他名震天下的蘇家刀法，但蘇敬軒還是希望兒子能有一技傍身，甚至希望他在江湖上出人頭地。

可現在一切希望和煩惱都沒有了，看到兒子的屍體，蘇敬軒突然覺得自己欠他實在太多太多。把自己關淮書房獨自懺悔的時候，蘇敬軒意識到，自己必須為兒子做點什麼，才能稍稍減輕心中的愧疚和痛苦。所以第二天一早，蘇敬軒便按照挑戰書的約定，悄然乘船趕往杭州灣，然後令水手和弟子們離開樓船，自己孤身在海上迎接東瀛武聖藤原秀澤的挑戰。

波濤中傳來一聲輕響，似有海魚躍出水面，把蘇敬軒的思緒拉回到當下。他睜眼看看艙外天光，只見海上明月西沉，星光黯淡；岸上篝火只剩點點灰燼，遠遠望去像一堆堆瑩瑩鬼火。沙灘上人跡稀疏，慶祝的人群大概是熱鬧夠了，早已散去，剩下的也大都爛醉如泥，在篝火邊或躺或坐，寂然無聲。天色墨如黑漆，現在已是黎明前的黑暗。

一絲若有似無的殺氣從窗外浸入船艙，令人遍體生寒。蘇敬軒凝目望去，立刻看到甲板上那個朦朧的黑影，如死物般紋絲不動，殺氣便是從他身上蔓延開來。蘇敬軒暗吁了口氣，淡淡問：「藤原秀澤？」

「蘇敬軒？」黑影反問。

蘇敬軒長身而起，緩步來到船頭甲板，他已不需要答案。像藤原秀澤這樣的高手，實在不容易遇到第二個。

黑影緩緩拔出腰間佩刀，刀鞘摩擦聲在寂靜黑夜裡顯得尤為刺耳。蘇敬軒看不清對方面容，不過對方的眼睛，在黑暗中依舊閃爍著逼人的寒芒。

「倉鐮先生，你可以安息了！」黑影小聲嘀咕了一句，身形微動，手中寒光閃爍，長劍如電閃雷鳴，旋風般向蘇敬軒襲來。蘇敬軒在無影風脫袖而出的同時，突然意識到，自己一向引以為傲的出刀速度，這次終於遇到了最強勁的對手。

樓船上傳來兵刃交擊的聲響，終於驚動了沙灘上尚未散去的人們，不少人醉眼惺松地循聲望去，就見海中的樓船甲板上，不時閃現金屬相擊的火星，在火星稀微的光芒中，隱約可見兩道黑影迅若鬼魅，時分時合，激鬥正酣。

「怎麼回事？這是怎麼回事？」眾人忙互相打聽，紛紛擁到海邊向船上張望，可惜黎明前的月色黯淡，無人能看清楚船上的情形。眾人正焦急之際，就聽船上一聲刀鋒銳嘯之後，一切皆歸於寧靜，天地間只剩下大海輕緩的波濤聲。

「快！快去看看！」眾人再顧不得許多，紛紛登上海邊停泊的小船，駕舟往海上的樓船趕去。最先登上樓船的乃是蘇家弟子，只聽他們發出一聲驚呼和哭喊：「宗主……」

第五十一章　布局

蘇敬軒的死訊少時便傳到京城，大島敬二的屍體也運到了東瀛使館。他的身分很快被富貴賭坊確認，人們這才知道，夜裡悄然摸上樓船與蘇敬軒惡戰，並在黑夜裡擊殺蘇敬軒的神祕人，才是真正的東瀛武聖藤原秀澤。

王府書房中，介川龍次郎看到福王爺推過來的一疊銀票，兩眼頓時亮了起來。不及客氣便一把搶到手中，連連對福王爺拱手道謝。福王爺面帶微笑，對介川悠然道：「這五萬兩銀票，只是你與本王合作的第一筆紅利。」

「第一筆？」介川喜得手足無措，「莫非還有第二筆？第三筆？」

福王意味深長地點點頭：「只要這賭局繼續下去，咱們自然還有第二筆、第三筆收入。」

介川為難地皺起眉頭：「這次藤原武聖的舉動，顯然是不想再被利用。如今他杳無音信，說不定已經悄然回國了。」

福王胸有成竹地笑道：「介川將軍不必擔心，本王已密令沿海各港口封航，他走不了的。」

介川搖頭道：「就算他暫時回不了國，也不一定會照我們的意思繼續找人決鬥啊！再說，現在也不知他去了哪裡。」

福王悠然一笑，俯身道：「藤原在中原人地生疏，除了介川將軍，他無人可以信賴。如今他連殺我大明南北兩大武林泰斗，儼然已成為武林公敵，他不投靠介川將軍，還能投靠誰？只要他來找將軍，本王自然有辦法令這場賭局繼續下去。」

介川憂心忡忡地喃喃道：「就怕藤原武聖會遭到中原武林追殺，無法順利脫身。雖然藤原武聖技藝高強，可畢竟是孤身一人啊！」

福王拍拍介川的肩頭安慰道：「本王除了派出王府衛士尋找藤原武聖下落，還傳令各地方官吏，一旦發現藤原武聖蹤跡，就立刻飛報本王，並派人全力保護，一路護送進京。你放心，本王不會讓藤原武聖受到任何損傷。」

介川終於鬆了口氣，收起銀票拱手道：「那在下就替藤原武聖多謝王爺了！」

福王呵呵一笑：「你我乃合作夥伴，不用這般客氣。」

把介川送出府門，見他們上馬而去後，福王一掃滿面從容，神色陰霾地望向天上濛濛圓月，喃喃自語道：「月色晦暗有暈，明日恐怕又是個陰雨天。」

幾個隨從茫然不知所對，一個師爺模樣的老者清清嗓子，上前一步小聲道：「王爺，小人有一事不明，不知當問不當問？」

「魏師爺有何不明？」

「王爺，你花費莫大精力，安排藤原秀澤與江南蘇敬軒決鬥，為何僅下了幾萬兩銀子的小注，贏得的錢還大半給了介川將軍？這與王爺的投入不符啊！」

福王淡淡一笑，反問道：「你認為藤原秀澤的刀術如何？是否能打遍中華無敵手？」

魏師爺一愣：「藤原在東瀛有武聖之稱，刀術自然是高明的。但要說打遍中華無敵手，恐怕就有些……不過小人不懂武功，對武林中人也不甚了了，不敢妄下斷語。」

「是啊！文無第一，武無第二。武林中人誰甘心居於人下？可千百年來，又有誰能真正天下無敵？」福王從鼻孔裡一聲輕嗤，「也只有介川龍次郎那種夜郎島國的井底之蛙，才會相信這類神話。」

魏師爺心領神會：「原來王爺對藤原秀澤與蘇敬軒的決鬥，並無十足把握，所以不敢下重注。可王爺為何要花費如許心機安排他們決鬥呢？」

福王詭祕一笑，淡淡道：「根據經驗判斷勝負形勢，然後再下注，這是賭徒的行徑。本王不是賭徒，沒有十足的把握，本王不會真正出手。」

魏師爺若有所思地望著成竹在胸的福王半晌，才恍然大悟道：「原來王爺目前只是在布局，真正的賭局還沒開始。」

福王淡淡一笑，話鋒一轉問道：「對了，這次各地賭坊開出的賠率是多少？」

魏師爺忙道：「京城、洛陽、長安等地的賭坊開出的基本上是一賠一，只有江南一帶的賭坊開出的是二賠一。」

福王微微頷首：「看來一旦牽涉到切身利益，人就會變得理智許多。雖然大家感情上都希望蘇敬軒能贏，但實際上看好藤原秀澤的人，差不多也占了一半。」

魏師爺陪笑道：「是啊！也只有蘇家所在的金陵一帶，人們才會對蘇敬軒更有信心，開出了二賠一的賠率。如果小人猜得不錯，王爺正在針對人們的這種心理，布下一個天衣無縫的局。」

福王幽幽一嘆：「可惜這局瞞得過別人，一定瞞不過千門公子襄。如果不出意外，他恐怕已經嗅到銀子的味道，聞風而至了。」

魏師爺見福王面露憂色，忙安慰道：「王爺事先已為他布下一枚隱密的棋子，這次除非他不來，不然就一定會悔恨終身！」

福王憂心忡忡地搖搖頭：「公子襄心思慎密，目光如炬，沒有什麼騙局能瞞得過他，他是本王唯一把握不住的變數。一日沒有抓到他，本王的計畫就還有無法預見的風險，不能說是萬無一失啊。」

話音剛落，就見一名王府衛士匆匆而來，手中捧著一隻雪白的信鴿。看到那信鴿，福王眼中頓時閃現期待的光芒。

「王爺！信鴿終於飛回來了！」那衛士雙手把信鴿捧到福王面前。福王接過信鴿，匆匆取下牠腿上的竹筒，從中倒出一紙捲。一個隨從忙把燈籠湊過來，福王展開紙捲，匆匆看了一遍，然後神色不變地將紙捲伸進燈籠中點燃。

「信上怎麼說？」魏師爺小心地問道。

「獵犬已經發現了狐狸的行蹤！」福王說著扔掉燃成灰燼的密信，抬頭望了望天色，喃喃自語道，「星無光，月有暈。明日必定是個好天氣。」

兩盞慘白的燈籠散發著瑩瑩白光，把空蕩蕩的靈堂映照得越加蕭索。靈堂正中的牌位上，赫然寫著：先叔蘇公諱敬軒之靈位。落款是：孝姪蘇鳴玉敬立。一盞如豆的長明燈在靈案前無聲地跳躍著，昏黃的燈火就如人脆弱的生命，彷彿隨時可能隨風逝去。

靈堂中只有一個白衣人在靈前長跪不起，如雕塑般紋絲不動，即使聽得身後傳來輕微的腳步聲，他依舊沒有回頭。

雲襄在白衣人身邊停下來，在靈前點上三炷香後，輕聲道：「公子節哀！」

「叔父是因我而死！」蘇鳴玉凝望著靈前的長明燈喃喃自語，「若不是我一時好勝，讓你替我送給藤原秀澤那幅畫，他未必會向叔父挑戰。」

雲襄輕輕嘆了口氣：「公子不必自責，這事跟你完全沒有關係。」

蘇鳴玉對雲襄的安慰充耳不聞，對著蘇敬軒的靈牌喃喃道：「我已讓人四下搜尋藤原秀澤的下落，只要發現他的蹤跡，我就立刻去見他。叔父你放心，我會找回咱們蘇家的尊嚴。」

雲襄望著一臉決然的蘇鳴玉，不由輕輕嘆了口氣。他知道，蘇敬軒的死，使很少涉足江湖紛爭的金陵蘇家，以及一向與世無爭的蘇鳴玉，無可避免地捲入到這場賭局之中。

杭州灣碼頭，這個數日前因藤原秀澤與蘇敬軒的決鬥而熱鬧非凡的海港，如今又重拾寧靜。在眾多海上討生活的漁民眼裡，這場關係天朝尊嚴和榮譽的武林盛事，與他們的生計相比實在是微不足道。待武林豪傑們一離開，這裡又恢復成熙熙攘攘的海港漁市。

藤原秀澤置身於這個熱鬧喧囂的海港，卻覺得自己異常孤獨無助。雖然他已經換了一身漢服，還特意用斗笠遮住面容，但兩柄與眾不同的佩刀早晚會暴露他的身分。他知道自己已成為中原武林的公敵，所以想早點離開這是非之地，他不是害怕中原武士的挑戰，而是不願自己視為最高試煉的神聖決鬥，淪為別人骯髒的賭局。

誰知一連問了七八個漁民，都沒人願意送他去遠海，那裡經常有商船去往東瀛。最近海港禁航，碼頭上已經找不到去往東瀛的商船。

藤原秀澤失望地望向大海，一籌莫展。就在這時，忽聽身後有兩個輕如狸貓的腳步聲向自己逼來，夾雜在漁民雜亂的腳步聲裡，十分隱晦。藤原一聲冷笑，輕輕握住了腰間刀柄。腳步聲在數丈外停下，不再向前進逼。藤原回頭望去，就見兩名中原武士緊張地盯著自己。待自己回頭，二人立刻喝問道：「你是什麼人？」

「一個浪人。」藤原淡淡道。雖然他精通漢語，但用字遣詞還是帶有明顯的異族味道。兩名中原武士一聽之下面色不變，立即握刀喝問：「你是東瀛人？可知道藤原秀澤？」

「正是在下。」藤原冷冷道。話音剛落，兩名中原武士慌忙拔刀後退，如臨大敵。其中一個武士色厲內荏地喝道：「江湖上人人都在找你，尤其金陵蘇家，更是重金懸賞你的下落。你只要跟我們走，我們絕不會為難你。」

藤原秀澤從鼻孔裡一聲輕嗤：「如果你們想向我挑戰，我接受。其他的，我看就不必麻煩二位了。」

兩名中原武士對望一眼，齊聲道：「這恐怕由不得你！」說著一人從懷中掏出一根信炮，猛地往半空一拉，信炮立刻在高空炸開，頗為璀璨奪目。

藤原見狀心知不妙，但事到如今唯有靜觀其變。只見信炮剛響，遠處就有不少人向這邊趕來，很快便把藤原圍在中央。藤原暗暗叫苦，想要奪路而逃也已經遲了，只得手握刀柄暗自戒備。然而眾人劍拔弩張，卻並未動手。

「你就是藤原秀澤？」一個年輕人越眾而出，對藤原拱手問道。見藤原點了點頭，他朗聲道，「在下乃金陵蘇家弟子。你殺害我家宗主，蘇家上下絕不會就此甘休！」

藤原秀澤環顧圍上來的人群，輕蔑一笑：「沒想到中原盡是些無賴之輩，單打不勝就要以多取勝。」

那蘇家弟子聞言面色漲得通紅，傲然道：「你放心，咱們不會以眾暴寡。我家大公子要向你挑戰，咱們攔住你，是怕你膽怯而逃！」

藤原秀澤嘿嘿冷笑道：「不是隨便一個人都有資格向我挑戰。江南第一武林世家的宗主都已死在我劍下，整個江南還有誰膽敢向我挑戰？」

此言一出，頓時激得眾人哇哇大叫。人群中蘇家弟子只是少數，其他大多是江湖草莽，哪受得了這般侮辱？不知誰一聲高喊：「宰了這個狂妄的倭寇，為蘇宗主報仇！」眾人聞言紛紛拔出兵刃，向藤原秀澤圍了過來。

藤原見激起了眾怒，再不敢逗留，武士刀「鏘」一聲出鞘，一抖手便幻出七道刀影，向人潮稀疏的地方闖去。刀光閃過，立刻有鮮血飛濺，兩名衝在前面的江湖漢子倒在藤原刀下。眾人剛開始只是看不慣藤原如此狂傲，想仗著人多勢眾令其屈服，誰知對方一出手就如此狠辣，登時激起了眾多江湖草莽的血性，不由得嗷叫著撲向藤原，出手再無顧忌。

藤原的長刀在人叢中縱橫捭闔，幾乎無人能擋，不時有人受傷倒下，但眾人異常剽悍，竟無人退縮，反而爭相撲向對手。藤原雖然能勉強自保，卻已身陷重圍，無法脫身。

藤原眼看圍上來的江湖漢子越來越多，心知今日無可倖免，不由仰天長嘯，氣勢如虹，打算痛痛快快一戰而亡。就在這時，忽見一隊騎手風馳電掣而來，領頭一名騎士遠遠便高叫道：「住手！統統住手！」

眾人激戰正酣，哪理會旁人呼喚？那騎手見狀立刻縱馬衝入人群，一柄長刀左挑右擋，在人叢中闖出一條路，直奔藤原面前。藤原此刻正殺得興起，見有戰馬迎面衝來，想也不想便橫刀一掃，直劈戰馬頸項。只見那騎手長刀一撩，昂然迎上藤原的武士刀。刀刃相擊，一聲驚雷般的鏗鏘聲震得眾人心神一顫，攻勢不由一緩。就連那戰馬也後腿一軟，差點坐倒，後退了兩步才勉強站穩。藤原雖未後退，卻感到雙臂發麻，手腕發軟，心中更是驚駭莫名。來人竟在馬背上擋住了自己旋風一斬，就這一刀之威，當不在蘇敬軒之下。

「來者何人？」藤原乍遇強手，胸中不禁燃起熊熊戰意，橫刀高聲喝問。卻見那騎手已收刀抱拳，不亢不卑地答道，「在下乃福王府衛隊長藺東海，受福王之令，特來保護藤原先生。」說完轉向周遭眾人，「福王有令，藤原秀澤乃是朝廷貴賓，任何人不得傷害！」

「他殺害咱們中原武林多人，今日又傷我眾多好漢，難道就這麼算了不成？」有人高聲質問。

「藤原先生乃東瀛武聖，這次渡海來朝是要與咱們切磋技藝，促進兩國武術交流。」藺東海環顧眾人，朗聲道，「既然是切磋，難保不會有所死傷。福王有令，凡在公平決鬥中死傷者，雙方均不得追究，更不得私下尋仇。誰要對藤原先生的武功不服，盡可公開向他挑戰，絕不能聚眾圍攻，自損我天朝上國的尊嚴！」

眾人聽到這話，心中雖有不甘，但藺東海所率數十名王府衛士，此刻已把藤原秀澤團團保護起來。即便是江湖草莽，也不敢公然和官府作對，只得高聲鼓譟：「這傢伙殺了我不少武林豪傑，如今卻想偷偷溜回國，世上哪有這麼便宜的事？」

「藤原先生是與東瀛使團一同來朝，在介川特使離開前，藤原先生是不會走的！這期間任何人都可與藤原先生切磋武藝。是這樣吧，藤原先生？」藺東海突然俯身詢問藤原。藤原一怔，這並非他的本意，可如果此刻他說要走，會讓人以為自己膽怯畏縮，再者，他在眾人圍困之下也走不了。天生的狂傲使他想也沒想便傲然道：「沒錯！只要有膽與我公平決鬥，我藤原秀澤絕不逃避！」

「既然如此，就請藤原先生隨我回京，我藺東海保證，今日之事不會再發生。」藺東海說著轉向眾人，「藤原先生會在京城等待諸位挑戰，福王會保證交戰雙方的公平。」說完藺東海一招手，一名王府衛士立刻翻身下馬，把韁繩交給藤原秀澤。

藤原猶豫了一下，心知若沒有官府保護，自己根本無法安全離開。他只得接過韁繩翻身上馬，在數十名王府衛士的簇擁下，與藺東海一起縱馬絕塵而去。

藤原秀澤在京中接受挑戰的消息，經過江湖上以訛傳訛，成了東瀛武聖挑戰我中華武林！人們從天南海北趕往京城，雖然絕大多數人不敢去挑戰藤原秀澤，但他們還是希望親眼看到有中原武林高手，擊敗那個狂妄的東瀛武聖。

但人們一次又一次失望了，先後有七位名震天下的中原武林高手，盡數倒在藤原秀澤刀下。更多的挑戰者，甚至過不了福王府衛士這一關，他們連挑戰資格都沒有就敗下陣來。不過相比那些成功過關者，他們反而是幸運的。敗在王府衛士劍下不一定死，可敗在藤原秀澤刀下就一定會死，甚至死無全屍。

隨著藤原秀澤連戰連勝，各地賭坊的賠率也水漲船高，甚至創下了一賠十的罕見紀錄。不過賭徒是理智的，雖然情感上他們希望自己的同胞獲勝，但在一次又一次的失望之後，他們漸漸站到了勝利者這一邊。公開場合上大家都在痛罵藤原，為自己同胞鼓舞，可下注的時候，絕大多數人還是偷偷買了藤原秀澤勝，並在心中暗自祈禱，希望藤原再次為自己贏錢。

這場豪賭已不僅限於大城市大賭坊，甚至也延燒到偏遠小城、甚至鄉野小村，就連鄉間小混混都在村頭巷尾設攤開賭，接受鄉野村夫一兩個銅板的下注。這場豪賭涉及的金銀已無法準確估算，幾乎成為全民參與的武林和賭壇盛會。

金陵富甲天下，各行各業都十分發達，賭坊更是多過米店。每到開賭這天，人們便齊聚金陵最大的富貴賭坊金陵分號，望眼欲穿地等候從京城富貴賭坊傳來的八百里加急快報，決鬥結果就封裝在信使背上那方小小的密匣中。快報一到金陵，富貴賭坊立刻將之貼出，人們奔相走告，轉眼間就傳遍金陵各個賭坊。

也有性急的賭客沒耐心等候消息，便派人常駐京城，一旦決鬥結束，立刻飛鴿傳書，所以他們往往比他人早幾天得知結果，不過在眾人心目中，只有富貴賭坊的加急快報才是真正的權威。

這日又是開賭的日子，京城的決鬥結果一在金陵貼出，各大賭坊門口自然又是一陣騷動。人們或咒罵或嘆息，但更多的是竊喜，因為結果正如大多數人所預料，藤原秀澤再次勝出，沒有辜負大多數賭徒的期待。

就在贏家滿心歡喜，擁到各大賭坊去兌現銀子的時候，一個模樣打扮都不起眼的書生也混雜在熙熙攘攘的人群中，與周圍興高采烈的賭徒不同，他只是望著富貴賭坊門前排成長龍的人潮發呆。一位老者突然被兩個打手從賭坊大門扔了出來，剛好摔在書生腳邊，接著就聽賭坊門內傳來一個小女孩稚嫩的哭喊：「爺爺！爺爺！我要回家！」

賭坊中一個打手憤憤罵道：「媽的，連孫女都輸了，還想賭。你他媽還拿什麼來賭？」

老者摔得不輕，躺在地上半晌爬不起來。書生見狀伸手將他扶起。只見老者髮結散亂，頷下花白鬍鬚亂如雜草，身形瘦弱，滿面汙穢，一副窮困潦倒的模樣，卻還是掙扎著往賭坊爬去。書生於是勸道：「老丈，小賭怡情，大賭傾家，適時收手吧。」

老者對書生的安慰充耳不聞，兩眼發直地瞪著前方，恍若夢囈似地喃喃自語：「連續七次！連續七次我都加倍買藤原敗，誰知他竟連勝七次！令我輸得傾家蕩產。難道我泱泱中華，真的無人能勝他？賭了大半輩子，我還是第一次見到這等邪乎事。不行！我還要買，這次我把自己壓上，一定能翻本！」說著老者掙脫書生的手，往賭坊中擠去，誰知剛到門口，又被看門的打手給踹了出來，摔得鼻青臉腫，他卻百折不撓地繼續往賭坊爬去。看他的模樣，神智似乎已有些不太正常。

書生心有不忍，忙上前攙起他，小聲道：「老丈，你先回家去吧，我教你一個贏錢的法子。」

「真的？」老者兩眼發亮，接著又將信將疑地搖頭，「你不要騙我。」

「我不會騙你。」書生柔聲道，「你家在哪裡？我讓人送你回去。」

「家？」老者敲著自己的頭，一臉迷茫地喃喃自問，「對了，家在哪裡？我的家在哪裡？」

看來老者方才是摔壞了頭，書生嘆了口氣：「你先跟我回去，等想起來了，我再讓人送你回家。」

「公子！」書生身後，一個青衫白襪的老僕忙湊過來，「這等爛賭鬼你理他做什麼？就是把他那條賤命輸掉也是活該。」

書生輕輕嘆了口氣：「理雖如此，但真正遇到，誰能袖手旁觀？再說，孩子也是無辜的。」

老僕不滿地重重哼了一聲，卻還是點頭道：「公子放心，我會讓人把那孩子贖出來。」

書生點點頭，往遠處招了招手。不一會兒，一輛馬車便停在他面前。書生把老者扶上車，然後對車夫吩咐道：「風老，你先把他送到我那裡，我隨後就回去。」

車夫猶豫了一下，小聲道：「公子，還是一起走吧。」

書生擺擺手：「我想隨意走走，有筱伯跟著我，你不用擔心。」

車夫不好再說什麼，只得小聲叮囑兩句，這才揮鞭而去。

漫步在熙熙攘攘的街頭，書生眉頭緊鎖，負手緩步而行。那個青衫白襪的老僕緊跟在他身後，一路上一言不發，似不敢打斷他的思緒。

「筱伯，」書生突然停下來，「這世上真有無敵天下的劍術或武功？」

老僕笑著搖搖頭：「哪有什麼無敵天下的武功？除非是小說。」

「那藤原秀澤為何能一勝再勝？」書生回頭問。

老僕沉吟道：「老朽查過死在藤原刀下的對手，除了當初的齊傲松與蘇敬軒是真正的高手外，後來敗在他刀下的那些挑戰者，名頭雖大，可要論真實功夫，沒一個能超過齊傲松與蘇敬軒。」

「是啊，真正達到武道至境的絕世高人，恐怕早已看破世間名利浮華，哪會參與這等鬧劇？」書生輕聲嘆道，「只是我一直想不通，福王不是賭徒，他既不下注，為何要花這麼大的心思，設下這等曠古絕今的賭局？」

「聽說富貴賭坊的幕後老闆就是福王，這幾場賭下來，富貴賭坊在各地的抽頭，恐怕也不是小數目吧。」筱伯笑道。

書生搖搖頭：「那點抽頭在別人眼裡是巨款，但於福王而言不算什麼，與各大賭坊收到的賭資相比，更顯得微不足道。他怎會放過席捲天下財富的機會？」

「他總不能硬搶吧？」筱伯笑道，「只要是賭，肯定就有風險。福王不可能拿自己的身家來冒險。」

「要發財快快下手！買大買小，買定離手！」街邊傳來的喧囂吸引了書生的目光，轉頭望去，只見十幾個閒漢圍在街邊一個簡陋的賭檔前，正賭得不亦樂乎。筱伯看了一眼，不過是街頭巷尾常見的騙人賭檔，沒什麼稀奇，打算繼續前行，卻見書生停了下來，聚精會神地望著賭博的眾閒漢。看著看著，他的眼中漸漸浮現異樣的光芒，喃喃自語道：「明白了，我明白了！」

筱伯疑惑地看看賭檔，正好看到莊家以拙劣的手法出千，這實在沒什麼奇怪。像這樣的街頭賭檔，出千很正常，不出千才奇怪。筱伯實在不明白書生從中看出了什麼，不由問道：「公子明白了什麼？」

書生指了指賭檔，輕笑道：「天下賭局一個理，你看那莊家，像不像福王？」

筱伯一愣，頓時恍然大悟：「你是說福王要出千？」

書生一聲冷笑：「利用東瀛武聖的挑戰，激起武林公憤，再利用百姓對倭人的仇視，吸引天下人參與，所有這些，都只為最後一千！笨老千把把作假，高明的老千只騙你一把，一把就讓你傾家蕩產，永世不得翻身。好高明！好歹毒！」

筱伯半信半疑地問道：「福王如何作假？」

書生悠然一笑：「這不過是簡單的技術問題，如果是我，至少能想到三種辦法。」

「那咱們現在該怎麼辦？」筱伯突然笑起來，「看公子的表情，我好像也聞到了銀子的味道。」

「花錢買通京城、金陵、揚州、長安、洛陽等幾個繁華城市最大幾家賭坊的帳房，讓他們監視各大賭坊的盤口變化，這錢一定不能省！」書生意氣風發地大步而行，「我雖然知道福王要出千，卻不知道他什麼時候出千。所以，一旦發現各地賭坊都有大宗銀子買藤原敗，就要第一時間向我彙報。」

「藤原要敗？」筱伯一臉驚訝。

「他一定會敗！」書生自信地點點頭，「現在的賠率已創下紀錄，藤原不敗的神話也該結束了。只有他意外一敗，福王才能以小博大，一把席捲天下。」

一隻信鴿撲簌簌落到福王府後花園，一名苦候多時的王府衛士立刻將之捉住，急忙送到焦急等候的福王手中。福王接過信鴿，匆匆拆開牠腿上的密信細看，臉上漸漸露出滿意的笑容。

「王爺，有好消息？」一旁的魏師爺問道。

福王把手中的紙條遞給魏師爺，得意地笑道：「本王布下的這枚棋子，總算發揮了奇效。等到這個消息，本王終於可以放心收網了。」

魏師爺接過紙條一看，上面只有短短一句話：狐狸已在掌握之中。

魏師爺疑惑地抬起頭：「這是什麼意思？」

福王呵呵一笑，「本王以前就說過，這個局瞞不過公子襄。在沒有把他掌握在本王手心之前，本王還不敢收網。如今公子襄已不足為慮，這局總算是萬無一失了！」說到這裡，福王突然提高聲音，「來人！設宴！請介川將軍！」

介川龍次郎來到王府時已是黃昏，王府後花園裡早已擺下酒宴，福王更是親自出迎，令介川越發飄然。自從與福王聯手合賭後，介川已贏得數十萬兩銀子，心中對福王感激不盡。

酒過三巡，福王貌似隨意地笑問道：「介川將軍，聽說你打算回國？」

「是啊！」介川回道，「在下滯留多時，早已過了歸期。若再不回國，恐怕德川將軍會以為卑職叛逃呢。」

福王呵呵笑道：「有幾十萬兩銀子的家底，就算叛逃又如何？到哪兒不是享樂不盡？」

介川面色微變，正要分辯，福王已舉杯笑道：「玩笑！玩笑！誰不知介川將軍乃德川將軍心腹，對德川將軍忠心耿耿。莫說幾十萬兩銀子，就算幾百萬兩銀子，恐怕也打不動將軍的忠心。」

介川面色稍霽，舉杯陪笑道：「福王說笑了。」

二人共飲一杯後，福王好似想起了什麼，突然笑問道：「對了，貴國縱容海盜浪人，勾結我國不法刁民，於海上嘯聚成寇，在我沿海擄掠多年。不知一共搶到多少財富？」

介川面色大變，訕訕道：「王爺醉了。」

福王呵呵大笑，拍拍介川肩頭：「介川將軍不用緊張，這裡不是朝廷，不必說場面話。

咱們只是私下閒聊，百無禁忌。」

介川面色尷尬，不知說什麼才好，卻見福王似醉非醉地笑道：「有一筆巨大的財富，現在就擺在你我面前，其遠遠超過貴國海盜多年搶劫的總和。將軍現在的身家與之相比，也不過是個零頭。不知將軍感不感興趣？」

「什麼財富？」介川一臉疑惑。

福王揮手屏退左右，待席中只剩下介川與自己後，才低聲問道：「你可知上次藤原武聖與武當清風道長的決鬥，各地賭坊開出了多少賠率？」

介川頓時面露得色：「十賠一！藤原武聖是不敗的神話，幾乎無人敢買他的對手勝，不管他的對手是誰。」

福王點點頭，悠然笑道：「你可知上次那一局，涉及多少銀子輸贏？」

介川茫然搖頭。福王淡淡道：「光京城富貴賭坊就收到百萬兩銀子的賭金，其中九成是買藤原勝。如果加上金陵、揚州、開封、洛陽、長安、巴蜀等地的賭坊，你猜猜看，有多少銀子買藤原勝？」

介川搖頭道：「我猜不出。」

「本王也猜不到。」福王笑道，「唯一可以肯定的是，遠遠超過我大明朝一年的國庫收入。」

介川兩眼發亮，接著又連連搖頭嘆道：「貴國真是富庶天下，只可惜，這錢咱們賺不到。」

福王把玩著酒杯，悠然一笑：「也不一定啊，如果下一場藤原武聖碰巧戰敗，而咱們又碰巧在各地賭坊下重注買藤原敗，以一博十，你說咱們會贏多少？」

介川面色漸漸漲得通紅，仁丹鬍也不由哆嗦起來，但隨即又遺憾地搖頭道：「藤原武聖不會敗。在我們大和民族眼裡，武士的榮譽高於一切。當年藤原武聖尚未成名，曾有對手用他的父母妻兒要脅，要他棄劍認輸，他親眼看著父母妻兒一個個死在自己面前，也堅決不棄劍認輸。從那以後，藤原武聖劍下再無活口，他的劍法已超越武道本身，成為殺戮和死亡的象徵。別說在下，就算是德川將軍，也不敢令他故意戰敗。」

「誰說要他故意戰敗？」福王悠然道，「本王是要他敗得徹徹底底，不能讓人有半點懷疑！」

介川輕蔑地撇撇嘴：「能戰勝藤原武聖的人，恐怕還沒出生呢。」

「是嗎？我看不見得。」福王說著從懷中拿出一個小瓷瓶，輕輕擱到介川面前。介川一臉疑惑地拿起瓷瓶：「這是什麼？」

「一種特殊的藥粉，化入水中便無色無味。」福王淡淡道，「人一旦誤服，一個時辰之後便手腳發軟，反應遲鈍；兩個時辰之後必死無疑。」

介川像被燙到手一般扔下瓷瓶，猛地跳將起來，顫聲驚呼：「你……你要我暗算藤原武聖？」

「如果你有更好的辦法，也不一定要用到此物。」福王泰然自若地把玩著酒杯。

「藤原武聖是我大和武士的偶像，我不能……」

「偶像如果能賣個好價錢，換一個就是了。」

「藤原武聖是我大和民族的驕傲……」

「所以才能賣個大價錢。」

「藤原武聖是我大和民族不敗的戰神！」

「不敗的戰神？」福王一聲嗤笑，「你真以為藤原天下無敵？你知道他七戰連勝的紀錄是怎麼來的？是本王用盡一切辦法，拖住了可能對他構成威脅的絕頂高手，使他們無法向藤原挑戰。凡經過我王府衛士這一關的挑戰者，都是名頭夠響、武功不濟的虛名之輩。真要讓那些絕頂高手出戰，恐怕藤原未必能活到現在。」

「你不能侮辱藤原武聖！」介川憤怒地拔刀而起，刀剛出鞘，就見一旁陡然閃過一道寒光，重重擊在刀身之上。介川只覺手臂一麻，武士刀應聲落地，跟著脖子一涼，一柄突如其來的長刀已橫到自己脖子上。介川轉頭望去，發現長刀握在一個面目冷峻的中年漢子手中。介川依稀認得，這人是王府衛隊長藺東海，不知什麼時候竟悄然出現在自己身後。

「不得對介川將軍無禮。」福王一揮手，藺東海立刻收刀後退。介川驚魂稍定，立刻色厲內荏地喝道：「我不會出賣藤原武聖！絕不！」

「本王不會逼你。」福王淡淡道，「就不知藤原得知是你告訴本王倉鐮與他的淵源，並讓本王派人砍下倉鐮的腦袋給他送去，以逼他與蘇敬軒決鬥，後又以大和民族的尊嚴為藉口，煽動他作為咱們的鬥雞吸引天下賭徒，他會做何反應？」

介川一愣，想起藤原秀澤一貫的行事作風，渾身不由得打了個寒顫，頭上冷汗涔涔，半晌說不出話。福王見狀拍拍他的肩頭，笑著安慰道：「別擔心，只要藤原一死，這些祕密對介川將軍就再構不成威脅了。」

介川頹然坐倒，喃喃道：「我不能。藤原與我同船前來，若不明不白死在海外，我沒辦法向德川將軍交待。」

福王淡淡一笑：「本王揣測，德川將軍恐怕也不喜歡在自己的威權之上，還有一個地位超然的武聖吧？如果介川將軍再拿出一大筆巨款獻給德川將軍，這功勞恐怕遠遠超過失去武聖的過失。」

介川神色稍動，卻還是默默無語。福王拿起桌上的瓷瓶塞入他手中，說道：「你可以回去好好想一想，若非藤原秀澤只信任自己的同胞，本王也不敢麻煩將軍。」

把失魂落魄的介川送出府門後，魏師爺憂心忡忡地問福王道：「他會照王爺所想的行事嗎？」

「以本王對人性的了解，他一定會！」福王成竹在胸地一笑，轉頭道，「本王已經為藤原安排好下一個對手。就算藤原不中毒，也未必能勝得了他。」

「此人是誰？」魏師爺忙問。

「金陵蘇家大公子，蘇鳴玉！」福王淡淡道。

「金陵蘇家？」魏師爺一臉疑惑，「他們的宗主蘇敬軒，不就是死在藤原刀下嗎？」

「沒錯！」福王點頭道，「但深居簡出的蘇鳴玉，才是蘇家真正的高手。」

第五十二章　武魂

「聽說你接到了藤原秀澤的挑戰書？」

「不錯！」

「你可知道這是福王設下的一個局？」

「那又如何？」

雲襄輕輕嘆了口氣：「自從你與藤原決鬥的消息傳出後，各地賭坊突然出現大宗賭注買你勝，數目驚人，你知道為什麼？」

蘇鳴玉神情木然：「我對賭博不感興趣。」

雲襄仰望天邊白雲：「福王花費如此心思，做了無數準備，就是為了這最後一局，藤原不敗的神話即將破滅。你在江湖上一向低調，又與藤原不共戴天，所以成為打破神話的最佳人選。其實無論你武功高低，藤原這次都死定了。只有他死，福王才能以小博大，一把席捲天下。」

蘇鳴玉冷冷問：「你跟我說這些，究竟是什麼意思？」

「我要你別受福王利用，成為他掠奪天下財富的幫兇！」雲襄回道，「你只要拒不出戰，按富貴賭坊定下的規矩，就只能以和局論，我才有時間揭穿福王的陰謀，使他苦心孤詣的計畫澈底破滅。」

蘇鳴玉用奇怪的目光盯著雲襄：「你要我臨陣退縮？」

雲襄喟然嘆息：「我知道，這樣做會令你聲名掃地，從此在江湖上抬不起頭。不過想想那些被福王蒙蔽的普通百姓，他們許多人將在這場騙局中傾家蕩產，數百萬、甚至數千萬財富全被福王一把收入囊中，你又於心何忍？」

蘇鳴玉寒著臉對雲襄一招手：「你跟我來！」

雲襄不明就裡地隨著蘇鳴玉穿過蘇府曲折的長廊，最後在後院的祠堂前停下來。蘇鳴玉推開厚重的祠堂大門，神情肅穆地跨入祠堂，默默在案前的香爐裡插上三炷香，然後在靈牌前跪了下來。

雲襄四下打量，祠堂裡供奉了無數蘇氏祖先的靈牌，剛過世的蘇敬軒靈位也赫然在目。而祠堂正面案桌的刀架上，還擺放著一把樣式奇特的連鞘短刀。那刀弧形前彎，長不及一尺，正是金陵蘇家獨有的兵刃。

「你知道我蘇家的標誌是什麼嗎？」蘇鳴玉雙手捧起刀架上那把短刀，神情肅穆莊嚴，眼眸中閃爍著驕傲的光芒，「就是這柄無影風。當年先祖蘇逸飛，得宋天璿與風開陽兩位異人相助，打造出這柄絕世神兵之後，就沒有辜負兩位前輩的期許，以畢身之努力，終使它成為江湖正義和力量的化身。這柄刀對蘇氏子孫來說，已經不是一件普通的兵刃，而是我蘇氏一族的驕傲和精神象徵。有多少蘇家子弟為維護它的榮光，付出了鮮血和生命的代價！當著我剛過世的叔父，當著蘇家列祖列宗的牌位，你告訴我，它值多少銀子？我蘇氏一族的尊嚴，又值多少銀子？」

雲襄肅然望向那些靈牌，以及祠堂匾額上那「武善傳家」幾個大字，不由搖頭嘆息：「看來福王選擇你，也是下了一番苦心。當年第一名俠蘇逸飛的後人，就算知道這是個騙局，為了家族的榮譽也無法退縮。福王真是苦心孤詣，處處算無遺策。」

蘇鳴玉回過頭來，冷冷道，「除卻家叔的血債和蘇氏一族的尊嚴，我中原武林乃至整個民族的尊嚴又值多少銀子？難道你甘心看著一個蠻夷島國的武士繼續在我中華大地耀武揚威？」說著蘇鳴玉猛地抽出無影風，向蘇氏祖先的靈牌肅然一禮，「我以先祖蘇逸飛傳下的這柄無影風發誓，蘇氏子孫可以戰死，但決計不會在任何挑戰面前退縮！」

望著一臉決然的蘇鳴玉，雲襄沉默半晌，突然道：「你跟我來！」

馬車載著雲襄與蘇鳴玉，穿過大半個金陵城，最後在一條偏僻破敗的小巷前停了下來。蘇鳴玉在雲襄的示意下疑惑地跳下車，四下環顧，只見周圍街道狹窄，房屋簡陋，幾個衣衫襤褸的孩子像動物一樣在垃圾堆中尋找食物。蘇鳴玉在金陵生活了近三十年，第一次看到富庶天下的金陵城，居然還有如此貧困骯髒的地方。

雲襄領著蘇鳴玉在狹窄的街道上緩緩而行。街道實在太窄，馬車已不能通行，不過雲襄對這一帶顯然非常熟悉，引著蘇鳴玉穿行在這片近乎廢墟的城區。

空氣中散發著令人作嘔的惡臭，沿途不少面黃肌瘦的百姓，不住用好奇的目光打量著顯然不屬於這裡的兩個年輕人。蘇鳴玉看到這些被貧窮和飢餓折磨得不成人形的百姓，心神受到前所未有的衝擊。

「像這樣的街區金陵城中還有七處，」雲襄邊走邊肅然道，「生活著大約十萬餘人，其他城市的情況也差不多，只是程度不同罷了。城市還算是好的，如果你去農村，會發現大半佃農的生活還不如這裡。他們起早貪黑，做牛做馬，只求能勉強吃飽肚子。尊嚴對他們來說，實在是一種陌生的東西。遇到災荒，女孩子為一頓飽飯就能出賣童貞，賣掉兒女的父母還算善良，易子而食也並非傳聞。在他們的生活裡，最常見的詞是『活下去』，最罕見的詞就是『尊嚴』。」

「我對他們深表同情，不過這跟我的決鬥有什麼關係？」蘇鳴玉不解地問道。

雲襄停下腳步，回頭望向蘇鳴玉：「這個國家還有一大半人為了活下去而苦苦掙扎，連最起碼的尊嚴都沒有，你不覺得自己的尊嚴實在有些奢侈？」

蘇鳴玉啞然無語，眼裡露出深思的神色。忽然間，街上傳來一陣騷動，人們扶老攜幼，紛紛興高采烈地湧向一個方向，很快就在前方一個街口排起了長龍。蘇鳴玉疑惑地隨著人群緩步過去，就見一間稍微像樣的房屋前，一字排開擺放著幾大鍋熱騰騰的稀粥，幾個漢子正為湊過來的一個個空碗添上粥水，原來是有人在賑濟飢民。

蘇鳴玉心中敬意油然而生，看了片刻，正想回頭詢問雲襄。卻見雲襄目光中湧動著一種複雜的情愫，臉上煥發著聖潔的容光，正定定地望著前方。蘇鳴玉順著他的目光望去，終於看到那間房屋門楣上的幾個大字——濟生堂！

「在你蘇公子眼裡，錢財是俗物，幾百萬幾千萬也只是個虛無的數字，跟你的尊嚴、榮譽比起來，實在微不足道。但在我雲襄眼裡，錢財具有實實在在的含義！」雲襄說著指向那些排成長隊的飢民，「一兩銀子可以買六十斤大米，足夠一個四口之家生活一個月，二十兩銀子就足夠這裡的一家人幸福地生活一年。一兩銀子的米可以煮十大鍋稀粥，有時候一口米湯就能救活一條人命。」

說到這裡，雲襄猛然轉回頭：「這就是我對財富的理解，比你的尊嚴甚至比我大明朝的尊嚴都還重要！你可知道你為了自己的尊嚴，會使多少百姓傾家蕩產，加入這些飢民之中嗎？」

蘇鳴玉咬牙道：「沒有人逼他們去賭，愚昧無知的人不值得同情！」

「愚昧？無知？」雲襄突然戟指天空，怒視蘇鳴玉喝道，「是高高在上的權貴，用貧困剝奪了百姓受教育的機會。是他們的殘酷掠奪和一貫愚弄，才造就了百姓今日的愚昧。誰要鄙視這種愚昧，誰就是在助紂為虐！」

望著神情駭人的雲襄，蘇鳴玉心神巨震，在雲襄面前，他第一次生出高山仰止的感覺。垂首默然半晌，他終於抬頭緩緩道：「多謝你讓我看到了金陵城的另一面，我會認真考慮你的建議。」

望著低頭緩步而去的蘇鳴玉，雲襄終於輕輕吁了口氣，但眉宇間依舊滿是憂慮。緊跟在他身後的車夫走近兩步，柔聲道：「公子，你已經做了自己能做的一切，剩下的就聽天由命吧。」

雲襄微微搖了搖頭，「這一戰關係重大，我不能讓福王的陰謀得逞。所以，無論如何我都要阻止蘇鳴玉出戰，哪怕與他翻臉。」雲襄嘆了口氣，「風老，你要留意蘇鳴玉的動向，隨時向我彙報。」

二人一前一後緩步而回。身材高大、肌肉虯結的車夫，在身材瘦弱的雲襄面前就如雄獅一般威武，但此刻這雄獅一般的老者，卻輕手輕腳、小心翼翼地跟在雲襄身後，用一種尊敬與憐憫交織的眼神望著他瘦弱的背影，亦步亦趨。

蘇鳴玉背負雙手，緩步回到熟悉的家中。這是蘇府裡的一個小院落，四周翠竹與梔子花環抱，門前是小橋流水，空氣中彌漫著醉人的花香，令人心曠神怡。蘇鳴玉打量著熟悉的小院，第一次發覺它並不是那麼完美。

「爹爹！」一雙兒女蹦蹦跳跳地迎出來，猛地撲到他身上。蘇鳴玉一手一個把他們緊緊抱在懷中。看到健康活潑的兒女，他不由得想起方才看到的那些瘦骨嶙峋的孩子。

「相公回來了！」妻子笑著迎了出來，「我讓廚下準備了你最愛吃的鮮竹筍和鱈魚，還有紹興剛送來的狀元紅，就等你回來開飯。」

「好！開飯！」蘇鳴玉牽起一雙兒女，大步進門。

一家四口團團圍坐，望著吃得津津有味的孩子，蘇鳴玉自己卻有些食不知味。見妻子顧不上吃飯，殷勤地為自己斟酒夾菜，蘇鳴玉突然覺得有些愧疚，本想說點溫情話，一張嘴卻是：「明天，我要出遠門。」

妻子眼中閃過一絲黯淡，臉上卻微笑道：「我幫你收拾行囊。」

「妳不用管，讓下人做就行了。」蘇鳴玉忙按住她的手。妻子柔柔地望著蘇鳴玉的眼睛，輕輕叮囑：「早些回來。」

用完飯，待一雙兒女睡下後，蘇鳴玉獨自來到昏暗的祠堂裡，默默拿起案上那柄無影風，在正中蘇逸飛的靈牌前跪了下來。望著靈牌上那個曾經威震天下的名字，他在心中默默祈禱：先祖，如果你是我，將如何選擇？

「公子，夜深了，早些歇息吧。」巡夜的老管家出現在祠堂門口，見蘇鳴玉長跪不起，忍不住小聲催促。蘇鳴玉把無影風隱入袖中，淡淡吩咐：「蘇伯，收拾行囊，明日一早我要出門遠行。」

天色微明，報曉的雄雞將雲襄從睡夢中驚醒，剛披衣而起，就聽見門外響起一個少女銀鈴般的問候：「公子醒了？青兒已經為公子準備好湯水，伺候公子梳洗。」

聽到青兒的聲音，雲襄臉上閃過一絲會心的微笑。上次在路途中將這個落難的少女救起後，才知道她父母雙亡，無依無靠，只得將她暫時留在身邊。青兒十分乖巧懂事，筱伯不在的時候，便主動負責起自己的飲食起居。雖然多次告訴她別把自己當丫鬟，可她總是不聽。現在聽到又是她在外面伺候，雲襄問道：「筱伯呢？他又偷懶？」

「筱伯一大早就出門了。」青兒答道。

「出門了？這是為何？」雲襄忙問。

青兒尚未答應，就聽二門外傳來一陣吵鬧，隱約是一個老者在喊叫：「我要回家！快送我回家！」

雲襄聽出是上次在富貴賭坊外救下的那個老賭鬼。那次他被賭坊打手踢倒，大概是摔壞了腦袋，一直想不起自己的家在哪裡，雲襄只得讓人把他送到蘇家這一處別院。這幾日只想著如何說服蘇鳴玉，竟把他給忘了。

雲襄開門而出，正要令人送他回去，忽見車夫風老急匆匆而來：「公子，蘇鳴玉今日天不亮就出門，徑直出北門而去！」

「他終究還是要去！」雲襄頓足嘆息。風老忙安慰道：「公子別擔心，筱伯一大早就追了上去，定會想辦法攔住他。」

「他若執意要走，筱伯不一定能攔得住。」雲襄急道，「快備馬！咱們立刻追上去！」

「公子，你還沒吃早點呢！」青兒見雲襄說走就走，忙在一旁提醒。

「來不及了，回頭再吃！」雲襄說完便與風老大步出門。二人剛出二門，就見那個老賭鬼攔住了風老：「快送我回去，我要回家！」

「走開！等會兒我送你滾蛋！」風老正要將那老賭鬼推開，卻渾身一顫定在當場，面色陡然變得十分難看。

雲襄本已走出數步，見風老沒有跟上來，忙回頭問：「風老，怎麼了？」

風凌雲胸膛急遽起伏，面色漲得通紅，眼光如怒獅般駭人，卻依舊一動不動。雲襄正覺奇怪，就聽他身後傳來一聲冷笑：「他中了我的金針刺穴，若還能動，那才是怪事。」

話音剛落，風凌雲身後便閃出一個滿面得意的老者，竟是雲襄在富貴賭坊外救下的那個老賭鬼，此刻他臉上已沒有半點猥瑣，只有說不出的陰險。那人繞到風凌雲面前，打量著目眥盡裂的風凌雲連連嘆息：「想不到一代鞭神風凌雲，竟做了千門公子襄的走狗。」

說完他轉向雲襄，得意地嘿嘿冷笑道：「公子襄啊公子襄！老夫追蹤你整整八年，無數次受你愚弄，沒想到今日總算可以將你捉拿歸案！」

「柳、公、權！」雲襄恍然大悟。

「正是老朽！」老者挺直胸膛，把遮住大半個臉的亂髮甩到腦後，一掃滿面謙卑，如獵犬般露出本來的猙獰。老者指著自己的臉得意地笑道，「意外吧？你可知為了改變模樣接近你，老夫花了多大的心思？吃了多大的苦頭？這可都是你教會我的。為了瞞過你身邊這些老江湖，老夫不敢用任何易容術，硬是把自己整整餓瘦了四十斤。為了躲過你的眼線，消除你的戒心，老夫更不惜裝死瞞過所有人。福王算無遺策，知道你會嗅著財氣而來，預先布下了老夫這枚暗棋，老夫豈能讓你壞了福王的大事？」

雲襄喟然嘆息：「想不到一代名捕，竟墮落為權貴的走狗。」

「走狗？老夫大半輩子混跡公門，直到晚年才明白，做狗比做人要活得優渥自在。」

說著柳公權一把扣住雲襄肩胛，嘿嘿冷笑道，「福王對你仰慕已久，一直想見你一面。你放心，見到福王後你未必會死，說不定你也可以成為福王身邊的一隻愛犬。」

「放肆！」一直僵直不能動的風凌雲突然一聲大吼，猛地噴出一口鮮血，跟著一掌拍向柳公權胸膛。柳公權大驚，連忙丟開雲襄出掌相迎，只聽一聲轟然巨響，柳公權被這突如其來的一掌震出數丈。

「公子快走！」風凌雲閃身攔在雲襄身前，狀若怒獅。柳公權驚魂稍定，不由嘿嘿冷笑道：「想不到你竟不惜震斷心脈來破我刺穴金針，只是這等自殘之法，我看你能撐多久？」

柳公權接著撲將上來，雙掌翻飛直拍風凌雲。風凌雲邊抵擋對方鬼魅般的掌影，邊嘶聲大叫：「公子快走！不然老夫死不瞑目！」

雲襄心知自己幫不上任何忙，只得一咬牙轉身便走。剛奔出數丈，就聽身後傳來風凌雲一聲驚雷般的咆哮，打鬥聲戛然而止。

「風老！」雲襄忍不住回頭望去，就見風凌雲如衰老的雄獅般轟然倒地，柳公權則背負著雙手一步步逼近，眼裡閃爍著貓捉老鼠的得意：「公子襄啊公子襄，我看現在還有誰來救你？」

雲襄黯然望向北方，心知自己這次終於敗在毫不起眼的疏忽上，再無法阻止福王的陰謀，不由仰天長嘆：「蒼天無眼，天道不公。我雲襄人力終究有限，無力回天啊！」

柳公權哈哈大笑：「現在這個時候，你也只能祈求上蒼救你了。」說著一把扣向雲襄咽喉，誰知身形方動，就聽身後有銳風襲來，忙回手一把將襲來的暗器抄在手中，卻是一柄不起眼的銀釵。

「什麼人？」柳公權一聲厲喝，就見一個青衣少女款款而出，慢慢來到自己面前，少女模樣隱約有些熟悉，但柳公權卻想不起在哪兒見過。

「青兒！」雲襄十分驚訝，他在面前這纖弱少女身上，看到了全然不同於往日的特質，那是一種從容鎮定、舉止安詳的高手風範。

少女凝望著滿面疑惑的柳公權，眼中漸漸盈滿淚花，對柳公權的質問她沒有回答，卻從項上貼身處拿出一個小小的純金長命鎖。

「青梅！」柳公權一眼就認出了自己親手為孫女打製的長命鎖，也認出了眼前這十多年未見的孫女，意外和驚喜令他激動得鬚髮皆顫，「妳、妳怎麼會在這裡？」

柳青梅用複雜的眼神凝望著這世上唯一的親人：「爺爺，我得知你被千門公子襄害死的消息後，便動用我天心居的力量接近公子襄，一路跟隨他到此。」

「爺爺裝死是出於福王的安排，想不到連妳都瞞了。」柳公權臉上有些尷尬，「不過妳來得正好，今日妳我祖孫二人聯手，總算可以將惡名昭著的千門公子襄捉拿歸案！」

柳青梅微微搖了搖頭：「爺爺，你錯了。我在公子襄身邊多日，他的所作所為我都看在眼裡。我現在不是要幫你捉拿他，而是要阻止你助紂為虐。」

柳公權面色大變：「青梅，妳……妳胳膊要往外彎嗎？」

柳青梅再次搖頭：「爺爺，你從小便將我送到天心居學藝，你可知何為天心？」

見柳公權疑惑地搖搖頭，柳青梅款款道：「天心即慈心，是悲憫天下的菩薩心。公子襄雖不是我道中人，卻有著真正的菩薩心腸。我不會讓你傷害他，我以天心居的名義發誓。」

柳公權勃然大怒：「妳這不孝女！我送妳去天心居學藝，沒想到藝成之後，妳竟然要跟爺爺作對！」

「爺爺，我在天心居學到的，首先是善，其次才是劍！天心指引我，做順應天道之事。」柳青梅說著轉向身後的雲襄，「公子，去做你要做的事吧。記住，千萬不要抱怨上蒼，善惡祂都看在眼裡，並在必要的時候以不可抗拒的神力，幫助值得幫助的人。」

「多謝柳姑娘，多謝上蒼！」雲襄對蒼天恭恭敬敬一拜，毅然直奔馬廄，牽出自己的坐騎，翻身上馬，縱馬絕塵而去。

一騎絕塵，瞬息千里。雲襄剛縱馬奔出金陵北門，就見筱伯垂頭喪氣地打馬而回。雲襄忙勒馬喝問：「怎麼回事？蘇鳴玉呢？」

筱伯勒馬答道：「蘇公子為防有人阻攔，令人假扮自己把老奴引開，他已從另一條路趕往京城了。」

雲襄一呆，不禁仰天長嘆：「終究還是功虧一簣！」

逞。」

筱伯又道：「他還讓人託我轉告公子，他不會令蘇氏一族蒙羞，也不會讓福王的陰謀得

雲襄怔忡片刻，突然從馬上滑下跌倒在地。筱伯慌忙翻身下馬攙扶，卻見雲襄淚流滿面，仰天大哭：「蘇兄！是我害了你！」

藤原秀澤閉目盤膝而坐，心如止水。這裡是北京城郊一座七層高的玲瓏石塔最頂層，從窗口可以瞭望遠處滿山的紅葉，像鮮血一樣燦爛。藤原把這裡當作決鬥的地點，除了不想讓自己神聖的決鬥被俗人圍觀外，也是喜歡窗外那鮮血一樣的顏色。

雖然知道自己的決鬥已經成為天下的豪賭，但為了武士的榮譽和大和民族的尊嚴，藤原已不能退縮。幸好這是最後一戰了，結束後就可以隨介川的船隊歸國。即使連戰連勝，藤原也早已厭倦，恨不得早一天結束。唯有那個曾經託公子襄傳畫給自己的對手至今仍未出現，讓藤原深感遺憾。

塔中傳來從容不迫的腳步聲，不疾不徐。又有對手通過了王府衛士的考驗進入石塔，正拾級而上。藤原不知道對手是誰，也不關心，從腳步聲他就能聽出對手修為的深淺，至今還沒有人值得他一問姓名。

腳步聲終於在身前停下來，藤原突然想問問對手的名字。一睜眼，就見一個白衣如雪的

男子立在自己面前，靜若止水，目似幽潭。藤原心下一顫，竟生出一見如故的奇異感。他打量著眼前這從未謀面的年輕人，豁然間認出了對方。

「是你？」

「是我！」

二人相視一笑，都從對方眼中，認出了這神交已久的對手。藤原欣慰地點點頭：「你總算來了，我終於不虛此行。可惜我還不知道你的名字。」

「蘇鳴玉。」年輕人說著在藤原對面盤膝坐了下來。

「蘇敬軒是你……」

「叔父。」

「難怪！」藤原恍然點點頭，「他是我此行遇到最厲害的對手。按理說他的刀法不在我之下，只是他少了一種不勝即亡的氣勢。中原武士大多缺乏這種氣勢。」

「我中華武功追求的是生，而不是死。」蘇鳴玉淡淡道。

「習武若不求死，如何能達到至高境界？」藤原傲然道，「刀劍出鞘，不是敵死，就是我亡。若無這等鬥志，終不能臻於化境。所以我東瀛武術雖不及中華武功博大精深，但我東瀛武士，始終能勝出一籌。」

蘇鳴玉淡淡一笑，款款道：「習武之道，不在殺戮，不在死亡，更不在求死，而是在於守護。守護親人、朋友、家國、尊嚴、榮譽、生命等等，一切需要守護的東西。」

藤原秀澤若有所思地凝望著平靜如常的對手，突然一鞠躬：「很好！那就讓在下以心中求死之劍，領教蘇君的守護之劍。」

蘇鳴玉緩緩站起，拱手一禮道：「請！」

藤原一躍而起，長刀應聲出鞘。誰知剛一站定，腳下就是一個踉蹌。藤原大驚失色，他感覺渾身發軟，頭暈目眩，手中熟悉的長刀竟比平日重了許多。

「卑鄙！無恥！」藤原立刻明白問題所在，不由怒視對手，厲聲斥罵，「想不到貴國不能在武術上勝我，就用這等無恥伎倆。」

「請不要侮辱我袖中無影風！」蘇鳴玉冷冷道，「我很想與你公平一戰，只是這一戰關係到數百萬、甚至數千萬財富的得失，這場決鬥已經不是你我可以左右。」

「願聞其詳！」藤原道。

「有人要借你我的決鬥席捲天下財富，先是樹立你無敵的神話，再親手打破。所以這一戰無論對手是誰，你都得死。」蘇鳴玉遺憾地望著藤原，「不能與你公平一戰，實在是我終身的遺憾。」

藤原長刀微微發顫，頭上冷汗涔涔。他突然想起自己的起居飲食一向是由介川龍次郎安排，而這次介川又一反常態地爽快答應回國，再加之這場豪賭涉及的巨大財富，他終於明白關鍵所在。

「介川！」藤原切齒迸出兩個字，強忍腹中絞痛，舉刀一指蘇鳴玉，「趁我尚未倒下，拔出你的兵刃！」

蘇鳴玉輕嘆道：「你毒已攻心，何必苦苦強撐？」

藤原長刀一橫：「我寧願戰死，也不願就此倒下！望蘇君成全！」

蘇鳴玉眼中浮現尊敬之色，徐徐拔出袖中無影風，舉刀一禮：「請賜教。」

藤原一聲嗷叫，一刀直刺蘇鳴玉胸膛。由於手腳發軟，這一刀已完全失去力道，任誰都可以輕易碰飛。藤原眼見對手的刀徐徐迎了上來，他挺直胸膛，準備以最驕傲的姿勢，昂然迎接死亡的到來。誰知就在刀刃相接的一瞬，無影風卻不合常理地往旁邊一讓，他手中的長刀立刻毫無阻礙地刺入了對手胸膛。

「怎麼會這樣？」藤原不明就裡地望著對手，只見蘇鳴玉胸膛中刀，血跡慢慢在潔白如雪的輕衫上擴散開來，殷紅刺目。他臉上卻沒有痛苦的神色，反而露出勝利的微笑。

「我說過，」蘇鳴玉摀著胸口徐徐道，「這一戰已不僅僅是比武決鬥，而是關係到數百千萬財富的得失，我已無可選擇。」

「你怎麼能這樣？」藤原突然憤怒地質問，「武士的榮譽高於一切！你怎麼可以故意戰敗？你不僅侮辱了我，也侮辱了你手中的兵刃！」

「在我生命中，還有一些東西比武士的榮譽更需要守護。」蘇鳴玉說著徐徐望向窗外，只見高塔之下聚集著黑壓壓的人群。人們雖然看不到塔中的決鬥，卻依然從四面八方趕來，希望能在第一時間知道決鬥的結果。蘇鳴玉想著，除了福王，眾人都企盼著自己死在藤原的刀下吧？不過蘇鳴玉一點也不後悔，他想起雲襄曾經說過的那句話：是高高在上的權貴，用貧困剝奪了百姓受教育的機會。是他們的殘酷掠奪和一貫愚弄，才造就了百姓今日的愚昧。誰要鄙視這種愚昧，誰就是在助紂為虐！

人群中有個熟悉的身影吸引了他的目光，雖然距離遙遠，但兩人的目光卻越過人群和空間的阻隔交會在一起，兩人俱從彼此的目光中看到了對方的心底。蘇鳴玉臉上洋溢著勝利的微笑，緩緩向他豎起拇指，他知道，對方一定能明白其中含義。

輕撫著手中那柄有過無數光輝與榮耀的無影風，蘇鳴玉在心中默默嘆息：先祖，我沒有侮辱你留下的這柄戰刀。如果你是我，也一定會做同樣的選擇吧？

望著神情安詳、面帶微笑的蘇鳴玉，藤原漸漸明白了他的守護，也明白了守護之劍的真正含義。緩緩在他面前屈膝跪倒，藤原垂首拜道：「蘇君！你才是真正的武聖！」

夕陽已逝，天色如血。高塔周圍的空地上，人們依舊在苦苦守候，等待著決鬥的結果出爐。從未親臨此地的福王，也第一次在衛士的護送下出現在這裡，他的身旁，緊跟著神情緊張的東瀛特使介川龍次郎。

此刻，一向篤定自若的福王也心神不寧地把玩著手中的玉如意，在蕭瑟秋風中，他的臉上竟冒出細細一層油汗。從不信鬼神的他，此刻也囁嚅著無聲祈禱起來。

高塔裡終於走出一個人影，踉踉蹌蹌地腳步不穩。人們一見之下頓時歡聲雷動，紛紛奔相走告：「藤原贏了！藤原又贏了！」

信鴿漫天飛起，把消息傳至四方。在歡呼的人群中，只有福王和介川龍次郎面色慘白，呆若木雞。沒人注意到，一個人影趁亂悄悄登上了石塔。

石塔之上，雲襄淚流滿面，輕輕抱起呼吸漸弱的蘇鳴玉：「蘇兄，是我害了你！」

蘇鳴玉蒼白的臉上泛起最後一絲微笑：「不，是你救了我。」

石塔之下，藤原跌跌撞撞地徑直走向介川，一言不發挺刀就刺。在他的積威之下，介川竟忘了抵擋，眼睜睜看著長刀刺入自己的咽喉。

「敗類！你根本不配死在我刀下！」藤原輕蔑地嘟囔了一句，橫刀指向福王。一柄長刀突然從旁閃出，碰飛了藤原手中的武士刀。福王在眾衛士擁護下驚慌後退，場中只剩下手執長刀的藺東海，以及兩手空空的藤原秀澤。

「撿起你的刀，我給你一次機會。」藺東海橫刀逼視著藤原。

「你不配！」藤原輕蔑地撇撇嘴，轉頭望向東方，徐徐跪倒，嘴裡喃喃低語，「扶桑，我回來了！西風，請載我魂歸故土！」

說著，藤原秀澤拔出腰中短刀，雙手緊握刺入自己小腹……

荒原之上，一座墳塋寂寂而立。墳前，一個身形瘦弱的書生帶著兩個孩子正在祭奠死者。蕭瑟寒風中，隱隱帶來春的氣息。

一個孩子轉過頭，稚嫩地問道：「雲叔叔，我爹爹是怎麼死的？」

書生肅然道：「是在與東瀛武聖藤原秀澤的決鬥中戰死的。」

「我爹爹敗了？」

「不！他勝了。」

「勝了為何會死？」

書生猶豫了一下，輕聲道：「有時候，死，是求勝必須付出的代價。」

孩子似懂非懂地點點頭，又道：「明天起，我就要開始習武了。我一定要練好爹爹留下的無影風，把所有壞人都殺光。」

書生輕撫著孩子的頭，語重心長地說道：「孩子，你一定要記住，無影風不是用來殺人的。它是用來守護的，守護你生命中值得守護的東西。」

「守護？」孩子似懂非懂地揚起頭，「那我爹爹守護的是什麼？」

書生沒有回答，卻抬頭望向天空。半晌，他才喃喃道：「是天心。」

「天心？」孩子也疑惑地望向天空，「天有心嗎？」

「有！當然有！」書生牽起孩子的手，「每一個人，都有感受天心的時候。你將來也會感受到。」

三人緩緩離去，背影在寒風中漸行漸遠。天空中一輪紅日透過烏雲的縫隙靜靜投下萬道霞光，將三人籠罩在冬日暖陽之下。

第五十三章　神蹟

「師父，請用茶。」巴哲雙手捧著新沏的普洱茶，恭恭敬敬遞到孫妙玉面前。經過五年多的相處，他對這個師父的態度已經完全改變，現在他就像個恭謹孝順的弟子，時時對師父小心伺候，刻意巴結。

孫妙玉接過茶盞，淺淺抿了一口，微微頷首道：「嗯，不錯，比以前有進步，不僅知道用毒藥，還知道用普洱茶的味道掩蓋斷腸草的澀味。這一次離你上一次失手有多長時間了？」

巴哲頹然道：「半年。」

「能忍上半年，耐心也有大幅提升。」孫妙玉讚許地點點頭，若無其事地將杯中加了料的普洱茶一飲而盡，然後擱下茶杯，笑吟吟望著弟子，一言不發。巴哲滿臉頹喪地垂下頭，默默去一旁拿來條拇指粗的竹鞭，雙手捧著高舉過頭，屈膝跪倒在師父面前。孫妙玉優雅地抄起鞭子，笑問，「這是你第幾次失手了？」

「回師父話，第十八次。」巴哲滿臉慚愧，就像沒練好武功受到師父責罰一般。

「已經失手十八次，真是沒長進，你說你該不該挨抽？」孫妙玉笑吟吟地問，見巴哲羞愧地點點頭，她抬手就往他頭上、臉上抽去，雖然她出手極其優雅，就如琴師撫琴、畫師作畫一般從容，但每一鞭都準確地落在巴哲要害，沒幾下就打得他滿臉血痕。巴哲則直挺挺地跪著，一動不動。

「祖師奶奶又在打巴哲師叔了嗎？」二人身後那座孤零零的木屋中，一個四五歲的小女孩聽到鞭子聲響，蹦蹦跳跳地跑出來，對孫妙玉連聲央求，「祖師奶奶，讓香香替妳打吧，免得妳老人家累著了。」

平心而論，孫妙玉的外表看起來依舊非常年輕，決計不超過四十歲，這「奶奶」的稱呼與她的外表實在有些不相稱，不過她卻不在意，望向孩子的眼眸裡泛起一絲難得的暖意。她扔下鞭子笑罵道：「我還不知道妳這古靈精怪的鬼丫頭那點小心眼？妳是心疼妳師叔，每次都出面來保他這笨蛋！」

小女孩將巴哲扶起來，瞪著一雙大眼睛爭辯道，「師叔才不笨呢，他能幫我捉到最漂亮的小鳥，還教我如何抓住毒蛇、蜈蚣，甚至還知道如何才能逮到最狡猾的狐狸。」她轉向巴哲柔聲勸慰，「師叔，你別再想著殺祖師奶奶了，你是殺不了她的。」

巴哲不置可否地「唔」了一聲，一臉悻悻。以前他要殺孫妙玉或許是出於仇恨，可現在卻完全是出於習慣。他早已被她那神乎其技的武功折服，心甘情願奉其為師，依然試圖下手殺她，不過是想向這個師父證明，自己並不是個笨蛋弟子，不過至今為止，他都失敗了。

孫妙玉對小女孩招招手，「香香過來。」然後她又轉向巴哲，「上次為師教你的拳法練得怎樣了？」

巴哲一言不發，拉開架勢便獨自演練起來。孫妙玉牽著孩子在一旁觀看，就見巴哲一掃過去那種狼一般的惡毒和凶狠，拳法變得輕盈飄忽，身形靈動迅捷，宛如翩翩起舞的蝴蝶。練到急處，只見他的身形幻化成數十道人影，虛虛實實幾乎無處不在，令人目不暇接。

「好！」小女孩興奮地鼓掌大叫，孫妙玉也微微頷首。少時，巴哲收拳停住身形，渾身不見一滴汗珠，呼吸也依舊平緩如初。

「不錯！你練武的悟性比你那笨腦子強多了！」孫妙玉的話也不知是褒是貶。一旁的小女孩看得手癢，興沖沖地揚起小臉：「祖師奶奶，上次妳教我的掌法我也練會了。」說著三兩步來到場中，拉開架勢，一本正經地演練起來。她年紀雖小，身形步伐卻迅若乳燕，掌法也使得有模有樣，輕盈如風。

片刻後她停身收掌，不等站穩就開心地拉著孫妙玉的手問道：「祖師奶奶，我練得如何？」

孫妙玉愛憐地刮了下她的鼻子：「好好好！比妳媽媽強多了，我一直都很奇怪，妳媽媽那麼聰明的人，練武怎就那麼笨呢？」

「師父又在說青虹的不是？」身後傳來一聲半嬌半嗔的質問，老少二人回頭望去，就見白衣如雪的舒青虹從木屋裡開門出來。五年多的時間，她比以前豐腴了些，腮邊水仙依舊鮮豔如昔，只是眉宇間多了一絲恬靜和淡泊，使她看起來比以前成熟許多。

「娘！」小女孩高興地迎上去，立刻又回頭向孫妙玉表功，「這套掌法我練三遍就全學會了，娘練了三十遍都還不會，比我笨多了。」

「就妳聰明！」舒青虹裝作生氣地瞪了女兒一眼，目光中卻滿是愛憐。

「青虹，妳就是心眼太多。」孫妙玉對女弟子嘆道，「練武要有孩童般純淨無思的心，才能完全做到忘我和投入，只有這樣，才能真正領悟本門武功的精妙之處。」

舒青虹幽幽嘆道：「師父教訓的是，只是弟子稟性天成，恐怕要讓師父失望了。還好香香悟性甚高，將來或許可以替弟子繼承師父衣缽。」

孫妙玉盯著女弟子看了半晌，突然一聲嘆息：「妳還是沒做到心境空明。」

舒青虹垂下頭，柔聲問：「師父的心是否也真正空明呢？」

孫妙玉一窒，半晌無語。師徒二人臉上都有些蕭索，那種寂寥和失落的表情竟有幾分相似。山風凜冽，將孫妙玉的衣袂和長髮吹得翩翩飛起，看起來彷若飄飄欲仙。

一驥疾馳而來的快馬吸引了二人的目光，她們心中都有些奇怪，為了遠離紅塵俗世，孫妙玉特意選了這處僻靜無人的山林，平日除了樵子農夫，很少看到外人。少時快馬馳近，二人這才看清，馬背上是個背負天心劍的天心居弟子。只見她縱馬來到二人面前，不等快馬停穩便翻身下馬，從懷中掏出一封書信，對孫妙玉拱手拜道：「孫師伯，楚師姐有信送到。」

孫妙玉接過信，拆開草草一看，對她頷首道：「知道了，請妳回覆妳們居主，就說我屆時一定會去。」

那少女鬆了口氣，立刻告辭就走。舒青虹見師父面色凝重，忙問：「信上說什麼？」

孫妙玉淡淡道，「魔門下個月將在嵩山之巔搞什麼天降聖火的儀式，邀請武林同道一同觀禮。天心居也接到了邀請，所以楚青霞來信邀咱們同去。咱們在這裡也隱居了五年多，香香都快五歲了，還沒見過外面的世界，這次咱們就一同去嵩山走走，也帶孩子出去開開眼界。」說到這裡她回過頭，直視著弟子的眼眸，「這期間肯定會碰到一些妳想忘記的人，屆時妳如何應對？」

舒青虹嘴角泛起一絲苦笑：「師父放心，弟子凡心已死，不會再為任何人心亂。」

「如果遇到故人糾纏，妳如何應付？」孫妙玉又問。舒青虹平靜地道：「弟子雖然習武的悟性不高，但應付這些許小事卻還遊刃有餘，師父不必擔心。」

「那好，明日咱們就動身去嵩山，看看魔門天降聖火的玄虛。」孫妙玉說著回頭招呼巴哲，「你速速去雇輛馬車回來，明日一早咱們就出發。」

巴哲答應一聲，立刻向山下奔去。他那迅疾而馳的背影不再像孤獨的惡狼，而是越來越像一隻輕鬆飛翔的鷹。

殘陽落盡，天色如血，雲襄白衣飄飄，負手佇立山巔，一動不動地仰望著茫茫蒼穹。他的身邊多了個五六歲大的孩子——是南宮放與趙欣怡的兒子趙佳。

「雲叔叔，你在看什麼？」孩子睜著漆黑的大眼睛，看看一臉寂寥蕭索的雲襄，又看看極目無疆的天空，眼裡滿是好奇。

「天心。」雲襄輕輕吐出兩個字，神情肅穆莊嚴。孩子仔細看看天空，滿是好奇地問：「天有心嗎？」

「有，當然有。」雲襄摸摸孩子的頭，柔聲道，「你媽媽就住在那裡，許許多多像她那樣善良的人，都住在那裡，默默守護著我們。」

孩子「哦」了一聲，凝目望向蒼穹。他的目光彷彿穿越雲層，看到了最為思念的媽媽。

身後傳來「吧嗒、吧嗒」的腳步聲，雲襄回頭望去，看見阿布小跑過來，在三尺外站定，吝嗇地動了一下尾巴。雲襄見狀，伸手牽起孩子：「筱伯回來了，去看看他給你帶來了什麼好東西。」

孩子一聲歡呼，拉起雲襄的手就往山下跑去。阿布跟在二人身後，不即不離。

來到山腰那間雅靜的竹樓，孩子急不可耐地甩開雲襄的手，蹦蹦跳跳地衝上竹樓，推門大叫：「筱伯！我要的陀螺買到了嗎？」

屋裡傳來老少二人嘻嘻哈哈的笑鬧聲，雲襄嘴邊泛起一絲會心的微笑，緩緩登樓而上，尚未進門就見筱伯迎了出來，興沖沖地道：「公子，你看誰來了！」

一個頎長健碩的少年迎了出來，年紀約是十七八歲，面目俊朗，舉止從容，只是神情有些靦腆，帶著少年人特有的羞澀和稚嫩。他一見雲襄，眼裡浮現莫名的驚喜，急忙拱手拜倒：「雲大哥！」

雲襄仔細打量片刻，終於認出對方，不由一聲歡叫，「你是阿毅？羅毅？」見少年笑著點了點頭，雲襄急忙將他扶起，連連感慨，「幾年不見，長這麼高了？靜空師父在天有靈，一定會非常高興。」

原來這少年不是別人，正是少林靜空大師的俗家弟子羅毅。靜空大師圓寂之時，將他和濟生堂都託付給了雲襄。不過雲襄自從在少室山下與之分手後，就再沒見過面，只知道他在幫忙打理濟生堂，沒想到幾年不見，他已經從一個半大的孩子，長成了一個略有些靦腆的少年。

雲襄將羅毅領入屋中，張寶連忙奉茶進來。他是風凌雲的弟子，從幾年前抗倭時就與師父一起跟隨雲襄，後來又隨雲襄一起離開劓倭營。自風凌雲死於柳公權之手後，他就像他的師父一樣留在雲襄身邊，甘心為他奔波勞碌。

二人說起別後之情，自是感慨萬千。雲襄見羅毅眉宇間始終有一絲憂色，心中似乎壓著什麼事，忍不住問道：「阿毅，是不是濟生堂遇到什麼事？你從十三歲起就在幫忙打理濟生堂，也實在太難為你了。」

羅毅靦腆地笑笑，「濟生堂不僅是我師父畢生的宏願，也救過我一家人的命，我希望將來能救助更多的人。」說到這裡他微微一頓，「濟生堂其實沒什麼大事，就是魔門最近在河南活動頻繁，自從那年大旱，魔門假借賑濟災民的善舉，在河南扎下根來，吸收了不少鄉愚入教。近年來他們屢屢向濟生堂示好，意圖將濟生堂收歸門下，以籠絡人心。下個月他們還要在嵩山之巔舉行什麼接引天火的儀式，以彰顯所謂神蹟，愚弄鄉民。少林不敢出頭揭穿其偽，真是令人嘆息。」

「接引天火？」雲襄有些疑惑，「那是什麼玩意兒？」

羅毅沉吟道：「魔門每年都要舉行這個儀式，以顯示其天授神權，並吸納新教徒入教。我不止一次混進去看過，說來也怪，一個所謂的神器琉璃塔，每次在陽光明媚的正午，就能無火點燃塔內的燃料，真像是天火降臨人間一般。雖然我知道那不過是騙人的把戲，卻怎麼也想不通他們是如何做到的，其中奧祕又在哪裡？」

雲襄有些驚訝：「無火自燃？真有那麼奇妙？」

羅毅點點頭：「我親眼所見，魔門祭司先是將經文投入琉璃塔中，然後眾教徒齊聲誦經，在正午陽光最熾烈的時候，塔內的經文就會慢慢冒煙、起火，最後點燃塔中的油料。琉璃塔在火光中發出燦爛的光芒，這時儀式也達到最高潮。眾教徒一起拜倒，齊讚天賜聖火，光大聖教。拜火教之名，大概也是由此而來。」

雲襄抬頭遙望虛空想了片刻，啞然失笑道：「你這麼一說我還真有些好奇，這世上竟有如此神奇之事？我也想去看看。」

羅毅笑道：「這次的聖火節還邀請了各大門派參加，大概是想就此正式向武林宣告，魔門回來了。公子若是要去觀禮，倒是不用像我以前那樣，裝成教徒混進去了。」

雲襄款款道：「嵩山乃五嶽之首，又在少林寺上方。魔門此舉，顯然是要在江湖立威，妄想君臨天下的野心昭然若揭。就不知江湖上有什麼反應？」

羅毅嘆道：「少林原本為武林翹楚，魔門就在嵩山之上搞鬼，少林不出頭，別人又怎麼會多管閒事？」

雲襄沉吟良久，突然冷笑道：「魔門勢力一旦坐大，天下勢必不得安寧。寇焱野心勃勃，一旦羽翼豐滿，必定會將中原拖入戰亂的深淵。如此看來，這事我還不得不去，雖然我未必能阻止魔門的行動，但至少要想辦法揭穿他們愚弄鄉民的手段。」

「太好了！」羅毅擊掌道，「雲大哥聰明絕頂，必能揭穿他們的把戲，令那些受愚弄的教徒幡然醒悟，迷途知返！」

一旁的筱伯有些擔憂地插話道：「公子，魔門行事狠辣，教中人才濟濟，七大長老各有絕技，四位光明使也是文武雙全，更兼門主寇焱一代梟雄，無論武功智謀俱罕有對手。咱們貿然與之正面為敵，實在是……」筱伯說到這裡就不再多言，不過言下之意已是顯而易見。

雲襄微微嘆道：「我何嘗不知魔門之勢，僅憑咱們些微之力，就如螞蟻要扳倒大象一樣，實在有些異想天開。不過，魔門禍亂天下的野心昭昭，我雲襄若不站出來阻止，恐怕就沒人會站出來了。這世上有些事，明知不可為也要為之！」

羅毅滿是敬仰地望著雲襄，拱手拜道：「以前只知雲大哥宅心仁厚，機智過人，現在才知雲大哥的心胸，完全不遜古代俠者。有雲大哥出謀劃策，我羅毅願聯絡少林寺有血性的武僧，為大哥衝鋒陷陣！」

雲襄感動地點點頭，卻擺手笑道，「咱們又不是去打仗，用不著如此大動干戈。魔門這次只是向武林各派示威，咱們只需揭穿他們天降聖火的把戲，就能剝下其天授神權的畫皮。所有打著神的旗幟愚弄百姓的邪教，最大的弱點就是超自然的神祕性。只要揭穿這點，他們的本質也就暴露無遺了。」說著雲襄轉向筱伯，「我研讀過魔門的經典，據說他們崇拜的光明神有四大美德，即清淨、光明、大力、智慧，不知四位光明使者的稱號是否源自於此？」

筱伯點頭道：「公子猜得不錯，四位光明使的名字正是來自光明神的四大美德，分別是淨風、明月、力宏、慧心。不過江湖上至今只聞其名號，並未見過本尊。聽說這次主持接引天火儀式的，就是這四大光明使。」

雲襄眼裡閃爍著一絲異樣的神采，遙望窗外天空淡淡說道：「筱伯準備一下，咱們後天就動身去嵩山，會一會傳說中智勇雙全的魔門四大光明使。」

「太好了！」羅毅興奮地一躍而起，對雲襄拱手道，「我這就先回去聯絡少林寺武僧，為公子接應！」

馬車緩緩行進在曲折官道上，車轅上坐著憨厚樸實的張寶，正揮鞭驅馬緩緩而行。離魔門的聖火節還有一段時間，所以他也不急著趕路。他的鞭技雖不及其師風凌雲，不過用來趕車卻是綽綽有餘。

車中雲襄悠閒地半躺半坐，慵懶地翻看著手中的《呂氏商經》。這本書他早已倒背如流，並將其中的精髓化入經營中。他在金陵、揚州、閩南、山西等地，祕密開設了數十家錢莊和商鋪，用出賣智慧賺到的銀子做本，悄悄涉足商業經營，並聘請最有生意頭腦的文人做掌櫃，替他打理各地的營生。他知道濟生堂龐大的開銷必須要有源源不斷的資金來支持，靠千術謀財畢竟不是長久之計。

在涉足商場的過程中，《呂氏商經》給了他極大的引導和幫助，加上他天生的聰穎和悟性，短短五年時間，他的商業王國已初具規模，與江南黑道及南宮、蘇家等江南豪門的良好關係，更使他在江南的生意順風順水。現在，他正考慮將自己商業王國的版圖拓展到中原腹地。於公於私，他都不得不面對魔門的威脅。

是時候與魔門決戰中原了！雲襄放下書本，眼裡閃爍著點點微光。自從明珠與舒亞男離開後，他就將自己全然投入到事業之中，唯有沒日沒夜地籌劃盤算、權衡審度和絞盡腦汁，他才能暫且忘掉心中的痛楚。在他的運籌帷幄之下，他的商業王國以驚人的速度在江南發展壯大，並向四周不斷延伸，成為不遜於任何幫會的祕密王國，甚至有不少幫會已納入他的麾下，成為他商業王國的守護者。只是這些幫會的首領，大多不知道他們真正的老大，就是幾年前在江湖上聲名鵲起，如今卻漸漸銷聲匿跡的千門公子襄。

人之行，利為先！《呂氏商經》開宗明義的第一句話，揭示了人類社會的本質。人在絕大多數時候，都是以個人利益最大化作為行動指導原則，這導致了人與人之間的合作、結盟、爭鬥甚至殺戮等所有社會行為的背後，都離不開一個「利」字。《呂氏商經》一針見血地指出這一點，而雲襄極其善用了這一點。他控制手下眾多幫會的手段，不像一般常見的以暴力或忠義綁架，而是靠利益的結合，他深信唯有共同的利益，才能讓彼此長久合作。

筱伯見他放下書本，有些擔憂地問：「公子，咱們要去揭開魔門天降聖火的祕密，你不抓緊時間查閱古典祕錄，從古人的記載中尋找答案，為何還有心讀這差不多快翻爛的《呂氏商經》？」

雲襄嘴角泛起一絲淺淺的微笑，那是他胸有成竹的表情。面對筱伯疑惑的目光，他悠然道：「比起查閱古典祕錄，我還有更好的辦法。」

「什麼辦法？」筱伯忙問。

「懸賞！」雲襄淡淡笑道，「昭告天下，誰若能將天上的陽光引到地上，點燃任何東西，我便出十萬兩銀子獎賞。」

見筱伯眼中滿是不解，雲襄笑著解釋道：「我個人的智慧與全天下人比起來，實在微不足道。如果天下人在十萬兩銀子的懸賞下，都找不到接引天火的訣竅，我雲襄恐怕也無能為力。就算是讓天下人幫忙翻閱查找古典祕錄，也肯定比我自己一人埋頭找要有效率得多。」

筱伯恍然大悟，連連豎起拇指：「高明！公子真高明！難怪公子胸有成竹。只要魔門接引天火的把戲不是真正的神蹟，就一定還有其他人知道其中訣竅。以利誘之，說不定連魔門內部知道奧祕的教徒，都會為之動心。」

雲襄微微嘆道，「《呂氏商經》不光是一部經商謀利的聖典，更是一部洞悉社會奧祕的曠世巨作。我這也是從中得到啟發。你可知為商之道的最高境界是什麼？」見筱伯茫然搖頭，雲襄笑道，「不是任何賺錢的奇思妙想，也不是發現機會的果敢和決斷，而是用人。」

「用人？」筱伯滿眼疑惑。

「不錯，用人！」雲襄點點頭，「讓最能幹的人為我賺錢，這是呂不韋在《呂氏商經》中提到的商道最高境界。其實這不僅是為商之道，也是為君之道！呂公在數千年前就有如此眼光和體悟，真乃神人也！」

筱伯若有所思地點點頭，用異樣的目光打量著雲襄，直到看得雲襄都有些莫名其妙，他才嘆道，「老奴發現，公子考慮問題的方法和氣度，與過往已大不相同，似乎境界比以前又高了許多。」說著他站起身來，「老奴這就去發布懸賞令，讓天下人一起來揭開魔門『神蹟』的外衣。」

「不用了。」雲襄忙示意他坐下，「我已讓張寶透過望月樓在江湖上祕密發布了懸賞令，等咱們趕到嵩山時，大概就能看到結果了。」

「為啥要讓張寶去？公子信不過老奴？」筱伯老臉上有些不悅，雲襄忙陪笑道：「筱伯你別多心，您老年歲已高，這些跑腿的事遲早要交給別人。張寶跟了咱們多年，也還算踏實可靠，這些小事以後筱伯就交給他做吧。」

「是啊！筱伯！」張寶在車廂外笑道，「俺張寶雖然笨點，但做些跑腿傳話的活兒還是可以的，以後筱伯要多教教我。」說話的同時，信手甩出一記響鞭。馬車一震，稍稍加快了速度，一路往西而去。

北京城，一間幽暗靜謐的書房中，面目沉定儒雅的靳無雙邊輕輕撥弄著手邊的玉如意，邊翻閱著新送來的諜報。青衫老者周全垂手立在一旁，靜得讓人幾乎感覺不到他的存在。

「魔門要在嵩山之巔接引天火，並舉行聖火節，你怎麼看？」靳無雙將諜報擱到一旁，頭也不抬地問。

周全沉吟道：「魔門此舉，顯然是要力壓少林，在中原立威。朝廷就算不派兵鎮壓，也要派錦衣衛祕密參與其會，將首腦人物一網打盡！」

靳無雙微微一笑，連連搖頭。見周全眼中有些疑惑，他解釋道：「魔門野心勃勃，寇焱更是一代梟雄，若任由他羽翼豐滿，必為天下大患。不過他在我眼裡，卻還不及雲嘯風的威脅大，更不及《千門祕典》來得重要。」

周全若有所悟，又問道：「主上的意思，是要暫時任他坐大？」

靳無雙一聲冷哼，眼裡隱隱有寒芒閃爍，「蜚鳥盡，良弓藏；狡兔死，走狗烹。如今倭寇暫平，瓦剌蟄伏，朝廷那些言官就在聖上耳邊進讒言，說我大權獨攬，把持朝政，要我分權。哼，我現在就要任由魔門坐大，不僅如此，我還要暗中助其一臂之力，看看那些空談誤國的言官有何應對之策？」說到這裡他頓了頓，悠然問，「聽說這次魔門入關後，表面上是改弦更張，欲與佛、道兩門結盟修好，你說，如果佛、道、魔三門盡釋前嫌，結成聯盟，在朝野會引發什麼樣的震盪？」

周全渾身一顫，變色道：「若是如此，只怕朝野上下會譁然驚懼！不過，佛、道兩門與魔門誓不兩立，怎可能修好結盟？」

靳無雙手撫髯鬚悠然笑道：「寇焱這次重入中原，已比以前成熟了許多。他曾多次向少林和武當示好，欲與他們修好結盟。只要老夫提醒一下少林方丈圓通，他順水推舟與魔門結盟就再自然不過了。至於武當，如今聲望已大不如前，只要圓通稍加勸說，定不敢以一己之力獨抗佛、魔兩門，因此佛、道、魔修好結盟並非不可能。屆時朝中那些空談誤國之輩，除了倚仗老夫，還有誰可應付這等亂象？」

周全心領神會地連連點頭，「沒錯，這天下若沒出點亂子，怎能顯出主上的重要？天下人又怎知道主上比聖上更不可或缺？」說到這裡他遲疑了一下，「不過魔門的野心是整個天下，寇焱更是覬覦著江山社稷，若任由其坐大，弄不好會成燎原之勢，到時局面可就不好控制了。」

靳無雙胸有成竹地微微一笑，反問道：「你可知千道的最高境界是什麼？」

周全立即回道：「大象無形，大音希聲！謀於無痕無跡之中。」

靳無雙追問道：「如何做到無痕無跡？」

周全想了想，茫然搖頭。靳無雙笑道：「這就像練太極拳，要盡量藏起自己的力量，借別人之力為我所用，巧妙維持各方力量的平衡，不到萬不得已，不發雷霆一擊。這在千道之中，叫做借勢。」

「小人明白了！」周全若有所悟地點點頭，「主上是要借江湖上的力量來箝制魔門！」

靳無雙笑著點點頭：「如今公子襄的勢力已悄悄崛起，咱們卻還沒有查到雲嘯風和《千門祕典》的下落，既然如此，咱們何不讓雲嘯風的這枚棋子與魔門鬥個兩敗俱傷？看看雲嘯風是要棄子，還是要保他。只有等雲嘯風先行出手，咱們才能後發制人。找不到雲嘯風，咱們就算將公子襄和魔門全部剷除，也不算勝利。」

周全點點頭，笑道：「小人這就去安排，定要讓公子襄不能置身事外。」

「不必了。」靳無雙回道，「公子襄和天心居楚青霞，已在趕往嵩山的途中。你只需派人密切監視雙方的動靜，將看到的一切飛報於我。」

「遵命！小人這就去安排！」周全說著就要離去，卻突然想起一事，回頭又道，「對了，鎮西將軍的大公子武勝文，昨日從大同府送來書信，說明珠郡主已平安產下一個千金，求主上賜名。」

「知道了。」靳無雙淡漠地點點頭，信手在案上鋪開宣紙，提筆略一沉吟，便寫下三個龍飛鳳舞的大字——武天嬌

「好！一代天嬌，此天嬌又非彼天驕，果然好名字！」周全連聲讚嘆，雙手接過宣紙，小心翼翼地捲起來，欣然道，「我這就讓人給武家送去！」

周全前腳剛走，後腳就見衣衫錦繡、雍容華貴的溫柔推門進來，這一向笑語嫣然的貴婦，此刻臉上卻有說不出的關切和焦急，不及見禮就對靳無雙急道：「無雙，我想去看看明珠。」

靳無雙面色一沉：「妳堂堂王妃，豈能隨便離京？」

溫柔淚水漣漣地急道：「明珠再怎麼說也是我的女兒，她現在第一次做母親，我這當娘的去看看她有什麼不可以？」

靳無雙眼中閃過一絲隱痛，淡然道：「但她並不是我的孩子。」

溫柔渾身一顫，用異樣的目光盯著靳無雙：「你……你怎麼能這樣說？我……我這不都是聽從了你的安排嗎？」

靳無雙眼中隱痛一閃而沒，神情漸漸和緩下來。上前扶住溫柔，他暖暖笑道：「阿柔，忘掉妳曾經有過這樣一個女兒吧，她不過是一次意外。」

「忘掉？」溫柔淚如泉湧，「親生骨肉，我怎麼能說忘就忘？」

靳無雙無奈地嘆了口氣，柔聲勸道：「要不過段時間，待明珠身子好些，我讓武公子送她回北京省親，帶孩子來看看妳。」

溫柔只得含淚點了點頭。靳無雙見狀，立刻拍手高叫：「來人！扶王妃下去休息。」

第五十四章　拜火

嵩山雖為五嶽之首，卻無泰山的偉岸雄奇，也無華山的險峻孤高，論幽靜典雅不及衡山，說婉約多姿又不及恆山。嵩山在五嶽之中最為普通，卻以古樸和端莊的風姿，成為五嶽中最平凡、卻又最莊嚴的中嶽。

嵩山之巔也不似其他名山重嶺險峻，而是一片起伏平緩的開闊地，彷彿就是為傲嘯山林的江湖中人聚會而生，魔門的聖火節也選在這裡舉行。

六月上旬，得到魔門邀請或是聽聞此一消息的江湖中人紛紛趕來，他們大多抱著湊熱鬧的心態，想看看拜火教如何在少林的家門口立威，也有人完全出於好奇，想看看魔門傳說中「天降聖火」的神蹟，只有少數急公好義之輩，想在這次大會之上，揭穿魔門欲禍亂天下的陰謀，為天下安寧盡一分綿薄之力。就在這樣一個看似平和、實則暗潮洶湧的武林聚會中，各路江湖人物雲集，讓一向古樸清靜的嵩山也喧囂熱鬧起來。

六月十三，拜火教聖火節。這個時節已是盛夏，不過嵩山之上卻依舊涼爽宜人。這日天色未明，嵩山之巔聚集的江湖人物已有數千之眾，待到天色大亮時，山巔上的江湖人物，加上聞訊趕來看熱鬧的閒漢和做買賣的小販，足有萬人之眾，將平坦開闊的嵩山之巔擠得水洩不通。

在眾多江湖人物和閒漢小販之間，數百近千名身披黑袍、紀律嚴謹的拜火教教徒，顯得最為惹眼。他們不像尋常江湖中人那樣自由散漫，吆五喝六地大聲喧譁。他們各依位置肅穆而立，靜靜護衛著山頂中央的那個圓木搭成的高臺。高臺分為兩層，第一層是個寬四丈、長六丈的平臺，鋪著厚厚的紅地毯，讓人不由自主聯想到擂臺；第二層則是個一丈見方的小高臺，上面有個一人多高的塔形物什，罩著纖塵不染的雪白綢緞，顯得十分神祕。

卯時剛過，就見一個白衣男子在幾個黑衣教徒的護擁下，緩緩登上高臺。他緩步來到臺前，用冷峻凝定的目光往臺下一掃，亂哄哄的人群不由靜了下來，接著響起一陣竊竊私語：「這人是誰？」

知道的人立刻小聲回答：「好像是近年在江湖上聲名鵲起的魔門少主寇元杰！」

五年多過去，寇元杰比少年時少了些陰鷙和張狂，多了幾分從容和冷靜，也多了幾分淡定和成熟。只見他俯瞰著臺下群雄，緩緩拱手團團一拜，朗聲道：「歡迎各位不遠千里，前來參加本教的聖火節，觀賞我教『天降聖火』的大典。不過家父目前正在西疆遊歷，一時趕不過來，所以由我寇元杰代表家父，謝謝大家！」說著躬身一拜，態度十分誠懇。

人群中再次響起竊竊私語，許多年輕人是衝著魔門門主寇焱的大名而來，想見識一下這位二十多年前就縱橫天下，幾乎未逢敵手的絕世高人。年輕人都崇拜英雄，寇焱在二十多年前，就隱然有武林第一人的氣勢和名望，無論是正是邪，他對現今的年輕人而言，都是值得膜拜的英雄。聽到他不來，人們紛紛起鬨道：「寇門主不來，這次聚會還有什麼意思，不如散了吧！」

寇元杰待眾人議論聲稍減，這才淡淡道，「這次大典，原本就是來去自由，諸位隨時可以走。不過若是選擇留下觀禮，就請尊重本教習俗。本教的拜火儀式原本是不讓外人參與的，不過考慮到江湖上對本教有諸多誤解，對咱們一些祕密儀式總是充滿無端的揣測和恐懼，所以家父決定將今年的拜火儀式對外開放，以顯本教的光明和磊落。」說到這裡他頓了頓，目光一凜，緩緩從場中掃過，「有人若是與本教有隙，或是對本教不滿，盡可在觀禮前後，上臺向咱們挑戰。本教僻處西疆多年，與中原武林的交往也中斷多年，便想透過這次聖典，與中原武林互相切磋印證。希望讓本教這次聖典，同時也能成為武林的聖典。」

寇元杰雖然說得輕描淡寫，但話音卻清清楚楚地傳遍全場，顯然武功修為比以前又高出許多。他的話音剛落，場中頓時沸騰起來，眾人毫無顧忌地大聲議論，顯然為魔門向中原武林挑戰的囂張行徑感到氣憤，不過一想到魔門過去的種種手段，眾人雖然嘴上不停，卻沒有一個人上臺。武功低的不敢上臺，武功高的自重身分，自然不願第一個出頭。

寇元杰待喧囂稍平，這才環顧全場道，「今日凡是來觀禮的嘉賓，都是本教的貴客，我們會禮敬有加。不過如果有人不尊重本教的習俗，妄自嘲笑起鬨，就休怪本教將你視為敵人。」接著他陡然提高音量，「眾護法聽令，若發現有人搗亂，立刻拿下！」

高臺四周那數百名教眾立刻齊聲答應，氣勢如虹。雖然這幾百個教徒在上萬人中就如滄海一粟，但他們肅穆凝定的氣勢，比起亂哄哄的武林群雄，自然要威武得多。

眾人在魔門眾教徒的氣勢威壓下，同時也是在好奇心的驅使下，漸漸停止喧譁，靜靜等待一睹傳說中拜火教接引天火的神祕儀式。

一個白袍祭司登上高臺，對高臺上那座塔形物什拜了幾拜，然後對隨行的兩個白衣少年擺擺手。兩個少年立刻躍上高臺第二層，將蒙在那物什上的綢緞解開。眾人只覺眼前一亮，終於看到了那件神祕的法器——魔門接引天火的五彩琉璃塔！

琉璃塔高有九重，在陽光下散發出五彩絢爛的光芒，奪人心魂。光看那琉璃的純度和大小，就算不是什麼神物，也堪稱稀世之寶！何況它還能接引光明神撒向人間的聖火，是魔門至高無上的法器！

眾教徒紛紛朝琉璃塔方向跪倒，齊齊匍匐在地。這時白袍祭司開始朗誦經文，眾教徒齊聲應和，人人表情肅穆，讓旁觀的群雄也不由收斂許多。少時，經文朗誦完畢，祭司將經文投入琉璃塔中，兩個白衣少年隨即揭開琉璃塔最上方的頂蓋，眾教徒則在祭司帶領下，小聲吟誦著經文，靜待天火降臨。

除了魔門教眾，旁人對光明神天降聖火的傳說是好奇居多，相信的少，不過見眾教徒如此認真莊嚴，眾人也就耐著性子，靜觀奇蹟發生。場中一時間靜了下來，只聞魔門教眾細細誦經的聲音，為光天化日下的聚會平添了幾分神祕和詭異。

迎接天火的儀式一直持續到正午，日頭漸漸移到頭頂，陽光從琉璃塔頂部筆直地投射到琉璃塔底部，透過半透明的琉璃塔，可以看到陽光化作一條明亮的光柱，熾烈刺眼，令人驚異。

這時白袍祭司突然跪倒在地，高聲叫道：「至尊無上的光明神啊，請賜我光明之火，蕩盡人世間的一切黑暗和罪惡吧！」

話音剛落，就見方才投到塔中的經文，漸漸冒起白煙，最後「轟」一聲燃起，同時點燃了琉璃塔內部的油料，熊熊火焰在琉璃塔中燃燒，那顫動的火焰經琉璃塔折射，煥發出變幻莫測的七彩光芒，令人目眩神迷。

眾教徒在白袍祭司的帶領下，齊聲歡呼，人人聲嘶力竭，許多人眼裡隱含點點淚花，他們為自己有幸親眼目睹光明神傳播聖火而激動不已，也有不少教徒不由自主地跳起歡快的舞蹈，慶祝光明聖火降臨人間。聖火節的狂熱氣氛，在此刻達到了頂峰！

群雄雖然不大相信什麼天降聖火的神話，但親眼目睹這不可思議的過程也都有些震驚和恐懼。難道魔門真有神靈庇佑？難道光明神真的駕臨拜火大典？不然琉璃塔內的經文，何以會無火自燃？眾人此刻臉上的表情，再沒有半分輕視和嘲笑，只有說不出的凝重。

寇元杰在眾教徒的歡呼聲中緩緩登上高臺，對著燃燒的琉璃塔拜了兩拜，這才轉向臺下眾人。在他抬手示意下，眾教徒停止歡呼，靜待他的訓示。

寇元杰的目光緩緩掠過全場，待眾人的注意力皆集中到自己身上，他才朗聲道：「再次謝謝諸位不遠千里前來，並親眼見證了光明神親授本教聖火的過程。本教之所以希望能透過這次公開儀式與中原武林各派消除誤解，就是想與諸位共襄大事！」

「不知魔門與咱們中原武林，有何大事需要共襄？」有人高聲喝問。

寇元杰轉向聲音來源，朗聲道，「中原武林向來一盤散沙，各門各派為一己之私利，置天下公義於不顧，想盡一切辦法為自己謀私，就是所有江湖爭鬥的根本原因！」說著他將聲音提高了幾分，「本教忝為中原武林的一分子，欲改變中原武林的現況，所以想將所有幫會、門派聯合起來，組成一個大的聯盟，大家在聯盟內親如一家，以和平的手段解決彼此的紛爭。如此一來，中原武林將不再有流血衝突，不再有仇殺紛爭，一舉結束中原武林千百年來的無序狀態，使天下得以太平！」

寇元杰話音剛落，立刻引來眾人質疑。

有人高聲喝問：「貴教此舉，是要將中原武林全部收歸麾下嗎？」

也有人小聲議論著：「這話聽起來好像不錯，就不知如何才能讓散沙一盤的武林各幫各派，心甘情願地結成聯盟？」

寇元杰聞言朗聲道：「請諸位不必多心，本門雖為中原屈指可數的大教派，卻也不敢妄自尊大，自認是中原武林的領袖。少林、武當素來執武林牛耳，這等大事，自然是要以他們為首。」

「少林、武當皆出家人，要他們執掌武林，恐怕有些不妥。」有人嚷嚷道。

寇元杰淡淡一笑：「方才諸位已親眼見證了天降聖火的神蹟，本教有光明神親授聖火，自然要以天下為己任，勇擔重責。本教願意與少林、武當這佛道兩派的最高代表一起，為維護武林的和平與安寧，貢獻綿薄之力。」

群雄這才明白魔門的真正目的。少林武當兩派名宿皆是方外之人，自然不便過多參與俗家事務，若中原武林由少林、武當與魔門共掌，實際上也就成了魔門大權獨攬的局面，魔門欲控制中原武林的野心，至此昭然若揭！

群雄中不少人深諳其中關鍵，立刻出言喝道：「少林、武當都是些不管事的老傢伙，這不成了魔門統領中原武林嗎？」

也有人鼓譟道：「咱們一向自由自在慣了，憑啥要讓別人來管束？江湖原本就是自由自在的地方，若要像朝廷那樣，大家按武功高低、能力大小分成三六九等，讓魔門來做咱們的皇帝，這江湖還有啥意思？那樣老子寧願第一個退出江湖！」

此番言論立刻引來無數人齊聲附和，寇元杰待眾人聲音稍停，這才朗聲道：「咱們並不想勉強旁人，這武林聯盟乃是自願加入，凡加入此聯盟者，本教會視之為朋友兄弟。」言下之意，若不加入，魔門就會視之為敵人！

眾人突然想起這次聚會的兩個重要角色——少林和武當的代表！既然魔門口口聲聲尊少林、武當為中原武林領袖，只要少林、武當兩派能堅持自己的原則，那魔門妄想控制中原武林的野心也就無法達成。眾人不由問道：「少林有沒有派人前來觀禮？武當呢？」

在眾人的嘈雜聲中，寇元杰忽然一聲高喝：「有請少林掌門圓通大師、武當掌教風陽真人！」

話音剛落，就聽禮炮、號角齊鳴，山巔四周傳來二十一聲禮炮，以及陣陣牛角號渾厚悠揚的聲音，將在場人士嚇了一跳。在禮炮與號角聲中，一個滿面紅光、身披大紅袈裟的和尚，與一個身材矮小瘦弱、道袍破舊骯髒的老道士並肩從山下拾級而上，二人身後緊隨著兩列灰衣僧侶和青衫道士，人人肅穆莊嚴，步履沉穩。

眾人對走在前面的圓通大師倒是不陌生，卻不知他身邊那相貌猥瑣、睡眼惺忪的老道士是何等人物。若說他就是武當掌教風陽真人，那也實在太令人失望了。在眾目睽睽之下，他居然邊走邊剔著牙，皺紋縱橫的臉上還帶著酒後的紅潮，那模樣就像是酒足飯飽剛走出飯館的酒鬼，哪有半分名門正派掌教的威儀？

一行人在眾人驚詫的目光中登上中央高臺，寇元杰快步迎上前，對二人拜道：「兩位掌教能在百忙中親自參與盛會，實乃中原武林之幸，令晚輩深感榮幸。」

「寇公子不必客氣。」圓通扶起寇元杰，「這等盛事，又在咱們少林家門口舉行，少林豈有不來之理？」

老道士則含糊點頭道：「該來！該來！」

寇元杰與二人見禮後，轉向臺下群雄道：「請容我向大家介紹當今中原武林的兩大名宿，也是佛、道兩門的最高掌教，少林的圓通大師和武當的風陽真人！」接著轉身將二人讓到臺前，示意他們對群雄講話。

在臺下群雄的竊竊私語聲中，圓通與風陽子謙讓了一回，這才合十對臺下群雄宣了聲佛號，朗聲道：「今日之聚會，不僅是魔門聖火節，也是中原武林佛、道、魔三方之盛會，少林作為地主，當謝諸位前來觀禮。」

圓通的話音剛落，立刻引來武林群雄更大的騷動，有人立刻高聲喝問：「圓通方丈，少林不是一向自詡佛門正統，以除魔衛道作為佛家之本分嗎？啥時候少林已與魔門沆瀣一氣了？」

圓通淡淡一笑，沉聲反問：「何謂魔？何又謂佛？」

有人立刻答道：「為善是佛，為惡是魔！」

圓通再問：「何又為善？何又為惡？」

更多人高呼：「救人是善，殺人是惡！」

「說得好！」圓通這一聲呼喝用上了「佛門獅子吼」，將場中亂哄哄的聲音盡皆壓了下去，他雙目炯炯虎視全場，沉聲道，「幾年前河南大旱，魔門放賑救民，請問此舉是善是惡？」

眾人盡皆啞然。幾年前魔門重入中原，就在河南放賑救民，確實讓天下人感到有些意外，不過也有人立刻呼道：「魔門那是要收買人心，吸引災民入教，他們救人是假，吸收愚民入教是真！」

圓通一聲嘆息：「如此說來，天下人行善積德，皆有收買人心，為自己積累功德的私心了？既然如此，我們又有何權力指責魔門的私心呢？」

「圓通大師，從來佛、魔不兩立，你怎麼在幫魔門說話？」又有人高聲質問。

圓通朗聲道：「佛曰：放下屠刀，立地成佛。魔門就算過去做下無數人神共憤的暴行，但經過十八年的反思悔過，五年前重入中原後，其行為氣象與以往已大不相同。尤其這次主動與我佛、道兩門修好，以維護中原武林和平，這等胸襟和氣度，難道不值得我輩效法？都說佛、魔不兩立，如果佛、道、魔都能化解千百年來的恩恩怨怨，那天下還有什麼恩怨不能化解呢？難道我佛的胸襟，尚不及魔門教眾嗎？」

圓通的話雖然句句在理，但聽在群雄耳中卻是十分彆扭。佛魔不兩立，這是江湖千百年來的規矩，如今這規矩居然在圓通手上打破，眾人皆有些迷茫，於是有人高聲質問風陽子：「風掌教，您老怎麼不說話？」

風陽子被圓通讓到前方，他略顯緊張地清了清嗓子，吶吶道：「這個、這個化解恩怨，結盟維護江湖和平，總是、總是好事。咳咳，貧道、貧道當然完全支持。」

圓通接著道：「這世上何謂魔？人們對不了解的東西、不合常理的東西，都斥之為魔。比如拜火教的拜火大典，人們一向對那『天降聖火』的傳說充滿了種種揣測和恐懼，認為那是邪魔外道的罪惡儀式，如今咱們有幸親眼見證這天降聖火的神蹟後，還會認為那是邪魔外道用來愚弄教徒的把戲和手段嗎？」

眾人無言以對。以前聽說魔門聖火節天降聖火是難得一見的奇觀，群雄還以為那是魔門用來愚弄教眾的障眼法，可親眼見過它的神奇之後，群雄心中也不由生出一種對未知事物的莫名恐懼，而今少林、武當竟也支持與魔門結盟，群雄雖覺不妥，卻也不知從何反對。有人高聲問道：「不知結盟之後，由誰來領導中原武林？」

圓通笑道：「自然是由咱們佛、道、魔三方共同維護中原武林秩序。」

有人高呼：「少林、武當素來為中原武林泰山北斗，中原武功大多與之有千絲萬縷的關係，由你們來領導中原武林，咱們自然沒意見。不過魔門何德何能？憑什麼領導中原武林？」

「問得好！」圓通尚未回答，寇元杰已越眾而出，對眾人朗聲道，「魔門與中原武林多年未做交流，難免讓人對咱們的實力有所猜疑，不知是否還與當年雄霸武林時一般？正好本教光明四使在此，他們的武功皆出自我家父親傳，可與中原武林切磋印證，看看咱們魔門有沒有資格與少林、武當一同領導中原武林。」

面對寇元杰的挑戰，臺下群雄一陣譁然。有人已按捺不住跳上臺來，對寇元杰和圓通、風陽子拱手道：「在下青城派張松，願拋磚引玉領教魔門絕學。請兩位大師做個見證！」

「原來是青城掌教的大弟子！」圓通點點頭，笑道，「大家中原武林一脈，相互切磋印證是提高武功的正途，不過還望大家點到為止，切記切記！」說完便與寇元杰和風陽子向後退開，將擂臺讓出來。

張松不置可否地冷哼一聲，眼裡滿是殺氣。青城派上一代掌門，二十多年前曾被寇焱選作拳靶，三招之內斃於掌下，這一直被青城派上下視為奇恥大辱，今日難得有機會扳回顏面，張松自然不會放過。他冷眼望向臺後盤膝而坐的魔門教眾，沉聲問道：「魔門上下，難道就沒有人敢於應戰了嗎？」

話音剛落，就聽身後傳來幽幽一聲嘆息。張松一驚，急忙回頭望去，就見身後不知何時多了個白衣飄飄的年輕人，看起來只有二十七八的年紀，卻有一股說不出的沉穩凝定，尤其他那白如美玉、俊朗如仙的面容，令張松油然生出一絲自慚，他盯著對方飄飄渺渺的眼神喝道：「來者何人？」

「拜火教光明使，明月。」年輕人款款道，凜冽山風吹拂著他的衣袂，使他看起來有種飄飄欲仙的氣質。面對張松仇恨的目光，他無奈地嘆了口氣，「當年貴派掌門敗於咱們門主之手，難怪你會對本教深懷仇恨，為了化解二十年前的恩怨，明月願替門主受你三掌。」

當年青城派掌門，被寇焱三掌擊成重傷，不久就不治而亡。張松聽對方願代寇焱受自己三掌，不由點頭道：「好！只要你受我三掌，咱們二十年前的恩怨便一筆勾銷！」

明月面帶微笑，抬手做了個「請」的手勢。張松也不客氣，一個箭步衝到對方面前，一掌便拍向對方胸腹要害，這一掌用上了十成功力，足以開碑裂石。就見明月的身子被擊得憑空飛了出去，卻輕飄飄落在數丈開外，面色不改地繼續向張松示意。

群雄轟然叫好，為張松加油。然而張松臉上卻青一陣白一陣的，胸膛也起伏不定。原來就在他方才那一掌尚未擊實的瞬間，明月的身子突然順著他的掌勢飄了出去，使他這全力的一掌揮空，心中一陣難受。由於明月退的時機恰到好處，在旁人看來，就像被他這一掌擊飛出去一般。

張松不敢說自己的掌勢追不上對方的身形，只得硬著頭皮再上。這次他用了點心思，先以右手虛招虛擊明月胸膛，接著右掌後發先至，倏然擊上對方小腹。不過這一掌依舊揮空，只見明月順著掌勢退開三步，面帶微笑說道：「還有最後一掌，閣下可要用上全力。」

張松一聲大吼，雙掌連環擊出，先後擊中明月胸腹。只見明月身形再退數尺，若無其事地對張松笑道：「多謝閣下手下留情，三掌俱沒有用全力，明月才能僥倖在你掌下逃生。看來閣下也是有心化解與本教的恩怨，這才大度留手。明月替寇門主多謝你的寬宏大量。」說著恭敬一拜，態度頗為誠懇。

張松心知武功與對方相差太遠，見對方如此給自己留面子，他也不好再說什麼，滿臉羞慚地拱手一拜，匆匆跳下高臺，奪路而去。

明月手捋鬢髮，環顧全場，悠然笑道：「本門二十多年前與武林各派的恩怨，希望今日做一個了斷。在下願替門主身受諸位拳腳，以化解往日恩怨。過了今日，中原武林便親如一家，再不該有這等衝突和仇殺，請少林和武當兩派的掌教，為咱們做一個見證。」

群雄面面相覷，一時無語。不少人已看出明月方才所受三掌，俱是靠著極快的身形在掌力落實的瞬間倏然後退，如此迅捷的身形步伐，以及進退時機的把握，令人瞠目結舌，而他不過是魔門四位光明使之一，魔門的實力可見一斑。

不過很快又有人登臺，要向明月挑戰。明月依然根據拜火教往日與他們的恩怨，以身試群雄的拳掌，化解過去的恩怨。群雄先後上去了四五人，卻個個都像青城派張松一般，拚盡全力也未能真正擊中明月一掌，盡皆羞愧下臺。

眾人在驚詫明月的武功之餘也不禁暗自心驚，場中頓時靜默下來。突然間，一個清冷如仙的聲音款款問道：「貴教寇門主當年曾傷我師妹，使我師妹沉痾病榻十八載。不知光明使可否受我一掌，以化解我與貴教的多年恩怨？」

這幾句話說得輕聲細語，在場之人卻無不聽得清清楚楚。眾人循聲望去，就見一個白衣飄飄的女子，在人叢中大步行來，接著身形微起，飄飄冉冉地落在高臺之上。

明月連忙後退半步，緊張地盯著來人，沉聲問道：「這是天心居的武功，妳是天心居的人？」

「不是。」白衣女子淡淡道，「不過我師妹當年被寇焱傷得十八年臥床不起，光明使若要化解這場恩怨，可否受我一掌？」

明月臉上的緊張一閃而沒，他很快就恢復了從容不迫的氣度。對來人淡淡一笑，他款款道：「若能化解本教與妳的恩怨，明月就算受妳一掌也沒什麼。不過前輩乃是與咱們門主齊名的神話般人物，若是以此來欺負小輩，只怕會對前輩聲譽有損，所以晚輩不敢陷前輩於不義，還請前輩見諒。」

不用說，這白衣女子就是叛出天心居的孫妙玉。她原本只是帶著兩個弟子來看看熱鬧，見明月如此囂張，才忍不住登臺。誰知明月一眼就從身形步伐看出了自己的武功淵源，倒也不好再逼，便淡淡道：「我今日前來，原本是打算向寇門主請教，如今寇門主不在此地，不知貴教誰可以讓我不虛此行？」

明月淺淺一笑：「前輩的武功，恐怕除了寇門主，本教無人有資格做前輩的對手。不過若前輩實在想要印證魔門的武功，明月及另外三位光明使，倒是勉強可以奉陪。」

孫妙玉眉頭一皺：「你是說貴教四位光明使齊上？」

明月謙卑地笑道：「咱們四人的武功皆是出自門主親授，寇門主也常常以一敵四與咱們切磋。咱們四人齊上，就如寇門主出手一般。前輩乃世外高人，當不會介意咱們倚多為勝吧？」

孫妙玉嘿嘿冷笑道，「早聽說寇焱在關外隱忍這十八年，特意從一批天賦異稟的少年中，精心挑選和栽培了四個武學天才，年紀輕輕就達到絕高境界，比之魔門長老更勝一籌，這說的就是你們光明四使吧？」見明月坦然點頭，孫妙玉哈哈一笑，「好！我倒是有心見識一下寇焱精心栽培的四朵魔門奇葩！」

明月微微頷首，然後輕輕拍了拍手。三個同樣白衣如雪的年輕男女先後躍上高臺，隱隱將孫妙玉圍在了中央。

臺下群雄一見孫妙玉風采，紛紛相互打聽：「這女子是誰啊？竟敢孤身一人挑戰魔門光明四使！」

有人隱隱猜到孫妙玉的身分，不由激動地道：「如果我沒猜錯，她是當年與素妙仙齊名的天心居大師姐，後來叛出天心居門牆的孫妙玉！」

天心居弟子一向少有在江湖上走動，素妙仙也是因為二十年前與寇焱那一戰才名傳天下，所以並沒有多少人識得孫妙玉。不少人都有些為她擔心，想要上前英雄救美，卻又自覺力有未逮，只得大聲鼓譟：「魔門以四對一，好不要臉！」

光明四使充耳不聞，只是穩穩將孫妙玉困在中央，並不為眾人的鼓譟所動。孫妙玉先往明月右手邊看去，是個身高體健的年輕人，看起來只有二十五六歲模樣，生得濃眉大眼，雙目炯炯有如虎眸，即便身著寬大的白袍，依舊能看出他衣袍下虯結的肌肉。見孫妙玉在打量自己，他微一頷首：「晚輩力宏，見過孫前輩。」

孫妙玉點點頭，目光轉向明月的左方，那是個笑語嫣嫣的白衣少女，看起來年僅二十歲，生得嬌俏迷人，尤其天生那一雙媚眼，眨啊眨似有電光四射。孫妙玉雖為女子，卻也能感覺到對方的媚惑之力。她收勒心神，冷眼一瞪，那女子忙避開孫妙玉的目光盈盈拜倒，口裡笑吟吟地道：「晚輩慧心，見過前輩。」

孫妙玉輕哼了一聲，緩緩將目光轉向自己身後那人。此人一直靜靜地立在身後，即使是孫妙玉，也得專心致志地用心感受，才能察覺到她的存在，可見她的修為和耐心，又比另外三個同伴要高。待看清那人模樣，孫妙玉不禁在心中暗暗喝采。只見對方年紀不到三旬，卻有一種不食人間煙火的空靈，這種空靈又與天心居修為深厚的女弟子有所不同，是帶有一絲邪氣的超然脫俗，也只有修為如孫妙玉，才能勉強分清其中的差別。她深深盯了對方片刻，淡然問：「淨風使？」

「晚輩淨風，見過前輩。」那女子微微一拜，清冷平和的目光，竟與當年的素妙仙有幾分神似。孫妙玉心中暗驚，看來寇焱選這四大光明使，真是下了一番苦心。只這淨風使一人，就是罕見的勁敵！

在臺下一個不引人注意的角落，雲襄也留意著臺上發生的一切。孫妙玉的突然出現，令他不由得留上了心。筱伯見狀，在一旁小聲解說道：「看這女子的身形步伐，莫不是傳說中的天心居高手？」

「天心居？那是什麼門派？」雲襄皺眉問。上次得天心居弟子柳青梅相助，才得以逃過柳公權的緝拿，不過對天心居，他卻依舊一無所知。

筱伯嘆道：「世間萬物，離不開陰陽兩性，所以這世上也就少不了佛、魔兩道。如果說拜火教是魔的化身，那天心居就是佛的代表，天生就是為了掣肘魔的力量而生。天心居一向超然世外，很少履足紅塵，若天心居弟子放棄清修大舉入世，那說明這世上魔的力量，已經到了不得不遏止的地步。」

雲襄皺起眉頭：「少林、峨嵋等派不也是佛門弟子嗎？怎麼會與魔門結盟？」

筱伯呵呵笑道：「佛陀曾經說過，千百年後，魔會借祂的法衣，冒祂的名號，亂祂的正法，我看祂說的正是今日之少林。至於峨嵋、白馬寺等釋教門派，或者是法力不夠，或者是獨善其身，早忘了我佛普渡天下人的慈悲，已經不能算是真正的佛陀正統了。」

雲襄用異樣的眼光打量著筱伯，驚訝道：「沒想到筱伯對佛道的研究，竟如此精深！」

筱伯一怔，忙笑道：「老奴也是因為以前殺孽甚重，想以佛門慈悲化解心中血債，所以對佛教經典有所涉獵，讓公子見笑了。」

說話間忽聽群雄轟然叫好，原來臺上五人已經動起手來。雲襄凝目望去，就見臺上五道人影飄飄忽忽，快得分不清彼此。五人俱是白衣如雪，衣袂飄飄，在臺上倏進倏退，飄然如仙。雲襄雖不會武功，卻也看得心曠神怡，不由拍掌讚嘆：「如此武藝，簡直比仙人舞姿還要精采奪目，真令人大開眼界！」

筱伯卻是滿臉凝重之色，雙目一瞬不瞬。片刻後，臺上五人身形驟停，依舊站在各自原本的位置，恍若舞畢歸位一般。雲襄看不出所以然，忙問筱伯：「誰贏了？」

筱伯一聲輕嘆：「寇焱真是一代武學天才，竟教出完全不露一絲魔性的四個弟子。這光明四使的武功，竟然與天心居武功有幾分神似，想必這是寇焱當年敗在素妙仙手上後，從對手那裡新領悟到的武功，所以才與魔門的武功大不相同。老奴看不出他們誰高誰低，只隱約覺得這光明四使的武功，是專為克制天心居而創，而四人聯手又暗合一種陣法。如此看來，再鬥下去那天心居高手恐怕要吃虧。」

話音剛落，五人身形再動，翩翩然宛若凌空飛舞，令人眼花撩亂。臺下群雄大聲叫好，他們雖然天天離不開武術，卻從未見過如此絢爛奪目、翩然如仙的武功。

第五十五章　結盟

雲襄只覺臺上五人打得好看，性命相搏也如舞蹈一般優雅從容，卻看不出其中門道，只得將關切的目光轉向筱伯。可惜筱伯臉上戴著人皮面具，始終木然看不出喜怒哀樂，只聽他微微嘆息：「光明四使不過二三十歲年紀，武功修為就足以與任何武林名宿相抗，假以時日，必是武林人患！那天心居高手不知是誰，竟能以一敵四，莫非她真是素妙仙的同門姐妹？不過她的武功似乎正好被光明四使克制，再鬥下去，恐怕也占不到任何便宜。」

話音未落，就見臺上形勢驟變，光明四使身形陡然凝定，各依方位，以一種怪異的姿勢將孫妙玉困在中央。孫妙玉雖然依舊背負雙手，泰然自若，但胸膛微微起伏，顯然方才那一輪激戰，也帶給她莫大的壓力。

就在這時，忽聽場中傳來「錚」一聲弦響，宛若高山流水，又如明珠落盤，令人心神為之一蕩。接著弦音緩緩，如溪水從高空跌落深潭，空谷迴響，餘音裊裊不絕，令人心曠神怡。眾人循聲望去，發現遠離擂臺的一塊孤岩之上，一個青衫如柳的少女正側著頭全神貫注地手撫瑤琴。看她那一塵不染的素淨和清秀脫俗的模樣，就像是不食人間煙火的山中仙子。

群雄看著那撫琴的女子，盡皆看得痴了，完全忘了臺上的決鬥。雲襄所在的位置離那方孤岩較近，看得最為清楚，也不禁在心中暗讚一聲：好美！

臺上孫妙玉聽到這琴音，精神為之一振，立刻主動向光明四使出手。五人身形再動，倏忽來去，迅若脫兔，琴聲似乎無形中對孫妙玉有所襄助，她的身形步伐比之先前更見輕靈飄忽，一時間竟隱隱占了上風。小小的擂臺似乎已限制不了她的身形，就見她雙袖輕舞冉冉升起，直落向高臺第二層的琉璃塔。淨風、明月、慧心立刻緊隨而上，從三個方位撲向對手；而力宏則守在地面，從下方封住孫妙玉的落腳處。

孫妙玉的足尖在琉璃塔上一點，身形正待向上拔起，忽見琉璃塔轟然噴出幾股烈火，像箭一般射向自己。這一下變故太過突然，令她十分意外，慌亂中連忙折身避開火箭，卻不得不承受追擊而來的淨風一掌，幾乎同時，她的流雲袖也如水銀瀉地，擊中淨風的身子。接著明月與慧心先後出手，將孫妙玉從空中逼了下來。地上力宏早等在那裡，雙掌如天王舉鼎般轟然上擊，與孫妙玉在空中對了一掌。孫妙玉被震得斜飛出數丈，踉蹌落在擂臺邊緣，力宏則渾身脫力，不由自主軟倒在地。淨風此時也從空中落下，落地時雙腿一軟，摔倒在擂臺上。

孫妙玉雙腳站定，臉上一陣青白不定，雖然她擊傷了力宏與淨風，但自己也受傷不輕，光明四使尚有明月、慧心兩人未傷，這一戰無疑是輸了。

寇元杰適時越眾而出，朗聲笑道：「忘了告訴前輩一聲，琉璃塔是本教神器，附有不可知的神力，誰若貿然接近，必定引來神力反擊。前輩雖是傷在本教光明四使之手，卻是因為誤觸琉璃塔在先，這一戰就算平手如何？」

孫妙玉冷哼一聲，一言不發地躍下臺去。雖然再鬥下去她也未必會輸，不過身邊有個一心要暗算自己的弟子，她不敢太過冒險。

寇元杰見孫妙玉敗走，暗吁了口長氣，環顧全場笑道：「天心居素來與本教勢不兩立，不過經方才那一戰，過去的恩怨也就此兩清。連天心居都能與本教和解，這世上還有什麼仇恨不能化解呢？」

群雄見天心居高手都不敵敗走，少林、武當也隱然與魔門結盟，自問人微言輕、勢單力薄，哪能與魔門相抗？於是在魔門積威之下，眾人皆噤若寒蟬。寇元杰見狀，朗聲笑道：「既然大家都能放下過去的恩怨，那結盟之事自然是水到渠成了。」

「慢著！」臺下突然傳來一個慵懶的聲音，在群雄噤若寒蟬之際方顯得有些響亮。寇元杰循聲望去，雙眼立刻爆出罕見的寒光。雖然已多年未見，他還是一眼就認出了命中注定的剋星和仇敵！

「公子！你、你要幹什麼？」筱伯連忙拉了拉站起身的雲襄，小聲提醒，「這事由老奴跑腿就行，魔門行事向無顧忌，公子千萬不要犯險！」

雲襄淡淡笑道：「沒關係，魔門現在正是要改變形象、籠絡人心的時候，若是為我撕下畫皮，在眾目睽睽之下殺人，就太不值得了。他們這五年多的心血，與我相比要重要得多，我安全得很。」

「那老奴隨你同去！」筱伯急道，「有老奴保護，公子總是安全一些。」

「不必了！魔門若要殺我，誰保護都沒用。」雲襄說著緩步走向高臺，在眾人驚詫的目光下拾級而上，從容來到寇元杰面前。

兩人相互打量，都從對方身上看到了五年多的歲月留下的痕跡。寇元杰盯著面帶微笑的雲襄，勉強笑問：「你來做什麼？莫非也要來挑戰我教四位光明使？」

雲襄笑著搖搖頭：「今日佛、道、魔三教在此達成和解，欲為天下謀得和平，實乃武林數千年來不遇的盛事，在下豈敢螳臂當車，阻止天下的安寧？在下不過是想借此機會，向寇少主表示祝賀，並獻上一個小把戲，為今日之盛會助興。」

「什麼小把戲？」寇元杰眉頭緊皺，不知這詭計多端的傢伙在打什麼鬼主意。不過以他對雲襄的了解，那絕對不會是什麼好東西，所以他立刻道，「今日是中原武林盛會，你有什麼好玩的把戲，待盛會結束後再玩不遲。」

雲襄淡淡一笑，轉望臺下群雄，朗聲道：「為祝賀今日之盛會，祝賀武林正邪結盟，從此天下太平，我欲獻醜為大家表演一套神奇的把戲，寇少主卻三番五次阻止，大家說怎麼辦？」

群雄本來就不想參與什麼結盟，只是懾於魔門的威嚇，加上少林、武當這佛道兩大門派皆與魔門聯手，這才不敢吭聲。見雲襄出頭打岔，眾人自然求之不得，齊齊起鬨：「就讓這位公子演上一演，當是為這次盛會助興吧！」

寇元杰見臺下附和者眾，倒也不好堅決反對，只得悻悻地瞪了雲襄一眼，語帶威脅地叮囑道：「雲公子最好快一點，若是耽誤了今日之大事，恐怕天下英雄都不會放過你。」

雲襄淡淡一笑，不再搭話，卻從懷中掏出一塊巴掌大小的水晶鏡，水晶鏡像一個圓餅，中間厚，邊緣薄，呈現漂亮的凸圓形。雲襄將水晶鏡放到一個金屬支架上，然後調整水晶鏡的傾斜角度，使之正對陽光，接著他在地上放了一段火絨，火絨的一頭連著一串鞭炮，一切擺放妥當，他才袖手站了起來。

「你這是要幹什麼？」寇元杰奇怪地問。

雲襄詭祕一笑：「你馬上就會知道。」說著他最後一次調整了水晶鏡的傾斜角度，使之精確對準熾烈的陽光，就見光線經水晶鏡折射後，聚集成一個明亮的小點，正好落在地面的火絨之上。群雄看得莫名其妙，正待發問，卻見火絨在那一點熾烈的陽光照射下，慢慢冒起了白煙，最後火焰一閃，憑空燃起。火絨一燃，立刻點燃了那一串鞭炮的引信，鞭炮立刻「劈里啪啦」地響起，給莊嚴肅穆的盛會增添了幾分說不出的熱鬧和怪異。

「你這是在幹什麼？」寇元杰怒道。就見雲襄悠然一笑，從容道：「我不過是借光明神的天火，為我點燃鞭炮，慶祝這次盛會罷了。」

眾人一聽之下恍然大悟，這不就是魔門接引天火的翻版嗎？魔門憑天火點燃了琉璃塔中的油料，而雲襄靠天火點燃了鞭炮，其道理完全相同！

「怎麼回事？這是怎麼回事？」眾人議論紛紛，百思不得其解。

雲襄為了這片刻的驚奇，花了十萬兩銀子懸賞，才從一位終日加工水晶玉石的匠人那裡，買到這神奇的奧祕。就見雲襄拿起那塊水晶鏡，對臺下眾人朗聲道：「這種形狀的水晶鏡，有匯聚陽光的作用，將陽光集中於一點，可以點燃任何東西。這世上沒有天火、也沒有神蹟，只要有一塊這樣的水晶鏡，人人都可以做到。諸位若是不信，可以親自試試。」

臺下眾人頓時沸騰，議論紛紛。雲襄又從懷中掏出幾塊同樣的水晶鏡，拋給臺下伸手討要的群雄。立刻有人照著雲襄方才的做法試驗，很快就點燃了地上的火絨或紙屑。

「原來是這樣，魔門接引天火的祕密原來是這樣！」眾人恍然大悟，紛紛張口失笑。還有人對臺上的寇元杰調侃道：「寇少主，看來光明神對咱們也不錯，咱們不用祈禱作法，也不用故弄玄虛，就可以用一片水晶鏡，點燃任何可燃的東西！」

眾人轟然大笑，一掃方才對天降聖火的畏懼。寇元杰在眾人的調笑聲中，臉色一陣青白不定，雙眼幾欲殺人般盯著雲襄，澀聲道：「你會後悔的，你定會為今日之事後悔！」

雲襄不以為意地聳聳肩，笑道：「我知道你恨不得立刻殺了我，不過魔門如今正是改變過去暴虐形象，籠絡人心幹大事的時候，在眾目睽睽之下妄自殺人，這幾年的努力可就付諸東流了。」

寇元杰將牙齒咬得咯咯作響，拚命忍住心中的殺意。他知道父親在梵音陣中悟出了成大事的關鍵，就是要給自己的野心披上一件偽善的糖衣，唯有這樣才能贏得人心，而得人心者得天下，這是亙古不變的真理！想到這裡，他臉上勉強擠出一絲笑容，呵呵笑道：「雲公子果然聰明，竟然解開了本教天降聖火的奧祕。想本教傳自波斯，這拜火儀式也是照著波斯總壇所傳而行，對其中奧祕也是一知半解，拜雲公子指點，咱們今日總算明白了其中關鍵。」

雲襄見寇元杰將自己偽裝成受蒙蔽的無辜者，坦承天降聖火的荒謬，倒有些意外。只見寇元杰轉向臺下群雄，朗聲道：「古往今來，多少怪力亂神的東西，皆來自於對事物的不了解，一旦解開，其實也就再平常不過。然而本教的拜火儀式，乃是祭奠光明神為人間帶來火種。想想若是人間沒有火，咱們的世界會是什麼樣子？」

群雄漸漸停止喧囂，臉上表情皆是深以為然。想佛、道兩門崇拜的菩薩神仙，凡人也沒見過，不知其真偽，更不知他們能否真的給世界帶來一定的影響；而魔門崇拜的火，對世界的貢獻卻是有目共睹。沒有菩薩神仙，世界還是原來的樣子；可若是沒有火，那就真有些無法想像了。如此看來，魔門拜火，倒也沒什麼可指責的。

寇元杰停了停，又道，「今日咱們佛、道、魔三方和解，並在此結盟，皆是建立在尊重並承認彼此信仰的基礎上。本教不會強逼他人信奉光明神，不過也希望大家尊重本教信奉的神靈，唯有這樣，才能達成真正的和解。」說著他轉向雲襄，「雲公子人中俊傑，當年曾替本教做過大事，希望咱們有機會再度合作，共謀大業。」接著拱手一拜，態度頗為誠懇。

雲襄知道他是在說當年自己與魔門合作，在唐門眼皮底下千得巴蜀葉家傾家蕩產的往事。也明白寇元杰突然提起這事的用意，顯然是以此要脅，讓自己別壞了他的大事，不然他就要揭露自己的身分，屆時光唐門和葉家的朋友就夠他應付了。雲襄不禁對寇元杰嘆道：「寇少主成熟多了，也聰明多了。」

寇元杰淡淡笑道：「跟公子裏打交道，再笨的人也會慢慢變聰明。」

雲襄今日的目的只是想揭穿魔門天降聖火的神聖外衣，至於佛、道、魔三方結盟，他事先沒想到，現在也不好阻止。而今既然目的達成，他也不再糾纏。拱手對寇元杰一禮，笑道：「佛、道、魔三方若能真正和解，倒也是一件值得慶賀之事，希望寇少主莫讓天下人失望。」

「一定一定！」寇元杰冷冷笑道，「與佛、道兩門和解，還天下以太平，是家父多年的夙願，雲公子放心好了。」

雲襄見羅毅與幾個少林武僧緊張地守在臺下，知道他們是擔心自己，於是對寇元杰拱手一拜，便轉身下臺，對迎上來的羅毅和筱伯小聲道：「魔門準備充分，今日之事已很難阻止，咱們回去再說。」

一行人回到山下靜空大師所創之濟生堂，羅毅將雲襄等人讓進屋中，雲襄四下打量，堂中依舊高懸著靜空大師手書的那幅中堂，屋內擺設也一如既往，只是比以前更加潔淨整齊，多了幾分欣欣向榮的氣象。

老有所養，幼有所恃，貧有所依，難有所助，鰥寡孤獨病殘者皆有所靠；是為濟生堂的宏旨。

再次看到靜空大師手書的中堂，雲襄心中感慨萬千。他凝望著草堂中央靜空的長生牌位，在心中默默道：大師，我沒有辜負您老的重託，濟生堂在我和你的弟子手中發揚光大，救助了越來越多的人。

羅毅在靜空大師的牌位前點上三炷香，恭恭敬敬地拜了三拜，含淚道：「師父！你看誰來看你了？如今濟生堂在雲大哥的打理下，規模越來越大，救助的人越來越多，您老天上有知，一定也會非常高興吧？師父你放心，我和雲大哥會將你的慈悲傳遞給更多的人，讓更多人感受到我佛慈悲。一個人的慈悲是小慈悲，只有天下人的慈悲才是大慈悲。濟生堂不光是要救助貧困者和苦難者，還要將這種慈悲之心傳遍天下！」

雲襄原本不信神佛，不過在靜空大師的牌位前，他也忍不住虔誠地拜了三拜，在心中默默祈禱：大師天國有知，請助我破除魔障，為少林匡正佛法！

雲襄與羅毅拜畢靜空大師，這才相攜來到後堂。羅毅終於忍不住嘆道：「我沒想到圓通方丈竟然會與魔門結盟，甚至竭力促成此事，而武當風陽真人竟也跟著附和。難道他們以為佛、道、魔真能化解恩怨，親如一家？」

雲襄笑著搖搖頭：「恩怨可以放下，但各自的本質卻不易改變。魔門胸懷的是江山天下，為這個目的不惜使用任何手段，犧牲千百萬人性命，這與佛、道兩門的宗旨大相徑庭。如果他們能達成和解並結盟，一定是某一方放棄了自己的宗旨和原則。」

羅毅露出深思的神色，沉吟道：「魔門絕不會放棄自己的目標，難道是圓通方丈和風陽真人放棄了自己的原則？」

雲襄嘆道：「魔門要想說服少林、武當與自己結盟，進而號令中原武林，不外三招：一是騙，二是脅，三是利。」

「騙、脅、利？」羅毅若有所思地點點頭，「不知魔門如何運用這三招？」

雲襄微微笑道：「以圓通大師與風陽真人的精明，魔門要想隱藏真實意圖欺騙他們，恐怕難如登天，所以這一招對他們沒用，那就只剩下脅和利。站在魔門的角度，要想使少林襄助自己，一是抓住圓通的把柄要脅，二是誘之以利。只要制服了少林，以武當現今的實力和影響力，也就只有隨聲附和才是明哲保身的良策。」

羅毅皺眉問：「圓通大師乃方外之人，有什麼把柄可抓？又怎會為利益所動？」

雲襄呵呵笑道：「你看少林今日之氣象，圓通還算是方外之人嗎？無欲則剛，有欲則傷。圓通一門心思經營少林，賣祕笈，辦大典，置廟產，交官府，哪一樁是出家人所為？這中間留下什麼把柄被魔門抓住，或是被魔門許下的利益所動，也不足為奇。所以這事還要你多留心，才能匡正少林佛法。」

羅毅有些不解：「我留心？」

雲襄點點頭：「你是少林俗家弟子，與少林僧人素有來往，若能從他們那裡找到圓通方丈與魔門結交的真正原因，咱們才能破解魔門陰謀，拯救少林。」

羅毅恍然大悟，欣然道：「明白了，我會盡全力打探。一有發現，立刻飛報雲大哥。」

「不過這事也不可強求。」雲襄忙叮囑道，「萬不可暴露自己的意圖，以免引來危險。」

二人正在後堂閒談，忽聽外面傳來一個銀鈴般的聲音：「巴哲師叔快來，這裡果然有間濟生堂！」

這處草堂位於嵩山後山，平時很少有外人找來，羅毅聽到外間有人敲門，有些意外，忙對雲襄道：「雲大哥請稍坐，我去看看。」說著開門而出，留雲襄與筱伯、張寶等人在裡屋歇息。

羅毅來到外間，就見一個紅衣女孩蹦蹦跳跳地推門進來。小女孩只有四五歲大，生得粉妝玉琢，齒白脣紅，一雙眨啊眨的大眼睛尤其招人喜愛。羅毅和顏悅色地問道：「小妹妹，妳找誰？」

「我不找誰，我找濟生堂。」小女孩仰起小臉，像個小大人一樣一本正經。羅毅啞然失笑，跟著又有些奇怪，這裡地勢偏僻，知道的人寥寥無幾，怎麼會有小孩找上門來？

他知道這麼大的孩子必定還離不開大人，便抬頭往門外看去，就見一個身形彪壯、神情冷漠的中年漢子，像狼一樣悄無聲息地走了進來。羅毅眼神一凜，心中警惕起來，這是修習佛門正法，對殺孽深重的凶人產生的本能反應。

那漢子掃了羅毅一眼，眼眸深處也隱隱有異光閃爍。羅毅迎上前去，不亢不卑地拱手道：「這位兄臺，此處非廟宇庵堂，從不接待外客，請留步。」

那漢子雖然看出面前這少年氣定神閒，非泛泛之輩，卻也沒有放在眼裡，見他攔住去路，抬手就推向他的肩頭。羅毅立刻沉肩縮手，以小擒拿手反扭對方手腕。那漢子立刻變招，翻掌為靠，化解了羅毅的擒拿手。二人轉瞬間連拆數招，雙手翻飛快得驚人，最後羅毅不得不退開半步，臉上一陣青白不定，顯然吃了暗虧。

那漢子還想乘勢追擊，小女孩已攔在他身前，連連嗔道：「師叔你別惹事，小心祖師奶奶的鞭子。」

那漢子聽到這話總算停手，對羅毅微微頷首：「年紀輕輕就有如此身手，難得！」

羅毅還想阻攔，卻突然注意到那漢子身後還有兩個白衣女子，看模樣像是姐妹，看神情又像是師徒。年輕女子臉頰上有朵嬌豔的水仙，使她俊美的面容多了幾分柔美；年長女子端莊淡泊，隱有飄然出塵之態，赫然就是先前在嵩山之巔，以一敵四迎戰魔門光明四使的天心居高手！羅毅頓時驚得目瞪口呆，手足無措地抱拳道：「晚輩羅毅，見過天心居前輩！」

年長女子對羅毅略一頷首，淡淡道，「我不是天心居弟子。」說完她轉向身後的弟子，「青虹，妳堅持要到這裡看看，是不是這裡有什麼值得妳留念的東西？」

不用說，這四人就是孫妙玉師徒一行。舒青虹以前雖然沒來過這裡，卻在牧馬山莊那間客棧中，聽雲襄提起過這處濟生堂的發祥之地，帶著複雜的心情，她堅持要來看看。看看他為之奮鬥的事業，也看看他曾經來過的地方。

心情複雜地環顧草堂內部，她的目光最後落在正前方的中堂上，久久不能挪開。孫妙玉也望著那幅中堂微微頷首，「這位靜空大師，倒也是我輩中人。」說著她轉向身後有些緊張的羅毅，「你是靜空大師的弟子？」

羅毅回道：「晚輩是靜空師父的俗家弟子。」

孫妙玉從袖中掏出一錠銀子，遞到羅毅面前，「這點銀子雖然不多，但是我一點小小心意，請收下。」見羅毅有些手足無措，她笑道，「這不是給你的，是給濟生堂的。我也想為你們的善舉盡一點綿薄之力，你不會嫌少吧？」

羅毅慌忙接過銀子，連連道：「哪裡哪裡，我替那些需要幫助的人，謝謝前輩！」

孫妙玉點點頭，轉向神情複雜的舒青虹：「走吧！忘掉本不屬於妳的銀子，妳才能重新找回生活的快樂。」

舒青虹點點頭，依依不捨地向女兒招手：「香香，咱們走吧。」

小女孩答應一聲，牽起巴哲的手蹦蹦跳跳地走在前面帶路。幾個長輩中，只有巴哲師叔會帶她去打狼捉狐、玩蛇獵鷹，做一些既危險又刺激的遊戲，不像祖師奶奶整天就知道打坐練功，無趣至極；也不像媽媽那般瞻前顧後，怕這怕那，所以她跟巴哲師叔反而最親。

雲襄在裡屋聽到舒青虹招呼女兒的聲音，心下突然一震，這帶有揚州口音的聲音依稀有些耳熟，令他心旌動搖，卻又不敢貿然確認。見羅毅進來，他忙問：「方才那女子是誰？」

羅毅嘆道：「是先前在嵩山之巔力敵魔門光明四使的世外高人，以及她的兩個弟子。」

雲襄澀聲問：「她那個女弟子……叫什麼名字？」

羅毅想了想，沉吟道：「我聽她師父叫她青虹，名字卻忘了細問。」

雲襄一怔，心中一沉，神情落寞地在心中暗嘆：我也太過敏感了，聽到揚州口音，就總以為是亞男。

「哦，對了！」羅毅突然想起什麼，恍然道，「她的腮邊紋著一朵水仙花，十分好看！」

羅毅話音剛落，就聽「啪」一聲響，雲襄手中的茶盞已失手落地。不等旁人反應過來，他突然一躍而起，風一般追了出去。

雲襄剛出後堂，就見門外一人施施然迎了上來，見到雲襄匆匆而出，來人臉上泛起戲謔的微笑，故作驚訝地調侃道：「咦！公子襄知道我來，特意出來迎接嗎？你迎接也就迎接吧，不必如此匆忙失態啊！」

雲襄定睛一看，不禁暗自叫苦。原來來的不是別人，正是魔門少主寇元杰，除了他之外，尚有兩名俊朗秀美的男女緊隨其後，一個是明月使，一個是慧心使。另外兩位光明使淨風和力宏，或許是因為先前傷在孫妙玉手下，所以沒有跟來。在二人身後，還有十幾個身裹黑袍的魔門教徒，隱隱將濟生堂圍了起來。

此時筱伯、張寶與羅毅也追了出來，一見魔門眾人，三人立刻護在雲襄左右，雙方暗自戒備，場面一觸即發。

雲襄心知這下子要去追亞男，肯定是不可能了，心中雖然萬般痛惜，卻不得不強令自己冷靜下來。他不奇怪魔門能找到這裡，畢竟靜空大師是少林高僧，他這處隱居清修之所圓通方丈肯定知道，而寇元杰也知道濟生堂與自己的關係，勢必會聯想到嵩山腳下這處不起眼的草堂。不過他沒想到寇元杰能放下手中大事，立刻趕到這裡，看來他對自己的重視，超過了與佛、道兩門及中原武林的結盟。

雲襄心思一轉，臉上頓顯平靜，他若無其事地微微一笑道：「你總算來了。」

寇元杰有些奇怪：「你知道我要來？」

雲襄指指門楣：「這裡是靜空大師手創的濟生堂，圓通方丈是靜空師姪，對這裡自然一清二楚。而你又知道濟生堂與我的關係，一旦聽說嵩山腳下有這樣一處地方，豈不是會立刻趕來看看？」

寇元杰見雲襄身陷重圍卻依舊泰然自若，心中不由有些狐疑起來。不過看看四周動靜，不像有埋伏的樣子，他不禁嘿嘿冷笑道：「精明如諸葛孔明，卻也有大意失荊州的時候，我不信你真能料事如神，算無遺策，知道我要來，事先就在這裡埋下一支伏兵。」

雲襄坦然笑道：「寇少主多慮了，這裡確實沒有伏兵。」

雲襄越是說得輕描淡寫，寇元杰越是不敢大意，一面暗示手下四下探查，一面對雲襄嘿嘿笑道：「當年初遇公子，咱們雖然知道你是千門傳人，卻還是低估了你。家父為此深感懊悔，多次叮囑在下，若再遇公子，定要以最隆重的禮節請你回本教總壇，以貴賓之禮相待。」

雲襄遺憾地攤開手：「道不同不相為謀，恐怕在下要讓寇少主失望了。」

寇元杰嘿嘿一聲冷笑，「對於真正的人才，家父歷來以三國時的劉皇叔為榜樣，就算十顧茅廬都沒問題。不過若人才不能為我所用，咱們也不惜效法曹孟德，與其留給敵人，不如現在就除之。」說到這裡，他突然看到草堂正中的那幅中堂。在心中默念了一遍後，他微微頷首道，「濟生堂的宗旨與本教的追求其實也不無共通，你若想實現這上面的目標，何不與咱們聯手，砸爛一個黑暗的舊世界，重建一個光明的新世界呢？」

雲襄搖頭嘆道：「識人不僅要聽其言，還要觀其行。無論你現在說得多麼動聽，魔門的行事已讓我看穿你們的本質。其實歷史上許許多多殺戮深重的梟雄，哪一個不是打著替天行道的幌子？可他們就算奪取了江山社稷又如何？能真正給天下人帶來安寧嗎？再說，砸爛一個舊世界，於你來說只是輕描淡寫的一句話，但於天下人來說，卻意味著有多少人要成為你宏圖霸業的犧牲品？這種犧牲換來的世界，也未必就比現在這個世界更好。為了你心中那個未知的世界，要將天下人拖入戰亂、暴虐和殺戮的漩渦，我不僅做不到，同時也要盡我所能，阻止有人這樣做！」

寇元杰一聲嗤笑，指了指雲襄身旁的筱伯、張寶和羅毅：「就憑你和這寥寥數人？」

雲襄坦然道：「不僅僅是我。一切心存善念的人，都會阻止你這樣做。」

雲襄的坦然和從容，令寇元杰心神微動，不由自主想到了母親所說的天心。他不禁在心中暗問：難道父親的追求真的錯了？

這個念頭在他腦海中一閃而沒，他立刻將之否定。他不允許自己懷疑神明一般的父親，更不允許自己對拜火教的事業有絲毫動搖。

「我倒要看看，你如何阻止？」他恨恨地對雲襄說道，同時向身後的明月使和慧心使一招手，二人立刻身形飄動，向雲襄逼去。

羅毅立刻攔住左邊逼來的慧心使，只見對方嬌俏一笑，眼裡滿是風情地調侃道：「這位弟弟好俊俏，不知怎麼稱呼？」

羅毅雖然身高體健，與成人無異，但心智還只是個少年。平日裡不是打理濟生堂，就是去少林寺跟武僧們練武，哪裡見過如此風情萬種的少女？頓時羞紅了臉，低頭不敢看對方一眼。慧心使卻不依不饒，嫣然笑道：「莫非是看姐姐不美，所以不想搭理人家？」

羅毅漲紅了臉，吶吶道：「不、不是，在下名叫羅毅。」

「羅毅？」慧心使微微點頭，「好響亮的名字。姐姐慧心，想向你討教一下少林功夫，你可要手下留情哦！」

羅毅連忙抱拳一禮：「請！」

筱伯一看羅毅手足無措的模樣，未戰已輸，正想上前替換他。一旁的明月使卻淡然笑道：「老先生手癢，有晚輩陪你練練，何必去打攪年輕人的好事？」說著一掌已輕飄飄拍出。筱伯知道魔門光明四使個個不是泛泛之輩，不敢大意，只得丟下羅毅，挫掌迎了上去。

寇元杰見明月使與慧心使已纏住筱伯與羅毅，他立刻飛身向雲襄撲去，卻被雲襄身旁的張寶攔住。若論真實功夫，寇元杰在魔門三人之中武功最低，但對付張寶是綽綽有餘，才過數招就將張寶逼得手忙腳亂，險象環生。

筱伯被明月使纏住，不得脫身，只得高叫：「公子快走！」

羅毅在慧心使糾纏下，也無法分身助張寶，只得呼道：「雲大哥快進後堂，從後門走！」

雲襄雖置身戰場，卻始終從容鎮定，緩緩退到牆邊，正待避入後堂，寇元杰已逼退張寶飛身追來。人未至，手中長劍已遙指雲襄胸膛。就在這時，忽聽後堂錚然一聲弦響，如銀瓶乍破，又如利箭穿空，隨著這聲弦響，一道音波穿破薄薄的板壁，擊中寇元杰手中長劍，百煉精鋼的長劍應聲而斷。

「什麼人？」寇元杰一聲厲喝，扔下斷劍就向後堂撲去，誰知身形方動，弦音便猝然暴起，如萬馬奔騰，又如萬箭齊發，倏地撲面而來，琴聲中充滿說不出的肅殺和銳嘯。寇元杰只覺身子似被萬箭穿透，渾身一顫連退數步，臉上一陣青白不定，顯然受了暗傷。

明月使與慧心使見狀，連忙丟下對手攔在寇元杰身前，全神戒備著後堂的動靜。只聽琴聲忽高忽低，時緩時急，猶如伺機而動的惡狼，又如隱忍不發的毒蛇，似要尋隙出擊。寇元杰聽得片刻，澀聲問：「裡面可是影殺堂排名第二的奪魂琴前輩？」

琴聲顫顫似在回答，又猶如人在咯咯怪笑，令人渾身不自在。寇元杰不甘心就此罷手，立刻目示身旁的明月使。明月使心領神會，身形一晃便向後堂撲去，誰知尚未進門，就聽琴聲如箭，點點銳嘯撲面襲來。明月使連換了幾個身形，卻沒能盡數避開，只得一個後翻退回原地，就見他的衣襟已被琴聲刺破，臉上更是駭然變色。

寇元杰再無懷疑，不知影殺堂尚有多少殺手在後堂埋伏，難怪公子襄始終從容鎮定。他心中略一權衡，澀聲道：「既然有影殺堂奪魂琴在此，寇某暫且回避。他日若再重逢，定要討回今日的公道。」說完腳下一個踉蹌，緩緩向後退走，竟似受傷不輕。

明月使與慧心使一看，連忙扶起少主匆匆後退。少時門外傳來二人的呼嘯，十幾個魔門教徒在二人的招呼下，護著少主匆匆離去。

第五十六章　論佛

寇元杰一走，筱伯、羅毅、張寶三人俱鬆了口氣，並把欽佩的目光轉向雲襄。三人都以為雲襄事先在此設下了「奪魂琴」這支伏兵，才驚走了寇元杰等人。誰知雲襄也是一臉疑惑，似乎並不知情。

影殺堂奪魂琴，也曾與雲襄有些交情。當初雲襄在金陵揭破柳公權席捲江南財富的陰謀時，曾雇他擔任自己的保鏢，不過雙方的雇傭關係早已結束，奪魂琴沒理由在此出現，更沒理由為保護雲襄，貿然跟魔門結仇。

雲襄心中疑惑，便隔著板壁朗聲問：「不知屋裡，可是奪魂琴前輩？」

屋裡飄出幾個活潑的音符，像是少女銀鈴般的笑聲，充滿了惡作劇後的調皮和歡愉，與方才的肅殺陰鷙全然不同。雲襄先是有些奇怪，細聽片刻後終於恍然大悟，這琴聲儼然就是先前在嵩山之巔，助孫妙玉力敵魔門光明四使的琴聲。他立刻想起那個清秀脫俗的青衣少女，連忙問道：「屋裡可是先前在嵩山之巔撫琴的那位姑娘？」

琴聲緩緩，似在款款作答。雲襄看看板壁上被琴音刺出的縫隙，心中暗自駭然，沒想到那位看起來柔弱纖秀的少女，竟然能將琴音化作武器，其凌厲毒辣完全不亞於名滿江湖的殺手奪魂琴，甚至令寇元杰也誤以為就是奪魂琴。如此看來，她在琴上的修為，只怕不在奪魂琴之下。

屋裡的少女似乎猜到了雲襄的心思，琴聲漸變，似在將自己的來歷娓娓道來。雲襄立在門外側耳細聽，臉上時而驚訝，時而欣慰，片刻後琴聲渺渺逝去，餘音卻尤在繞梁不絕。

直到餘韻終了，雲襄才邁進後堂，卻見後堂空無一人，只餘下點點微香。雲襄索然四顧，悵然若失。緊隨而來的筱伯看看洞開的後窗，小聲嘀咕道：「先前這屋裡撫琴的真是位姑娘？不是奪魂琴？」

雲襄點頭道：「不錯，她就是先前在嵩山之巔，以琴聲助天心居前輩力敵魔門四使的那位姑娘。她是尾隨寇元杰來此，正好碰上寇元杰要對付咱們，便以琴聲假冒奪魂琴，驚走魔門教眾，幫了咱們一回。」

筱伯有些驚訝：「公子怎麼知道這些？」

雲襄嘆道，「我是從琴聲聽出來的。這位姑娘琴技超絕，用琴聲模擬各種場景堪稱維妙維肖，令人有身臨其境之感。她還約我今晚去一處能聽到松濤和溪水飛瀉的涼亭相見，」說到這裡他轉向羅毅，「不知這附近有沒有這樣一處地方？」

羅毅想了想，點頭道：「那一定是聽松亭了，就在這後山山腰。那裡不僅能聽到山下的松濤聲，一旁還有飛瀉而下的瀑布，十分幽雅僻靜。」

筱伯聞言忙道：「公子別去！這女子來歷不明，突然約公子去如此僻靜的地方，該不會有什麼陰謀吧？公子千萬大意不得。」

雲襄微微搖頭道：「琴為心聲，這位姑娘的琴聲純淨清澈，就算是模仿奪魂琴時，也只具其形，未具其神，況且她還救過咱們一回。再說，方才亞男是與那天心居前輩一路，而這位姑娘顯然與天心居有淵源，從她那裡，或許可以打聽到亞男的下落也說不定。」

筱伯回道：「我立刻派人去找舒姑娘下落，只要她還在附近，就肯定能找到！」

雲襄微微頷首，臉上神情木然。五年多的思戀已深沉如大海，從表情很難再看出心底那洶湧的波濤。

月上中天，銀光滿地，空中飄蕩著微微的花香，四野蟲鳴如唱。雲襄依約來到後山的聽松亭，只見月色下一青衣少女於亭中獨坐，神情恬淡靜默，似不食人間煙火的林中仙子。

聽到雲襄的腳步聲，她款款站起身來，朝雲襄合十一禮：「雲公子果然是知音，能聽懂我琴聲中的邀請，孤身前來赴約。」

雖然與這少女不過是第二次見面，雲襄對她卻完全地信任，所以他才說服了筱伯和羅毅等人，讓他獨自前來赴約。見少女雖然面向著自己，兩眼卻一片空茫，對自己視而不見，他不禁問道：「姑娘的眼睛……」

少女若無其事地笑了笑：「我這雙眼睛天生失明，對人視而不見，請公子見諒。」

雲襄見這少女生得秀美無雙，卻偏偏是個瞎子，心中不禁有些惋惜。少女似是猜到他的心思，嘆道：「名滿天下的千門公子襄就在眼前，我卻無緣一睹他的風采，也真是人生一大憾事。」

雲襄笑道：「你知道我的名字，我卻還不知姑娘的身分來歷，不知可否見告？」

少女微微一禮，坦然道：「天心居楚青霞，見過公子襄！」

「原來是天心居楚姑娘！」雲襄心中一喜，見涼亭中沒有旁人，他不禁有些奇怪，「楚姑娘是一個人來此？」

楚青霞微微笑道：「我雖然雙目失明，卻能用心去看，所以四處行走並不需要他人幫忙。」

「用心去看？」雲襄有些不解，「用心能看到什麼？」

楚青霞笑道：「能看到許多常人用眼睛看不到的東西，比如我能看到三丈外一個樹洞裡，有隻小鳥正在孵蛋；我還能看到身後的草叢中，有隻蟋蟀在產卵；我甚至能看到你心中，埋藏著深深的思戀和憂傷。」

雲襄心神微震，臉上微微變色。他心中所思所想，就是每日在身邊伺候的筱伯也未必能看出來，沒想到卻被一個盲女看穿。楚青霞似乎看到了他的動搖，在亭中款款坐下，手撫瑤琴淡淡笑道：「雲公子，請容青霞獻上一曲，希望能化去公子胸中的抑鬱和憂傷。」

隨著少女十指跳躍，一個個音符如流水般從弦上流瀉而出，在亭中蔓延開來，將人浸透圍繞。雲襄在亭中坐下，側耳聆聽著和緩如風的琴聲。剛開始聽在耳中還只是悅耳的音符，漸漸就覺得身心被琴聲完全浸漫，心中猶如遨遊九天一般暢快，人世間的萬事萬物，都如過眼雲煙般從身邊飄過，令人既有些惋惜，又有放下千鈞重擔般的釋然。

少時琴聲徐徐散去，雲襄如釋重負地吁了口長氣。自舒亞男離去後鬱結於心的苦思和懊惱，經琴聲的開解和撫慰，得到極大的舒緩。雲襄感覺從未有過的輕鬆，不禁嘆道：「楚姑娘琴技妙絕天下，既能直透人心，又能像奪魂琴那樣以琴為兵，實在令人佩服。」

楚青霞淺淺笑道：「奪魂琴前輩曾與我以琴論交，我見識過他的琴劍，所以能勉強模仿其皮毛，不過也只能糊弄一下不通音律的俗人，肯定是騙不過公子耳目的。」

「楚姑娘過謙了。」雲襄微微一頓，遲疑道，「楚姑娘深夜邀我至此，大概不只是要我聽琴吧？」

楚青霞嫣然笑道：「今日公子當眾揭穿魔門天降聖火的奧祕，實在令人欽佩。不知公子對魔門與佛、道兩門的和解與結盟，有什麼看法？」

雲裹語帶保留地說道：「魔門包藏禍心，天下皆知。難解的是，少林、武當為何會冒天下之大不韙，與魔門結盟。」

楚青霞淺笑道：「武當式微，只能惟少林馬首是瞻。而少林圓通方丈胸懷高遠，一直將少林當成實業來經營，才造就了少林今日之盛。在這過程中，難保不會有把柄落到魔門手中，這才不得不與魔門結盟。」

雲裹心中一動，問道：「楚姑娘認為少林會有什麼把柄？」

楚青霞款款道：「幾年前，少林《易筋經》與達摩舍利子失竊，被人敲詐了一百萬兩銀子。任何名門大派受此打擊，都會一蹶不振，但少林這次變故卻是因禍得福，聲望如日中天，少林武功更因此馳名天下。各地州縣陸續開設不少少林武館，借著傳授少林武功廣收門徒，少林雖只是一方禪院，但門下弟子如今卻遍及大江南北，人數不亞於任何幫會教派。少林因那次失竊而意外崛起，這其中必有蹊蹺，我想借公子之手揭開其中奧祕，還佛門清靜。」

雲裹倏忽想起與舒亞男的那次明爭暗鬥，雖然自己最後奪得了《易筋經》和舍利子，卻又將兩件寶物送給了舒亞男。就不知它們最終落到了誰的手裡，又是誰利用它們敲詐少林。而少林借著那次敲詐反而因禍得福，聲望日隆。現在想來，自己和舒亞男費盡心機，冒著被柳公權當場抓獲的危險盜得《易筋經》和舍利子，可最大的受益者卻是被盜的少林。若說這是巧合，也未免太巧了一些。

雲襄本就有意揭開結盟背後的陰謀，便微微點頭道：「好！我答應妳找出少林與魔門結盟的真正原因，不過我也想請楚姑娘為我做兩件事。」

楚青霞微微笑道：「這是交換條件嗎？」

雲襄臉上露出玩世不恭的微笑：「我是千門中人，千門中人向來惟利是圖，如果沒有好處，我為何要費這番心思？」

楚青霞理解地點點頭：「好！你說！」

雲襄面色一正：「第一件事，就是幫我找一位女子，她跟天心居那位前輩高手頗有淵源，她的名字叫舒亞男。」

楚青霞臉上泛起一絲意味深長的笑意：「她是否就是你心情抑鬱的原因？」

「這個楚姑娘就別深究了，找到她後請第一時間通知我！」接著雲襄頓了頓，聲色有些啞暗地澀聲道，「第二件事，我想請楚姑娘派人去青海，幫我查一樁舊事。」

「青海？」楚青霞有些意外，「這麼遠？」

雲襄點頭道：「這事我不便出手，所以只能請楚姑娘幫忙。這件事要盡量保密，知道的人越少越好。回頭我會將詳情寫給妳，請楚姑娘務必要幫忙！」

楚青霞沉吟道：「聽你的口氣，這事對你來說十分重要，咱們只是初次見面，你為何能將如此大事貿然相託？」

雲襄淡然一笑：「有的人就算相識一生，也不敢以大事想託；有的人即便只是初交，也能以性命相託。在我眼裡，楚姑娘就是後者。」

楚青霞淡泊恬靜的臉上，此時也有些難言的感動，垂首問：「這麼說來，你已將我當成值得信賴的朋友了？」

雲襄哈哈一笑：「豈止值得信賴！以楚姑娘的超然脫俗和天心居的煌煌名望，我只有仰慕崇敬的分兒，豈敢以朋友論交？」

楚青霞臉上略有些失落，默然良久，突然問：「雲公子，我……可不可以摸摸你？」話剛出口，神色竟有些扭捏起來。

這話令雲襄有些意外，不過一想到對方是盲人，這要求也就不算過分。他坦然一笑，「有何不可？」說著來到她面前，柔聲道，「楚姑娘，我在這裡。」

楚青霞略一猶豫，緩緩伸手撫上雲襄的臉頰。她的十指如撫琴一般，小心翼翼地在雲襄臉頰上緩緩滑過，她的神情異常專注，似要將面前這張臉孔澈底「看」清楚。

第一次讓少女如此仔細地撫摸面龐，雲襄心中有些難言的緊張，不過一見對方那超然脫俗的面容，以及那空靈如仙的眼眸，他就不禁在心中暗暗對自己道：雲襄啊雲襄，楚姑娘世外高人，豈能以凡夫俗子之心測度？你若心存雜念，可就褻瀆了這仙子一般的人物。

仔細從額頭一直摸到下頜，楚青霞終於緩緩收回手，怔怔地對著雲襄愣了半晌，幽幽嘆道：「我第一次覺得，沒有一雙明亮的眼睛，是多麼的痛苦。」

雲襄見她臉上滿是失落，心中憐憫之情油然而生，本想開口相勸，卻又不知如何開解才好。楚青霞似是看透了他的心思，璨然一笑道，「其實上蒼已經給了我很多東西，我實在不該再貪心，讓公子見笑了。」說著她抱起瑤琴站起身，款款一拜，「公子所託之事，青霞會全力去辦，公子請放心。」

二人交換了聯絡方式和地點，楚青霞這才飄然而去。雲襄目送她遠去的背影，見她一手攜琴，一手拄杖，在山中摸索前行，心中不禁滿是憐惜。

寬大的袍袖淩空飛起，捲住了樹上的喜鵲，將之裹脅入懷，接著袍袖散開，喜鵲立刻飛馳而逃，誰知剛飛出不到一丈，一道灰影隨即追來，袍袖一揮，再將牠們裹在袖中。就見七八隻喜鵲被兩條飛舞的長袖時捲時舒，怎麼也逃不出長袖的範圍。

圓通方丈如往常一樣，早課之後就在後院練功，只見他一雙流雲袖使得出神入化，七八隻喜鵲在他身前飛來繞去，卻總是在逃離之前，被他飛舞的雙袖給兜了回來，乍看之下，就如七八隻喜鵲圍著他飛舞鳴叫，似在伴著他練功一般。

廊下的弟子看得目瞪口呆，圓通臉上泛起寶相莊嚴的微笑，突然雙袖一捲，將七八隻喜鵲盡皆收入懷中，接著徐徐收勢而立，七八隻喜鵲這才驚叫著飛速逃離，直衝天際。

圓通待心氣平復，這才目視廊下的弟子淡然問：「什麼事？」

那弟子恍然驚醒，忙合十道：「有人要見掌門方丈，弟子不敢自專，所以特來請示。」

圓通眉頭一皺，臉上有些不悅：「我不是早說過，除非是兩河巡撫或七大門派掌門求見才可通報，其餘人等一律打發了嗎？」

那弟子忙解釋道：「是羅師叔領來的客人，咱們也不好怠慢，所以才來請示方丈。」

圓通知道，弟子口中的「羅師叔」就是靜空大師的俗家弟子羅毅，他年紀雖然不大，在寺中輩分卻不低。而少林是佛門禁地，沒有世俗的官位品級，所以只能以論資排輩來維繫僧眾的等級尊卑，羅毅與方丈同輩，難怪弟子們不敢怠慢。想到這裡，圓通隨口問道：「是什麼客人？」

那弟子垂手道：「他自稱是千門公子襄！」

圓通心中一懍，臉上微微變色。如今公子襄雖然在江湖上日益低調，但圓通非常清楚他的能耐，比幾年前如日中天時更為壯大。以他的實力，恐怕早已不在七大門派掌門之下，這樣的人物突然登門求見，圓通無論如何也不能拒絕。

「請他去我的禪房暫候，為師隨後就到。」圓通揮手令弟子退下，仔細思索著公子襄來見自己的原因，並在心中做好應對之策後，這才緩步走向禪房。

禪房離後院不遠，圓通一來到門外，就看到一個瘦削單薄的書生負手背對自己，似乎正在觀賞著禪房中的字畫。聽到圓通故意踏出的腳步聲，他回過頭來，臉上帶著慵懶的微笑，對圓通拱手道：「晚輩雲襄，見過圓通方丈。」

圓通示意雲襄入座，待小沙彌奉茶退下後，他仔細打量著對方，不冷不熱地問道：「公子襄名滿江湖，結交的都是世家名門，怎麼突然想起來見我這方外之人？」

雲襄淡淡笑道：「以少林如今的實力和聲望，只怕不亞於任何世家名門；圓通方丈的名望，只怕也不在任何幫派首領之下。雲某既然身在江湖，豈有不來拜見之理？」

圓通聽出對方故意將少林與黑道幫會相提並論，將自己這掌門也視為黑道大佬一類的人物，他心中有些不悅，反問道：「聽公子襄言下之意，是到我少林拜山頭來了？可惜少林乃佛門清淨之地，不是江湖幫會藏汙納垢之所，恐怕要讓公子失望了。」說著端起茶杯，示意送客。

「少林真是佛門清淨之地嗎？」雲襄逼視圓通，冷笑道，「請容我細數少林七宗罪！」圓通面露調侃，擱下茶杯淡淡道：「施主乃千門騙梟，竟也來指責少林。好！我就聽你說說少林的七宗罪！」

雲襄屈指細數道：「一、賄神。賄賂佛祖，被少林說成是功德，說供養佛祖及其弟子，能為今生或來世攢下做官撈錢享福的功德。少林借佛的名義，用燒高香、積功德等手段，大肆向信徒索賄，這與貪官汙吏向百姓索賄有什麼區別？」

見圓通默然無語，雲襄繼續屈指數道：「二、禪定。將自己裝扮成冷血動物，心中不容任何感情，少林說這是般若智慧，在佛門中這種人被視為得道高僧，可若不在佛門，那就成了天良喪盡。

「三、因果報應。貧窮困苦被少林高僧曲解成業報，每個人都必須安於自己貧窮困苦的命運，這不過是維護權貴利益、歧視貧窮百姓的邪惡理論！

「四、出家。為求個人成佛、成正果，捨家棄父母事佛，被你們說成是無上功德。這在人世間是不負責任、不思報恩的自私行為。

「五、功德。佛要功德，也要四大皆空，簡單來說就是，對己有利是功德，對己無利皆虛妄。這是典型的雙重標準。

「六、不殺生。這是佛門最高戒律，但人活著就不得不殺生。比如行路殺蟻、洗菜殺蟲。佛門弟子視洗菜殺蟲為清潔蔬菜，不算殺生，又或者打著除魔衛道的旗幟殺人如麻。這不知是不殺生的戒律太過迂腐，還是佛門弟子視戒律為兒戲？

「七、佛要金裝。佛廟大多金碧輝煌、窮奢極侈，少林更是其中的佼佼者，佛穿金戴銀卻被你們說成是『殊勝』。看看四周百姓的房舍，哪一處茅屋比得上佛堂的輝煌，這裡的每一分光彩，都是信徒的脂膏血汗！我雖為千門中人，也不得不佩服貴寺的手段，遠勝我輩中人。」說到這裡，雲襄不禁搖頭嘆道，「也許這佛門七宗罪，不僅僅是你少林才有，但卻是以少林為最！」

圓通突然哈哈大笑，邊笑邊嘆道：「公子襄啊公子襄，本以為你是個真正的智者，誰知今日一見，原來還是個俗人。」

雲襄哂道：「何以見得？」

圓通收住笑聲，捋髯傲然道：「你所歷數的少林七宗罪，在我看來，其實正是佛門的七大功德。比如你所說的第一宗罪——賄神。你以為有幾個信徒真正相信，在寺廟燒高香做功德，就能消除他們犯下的罪孽？能買到將來的福報？沒有！一個也沒有！可為何有那麼多信徒慷慨解囊？其實他們是在買一個希望，一個消除罪孽的希望，或者升官發財的希望，又或是來生福報的希望。再艱難困苦的人生，只要還有希望，就有活下去的理由。而少林在我眼裡，就是一個商業體，販售的就是希望。這難道不是一大功德？」

見雲襄聽得瞠目結舌，圓通笑道：「聽聞公子襄不僅是千門高手，也是商界奇才，暗中掌控的商業王國已雄霸江南。可惜再高明的商界名流，在本教眼裡，都是不值一哂的無知之徒，他與本教的業績相比，永遠是螢火對比日月。」

圓通負手站起身來，居高臨下地俯視雲襄，傲然道：「佛教在千年前就以商業手段來壯大自己，這些手段足以使一切商界名流瞠乎其後。本教知道大堂的重要性，故主殿必得金碧輝煌，令人仰視膜拜；知道宣傳的重要性，故舌吐蓮花，對信徒許之以其希望的美妙前景；亦知道誠信經營的重要性，故將西方極樂世界的驗證留待信徒百年之後，以使寺廟永無欺詐之嫌；知道經營場地的重要性，故所擇者皆為天下天然之名山，使信徒勇往直前而無厭倦；也知道聯合經營的重要性，故普天之下皆辦寺院，以便同氣連枝，積眾寺之力以逐道教、景教於不可容身之地；還知道官商勾結的重要性，故高僧大德必出入宮禁，參與軍國大政。不管巴蜀葉家、江南蘇家有著多麼雄厚的實力，多麼豐富的經驗，在本教面前都不值一提。那部傳說中的聖典《呂氏商經》在佛經面前，就是一部簡陋得無以名狀的破紙。本教永遠是超越時代的偉大商業體，其理念、境界、行銷方式永遠居泰山而小天下。偉哉，佛教！大哉，佛教！王朝終會更替，滄海也將變成桑田，唯有我佛門的偉業，才能千秋萬代，永世不滅！」

圓通的臉上洋溢著興奮的紅暈，抬手端起茶杯，這次他不是要送客，而是因興奮而乾渴。一口喝乾茶水，他擱下茶杯嘆道，「許許多多塵世俗人指摘我圓通，說我將少林當成商業來經營是胡鬧，這是多麼荒唐的指責和冤枉！」說著他抬手環指四方，「是我圓通讓少林的聲望達到前所未有的高峰，門人信徒遍及天下！試問哪位高僧大德能做到我今日的輝煌？我是一位真正的聖徒，為了佛教的興盛，承當人世間的一切惡名和誣衊，我必將入高僧傳，我的功德足以西仕靈鷲峰，得到如來的接引！」

雲襄瞠目結舌地望著面前這不可一世的佛門高僧，深感自己以前對於佛教的理解還是太過膚淺。沉吟良久，他澀聲問：「為了你心中的佛門偉業，你不惜與魔門結盟，還利用少林聖物《易筋經》和舍利子，進行你所謂的經營，以達到提升少林名望的目的嗎？」

圓通渾身微顫，眼中射出駭人厲芒。幾年前那次成功的「請賊上門」，聞風而至的就包括面前這千門公子。圓通不清楚對方知道多少，這是他最不願讓人知道的隱私。這祕密若是大白於天下，少林和他的聲望必將毀於一旦！

圓通的神情變化沒有逃過雲襄的眼睛，他一招「敲山震虎」已經達到目的。坦然迎上圓通寒芒爆閃的目光，他從容笑道：「大師熟知佛門歷史，想必也知道貴教在中原數度盛極而衰，你知道是為什麼嗎？」

圓通眉梢一挑，沉聲道：「正要請教！」

雲襄淡淡笑道：「佛教確實是成功行銷的典範，我也不得不佩服。能夠擊敗佛教的只有它自己，其最大的弱點在於貪婪，為求永世之福而結緣皇室，終至無所饜足，貪求皇家之尊貴而至數度滅佛，望大師引以為戒！」

圓通心中一懍，突然想起朝廷冊封少林一事遲遲未下，已拖延數載。難道公子襄知道少林與朝廷的關係？他心中雖有些吃驚，面上卻不動聲色：「多謝公子提醒，圓通希望能交公子這樣的朋友。」

雲襄呵呵一笑，起身道：「我對佛旨與你有完全不同的理解，少林的輝煌讓我想起佛陀涅槃離世之際所預言的末法時期。不過幸虧有六祖慧能發明頓悟，說成佛只在剎那，還說『佛向心中求，心外無佛』。既然心外無佛，那麼泥塑的菩薩還留著做什麼呢？慧能的禪宗已經唱響了你所宣揚的佛教的輓歌。」

說完雲襄哈哈大笑，在圓通閃爍不定的目光中揚長而去，他邊走邊嘆道：「這次我來見方丈，原本還想要少林與魔門劃清界限，現在看來是不必白費力氣了。如今的少林已達到佛即是魔、魔即是佛、佛魔合一的絕高境界，與魔門結盟倒是自然之舉。」

圓通目送雲襄遠去的背影，神色陰晴不定，直到雲襄去得遠了，圓通才突然拍手高叫：「來人！」

一個小沙彌應聲而入，圓通目視虛空地淡淡道：「叫你覺能師兄前來見我。」

片刻後，一個方面大耳、質樸憨厚的漢子在小沙彌引領下進來。那漢子雖然穿著僧衣，蓄著頭髮，卻又不是行腳頭陀。他進門後便對圓通恭敬一拜：「覺能見過掌門方丈。」

寺院通常都有這類蓄髮的修行者，他們穿上僧衣就是修行者，脫下僧衣就是普通人。大寺院也是一大經濟實體，與其他人總有些經濟往來，可這事通常不方便由和尚來做，於是大寺院都會養幾個帶髮修行的弟子，負責與他人生意往來，這類修行者修行是其次，他們的主要職責是維持寺院的經濟運轉正常。

圓通抬手示意小沙彌退下後，用複雜的眼神打量著一臉憨笑的覺能。這是他最信賴的弟子，不過現在卻成了他最大的心腹重患。他打量許久，突然問道：「你有多久沒回過家了？」

覺能一怔，連忙道：「出家人以寺為家，既然出了家，弟子除了少林寺，就再沒有家了。」

圓通擺擺手，微微嘆道：「你在為師面前，不必如此拘謹。至愛親情，豈能說放下就放下？你去收拾一下，明日一早就回去看看父母吧。」

覺能幾乎不敢相信自己的耳朵，見圓通不是開玩笑，他不禁大喜過望，「咕咚」一聲拜倒在地，連連叩首道：「多謝掌門方丈！多謝師父！」說完滿面興奮，如飛而去。

待覺能走後，圓通臉上的慈祥笑容立刻隱去，神情漸漸變得冷漠蕭索。輕輕拍拍手，他對應聲進來的小沙彌淡淡道：「你替為師傳話下去，就說這幾天我要閉關修行，任何人不得打攪。寺中一切事務，暫時由圓泰師弟掌管。」

小沙彌退下後，圓通立刻去了寺後的靜室。那裡是他專用的閉關修行之所，在他閉關期間，任何人也不能去打攪。

小沙彌剛離開方丈的禪房，就見有人跟自己招呼：「永善！你急匆匆這是要去哪裡？」

小沙彌定睛一看，認出是少林俗家弟子羅毅。羅毅在少林輩分雖高，卻一向與眾僧親善，所以小沙彌常常忘了他師叔的身分。見他動問，小沙彌腳步不停地匆匆答道：「掌門方丈又要閉關了，我得趕緊去通知圓泰師叔，讓他暫時接替方丈管理少林。」

羅毅目送小沙彌遠去的背影，眼裡露出若有所思的神色。一套羅漢拳尚未練完，他便收勢停手，與幾個一同練功的武僧道別，匆匆離寺而去。

卻說圓通進了閉關的靜室後，立刻脫去袈裟，然後從隱密處拿出一個包裹。裡面是夜行衣、假髮等雜物，他仔細穿戴起來，片刻後就化身成一個黑巾蒙面的夜行人。接著他盤膝在靜室中坐下，等待天黑。

聽到外面傳來掌燈的鐘聲，圓通撬開靜室內一塊青石磚，露出個黑黢黢的深洞。靜室依山而建，有暗道直通後山。圓通每有隱密行動，就會假借閉關從這裡悄悄潛到後山。閉關期間靜室外有護法弟子守衛，所以沒人能夠闖進去。

沒過多久，一身夜行衣的圓通就從後山一岩洞中悄然閃出。他記得覺能的家離嵩山不遠，天亮前必能趕到。覺能是他的心腹弟子，也是幾年前在他閉關期間，將他送到北京的弟子。因為這個原因，他不得不將之滅口，甚至不敢假手旁人。若是幾年前的那樁事被人查出來龍去脈，少林的聲譽毀於一旦是小，要是暴露了朝中那位權貴與自己的關係，只怕自己就真的死無葬身之地了。想到這裡圓通心中一懍，立刻往山下飛馳而去。

天剛濛濛亮，圓通便趕到了覺能父母所在的小山村。村前有一片桑樹林，是通往山村的必經之路。這裡地勢僻靜，林木密集，光線幽暗，是理想的伏擊之地。圓通選了棵大樹飛身而上，在枝葉濃密處藏好身形，靜待覺能到來。

直到黃昏時分，天色已有些朦朧，才看到一個灰衣布袍的身影匆匆奔來，看那衣袍的樣式和披肩亂髮，必是覺能無疑。圓通再次檢查了一下夜行衣和蒙面的黑巾，相信即便面對面，覺能也認不出是自己，他才輕輕拔出腰間短劍。為了掩飾身分，他特意選了一柄劍作為凶器。

眼看覺能朦朧的身影經過樹下，圓通在心中一聲嘆息：實在是對不起，你知道了不該知道的事。你死後，我會善待你的家人。想畢，圓通從樹上一躍而下，劍如蛇信，直指樹下經過的那顆亂髮披散的腦袋。這個距離，他相信覺能決計無法避開。

眼看劍鋒就要從上至下插入亂髮之中，卻見對方一個「懶驢打滾」避了開去。其身手之靈活、行事之警覺，大出圓通預料。不過他想也沒想就又是連環三劍，對方連滾帶爬慌忙閃避，躲得雖然狼狽，卻還是避開了圓通的必殺三劍。此時圓通才發覺對方不是覺能！圓通仔細辨認半晌，終於認出來人竟是少林俗家弟子羅毅，他不知為何穿上了僧袍、披散了頭髮，所以昏暗中圓通才將他誤認成覺能。

見羅毅步步後退，圓通壓著嗓子澀聲問：「覺能在哪裡？」

羅毅沒有回答，卻突然放聲呼嘯，同時向後飛退。圓通正待追擊，卻忽聞有腳步聲匆匆逼近，聽其落地的輕盈聲響和傳來的方位，竟有七八個武功不弱的好手，呈半圓形向這邊圍逼而來。圓通立刻明白自己中了公子襄的圈套，趁著身分尚未暴露，他趕緊飛身後退，轉眼便消失在密林深處。

直到蒙面殺手去得遠了，羅毅才長長鬆了口氣。這時支援他的幾個武僧也先後圍了過來，七嘴八舌地問羅毅：「小師叔！刺客呢？哪裡去了？」

羅毅苦笑著搖搖頭。雖然雲大哥猜到圓通經他「敲山震虎」之後，必定會有所行動，所以一得知圓通讓覺能回家探親，便將他悄然攔下，自己則假扮成覺能的模樣一路急行，引殺手上鉤，但他卻沒料到圓通會親自出手。方才那三劍差點要了自己性命，現在就算加上這七八個平日交厚的少林武僧，恐怕也攔不住圓通。再說，若是揭破圓通身分，這幾個武僧還會不會幫自己也不敢肯定。見幾人動問，他只得敷衍道：「刺客太狡猾，已經逃走了。」

「奇怪，誰會在此伏擊覺能？」一個武僧疑惑地撓著光頭，他是少林十八羅漢之一，腦子雖然不夠聰明，武功卻是不弱。

「是啊！小師叔，覺能師弟平日皆在方丈身邊伺候，很少在江湖上行走，怎麼會與人結仇？」另一個武僧也疑惑地問。

羅毅攤開手，無辜地道：「這個我哪裡知道？大家一起去問問覺能好了。」

幾個和尚隨羅毅往回走，一個武僧打量著羅毅的模樣，笑著調侃道：「小師叔穿上僧衣還真像和尚，不如跟咱們一起出家了吧。」

羅毅尚未回答，另一個武僧已搶著道：「小師叔英俊瀟灑，風華正茂，還想著娶妻生子呢，哪能像咱們這樣就出家當和尚？」

幾個年輕人一路嘻嘻哈哈地說笑打鬧，全然沒有在寺廟裡的拘謹和正經。

第五十七章　用間

覺能有些拘謹地盤膝而坐，像入定的老僧般一言不發，卻又時不時偷眼打量對面那個神祕的青衫書生。從小師叔羅毅對他的恭敬態度，可知這書生必非常人，何況這書生還有一雙似乎能看透人心的眼睛，令他有些惴惴不安。

覺能是在離開少林回家探親的途中，被小師叔「請」到這處僻靜的農家。從方才小師叔和幾個少林武僧口中，他得知假扮成自己的小師叔遭到刺客伏擊，以小師叔的武功也差點喪命，這令覺能大為驚訝。

「知道為什麼有人要暗算你嗎？」書生問。見覺能茫然搖頭，他繼續道，「滅口！這代表你知道了一些不該知道的祕密，所以有人想讓你永遠開不了口。知道是誰主使嗎？」

覺能還是搖頭，就見書生悠然笑道：「你知道的祕密主要跟誰有關？再想想是誰讓你回去探望父母？」

覺能就算再笨，也立刻聯想到掌門方丈。他不禁一躍而起，急道：「圓通方丈是我恩師，他絕不會……」話剛出口他就後悔了，可惜已經說漏了嘴，再無法挽回。

書生笑咪咪地望著覺能，也沒有追問，只笑道：「你先想清楚再決定說不說。如果你不願告訴我，我不會為難你，我會讓阿毅送你回少林；如果你願意說，我會盡我所能保護你的安全。我給你半天時間考慮，想清楚後再做決定。」說完，書生帶上門悄然離去。

這是一處尋常的農家小院，覺能所在的裡屋與外面的堂屋只有一壁之隔。從裡屋能清楚聽到外間的動靜，外間有一老一少兩個家人守衛，覺能見識過他們的武功，僅憑自己根本無法從他們面前逃走。

覺能不像別的和尚那般整日在寺裡念經，他的職責使他經常要與寺外的俗人打交道，因此他比那些真正的和尚多了幾分俗人的狡詐。他心中已隱隱猜到師父為什麼要殺了自己，不過他並不打算因此出賣師父，他希望自己的忠心能讓師父改變主意。

不知過了多久，外間有人急奔而入，接著傳來小師叔羅毅焦急的聲音：「雲大哥，寺中有消息傳來，說少林至寶《易筋經》失竊，與之同時失蹤的還有圓通的弟子覺能。如今少林戒律堂武僧已傾巢而出，要捉拿盜竊《易筋經》的覺能！」

「圓通這一招好歹毒！」外間傳來那書生的嘆息，「先誣陷覺能為竊賊，之後他再要說些什麼不利於掌門的話，別人都不會相信了！」

「現在已有少林武僧趕去覺能的老家，咱們該怎麼辦？」羅毅問道。那書生沉吟片刻，下令道：「咱們立刻趕過去，要搶在少林和尚之前將覺能的父母救出來，萬不能讓他們落入圓通手中。」

一陣嘈雜之後，外間漸漸安靜下來。覺能細聽半晌，發覺只有一個名叫張寶的木訥漢子在看守自己。他心中掛念父母安危，再不願聽天由命。他見屋角有桿吊秤，便取下秤砣掛於門框之上，將秤砣的繩索繞過門上的榫頭握於手中，然後敲打柴門高叫道：「快放我出去，我願意與你們合作！」

「真的？」那漢子大喜過望，立刻打開柴門，誰知剛跨進門，就被門框上落下的秤砣打暈在地。覺能念了聲「阿彌陀佛」，立刻奪門而出，匆匆往老家趕去。

不多時，覺能趕到家門前，就見門戶洞開，裡面亂成一團，地上除了兩灘血跡，早已空無一人。他心下大急，不知該如何是好。正徬徨不定之際，就見那青衫書生與小師叔羅毅匆匆趕到，他「咕咚」一聲跪倒在二人面前，嘶聲道：「求你們救救我父母，只要我父母平安，我什麼都願意做！」

那書生扶起覺能，愧然道，「我們來遲了一步，令尊令堂已被一幫蒙面人綁走。現在能救你父母性命的，只有你自己了。」見覺能眼中有些茫然，那書生解釋道，「你父母被綁架，是因為你知道了一些不該知道的祕密，有人想以你父母為要脅，使你不敢洩漏祕密。不過，假使這些祕密不再是祕密，我想你父母反而會比較安全。」

覺能一怔，立刻明白其中關鍵。他低頭沉吟良久，最後抬頭問道：「我如果說出所有知道的祕密，你們能保證我父母的安全？」

書生從容笑道：「我以千門公子襄的名譽發誓！」

覺能心神巨震，雖然他是出家人，卻常在江湖上走動，所以對千門公子襄的名號也是早有耳聞，沒想到這名滿江湖的神祕人物，此刻就在自己面前。不過他還是不放心，又將目光轉向一旁的羅毅，就見這少年師叔笑道：「我以我師父的名義保證，你面前站著的就是千門公子襄，而他的承諾我願意用性命來擔保！」

羅毅年紀雖輕，但少林上下皆知道他是言出必踐的誠實君子。覺能再無顧慮，澀聲道：「我只知道一個祕密，就是圓通方丈常常假借閉關修行悄悄外出，我每次都為他駕車。」

雲襄與羅毅驚訝地對望一眼，雲襄沉聲問：「他常常去哪裡？」

覺能道：「不一定，有時師父就在附近轉轉，有時候卻趕往千里之外。」

雲襄想了想，又問：「你還記不記得幾年前少林被敲詐一百萬兩銀子的事情？在那前後圓通大師去過哪裡？」

覺能沉吟道：「我記得師父先後兩次悄悄去北京，好像就是在那次事件前後。」

「北京？」雲襄心中一動，忙問，「你還記不記得是北京什麼地方？圓通大師去北京後又見過什麼人？」

覺能回憶道：「具體位址我不記得了，不過大概位置還有印象，我可以把馬車經過的路線和停留的地點畫出來，希望這對公子有所幫助。」

「太好了！」雲襄大喜過望，忙讓人送上紙墨筆硯。覺能捉筆沉吟良久，然後憑記憶慢慢畫下當年馬車在北京城經過的道路和停留的地點。雲襄接過草圖，登時大喜，對羅毅欣然道：「咱們將這幅草圖與北京城的地圖稍作比較，就能查出圓通去過哪些地方，從中咱們或許可以猜到圓通閉關的真正目的。」

「我這就去查！」羅毅接過草圖高興地退下。覺能見狀大急，忙拉著雲襄催促道：「你快去救我父母啊，你答應過我的！」

雲襄悠然笑道，「你不用擔心，你的父母現在都在安全的地方。我這就讓人送你去與他們團聚。」見覺能滿臉迷惑，雲襄笑著解釋道，「請原諒我讓你擔心了，為了讓你盡快說出知道的祕密，我使了點小小手段，讓你誤以為兩位老人家被人綁架，其實他們這會兒正在一個安全的地方等著你呢。」

「原來你騙我！」覺能氣得滿臉通紅，不過一想到父母安全，他心中一塊石頭落地，便也無心計較對方的欺詐之舉，忙問，「我父母現在在哪裡？」

雲襄拍拍手，羅毅應聲而入，對覺能笑道：「師姪請跟我來，我這就帶你去。」

羅毅與覺能前腳剛出門，後腳就見筱伯面色凝重地進來，將手中的草圖遞給雲襄：「老奴在北京城待過幾年，對那裡的大街小巷也還熟悉。從覺能所畫的地圖來看，雖然圓通兩次下車的地點都不相同，卻皆是在同一座府邸的後門和側門附近；那一帶也只有這處府邸最值得留意。」

「是誰的府邸？」雲襄忙問。

「福王府！」筱伯肅然答道。

「福王府？」雲襄滿面驚訝，繼而皺眉沉思，喃喃自語道，「難道圓通與福王有不同尋常的關係？圓通在少林被敲詐一百萬兩銀子、因禍得福名滿天下之際，居然假借閉關悄悄趕到千里之外的北京面見福王，難道福王跟這件事密切相關？」他只覺腦中猶如一團亂麻，完全理不清其中的因果關係。

筱伯點頭道：「從圓通親自伏擊覺能，欲滅其口來看，他極有可能是想掩飾與福王的關係。」

「他為什麼要拚命掩飾與福王的關係？」雲襄雙眉緊皺，在房中來回踱步，「旁人若是與朝中權貴有這種關係，炫耀還來不及呢。他圓通可不是什麼清靜淡泊之輩，為什麼在這事上卻如此低調？」

筱伯沉吟道：「恐怕他與福王做了什麼見不得人的勾當，直到現在也不敢讓人知道。」

雲襄若有所思地微微頷首：「莫非當年少林能因禍得福是出自福王的授意？可少林今日為何又要與魔門結盟？這豈不是與福王和朝廷作對？圓通若與福王關係匪淺，為何要這樣做？」

筱伯笑道：「這世上沒有永遠的朋友，也沒有永遠的敵人，只有永恆不變的利益！在利益面前，敵人可以成為朋友，朋友也可以成為敵人。」

雲襄點頭道，「沒錯，人之行，利為先，這是《呂氏商經》開宗明義的一句話。不過，圓通不顧與福王的關係，公開與魔門結盟，這實在違背了『利為先』的法則。除非……」說到這裡，雲襄心下一震，頓覺豁然開朗，「除非這是出自福王的授意！可是，福王為何要授意圓通與魔門結盟，助長魔門聲勢呢？」他又再度陷入迷惑。

筱伯沉吟道，「聽說福王在朝中大權獨攬，招致滿朝文武忌恨防備，已有言官上書朝廷，要福王分權。若在此時，魔門勢力突然壯大，天下動亂紛紛，朝廷恐怕就只有仰仗福王平息動亂。如此一來，福王的地位將穩如泰山。」筱伯頓了頓，嘆道，「令少林與魔門結盟的主意若是出自幕僚，那福王身邊必有高人；若這主意是出自福王，那福王之心機與智謀，足以令天下人膽寒！公子若要與福王為敵，可得三思而後行！」

雲襄哈哈一笑，「多謝筱伯提醒，不過無論誰視天下人為芻狗為魚肉，我都要替天下人奮起抗爭，無論他是福王還是朝廷。」至此他一掃先前的迷惑，沉聲道，「圓通與福王的關係，看來是最怕讓新盟友得知，難怪連殺人滅口這種髒活，圓通也不敢假魔門之手。倘若魔門得知圓通與之結盟是出自福王授意，恐怕就得掂量掂量這個盟友可不可靠。」

筱伯神情一怔，詫異問道：「公子的意思，是要將圓通與福王的關係，暗中通知魔門？」

雲襄微微頷首笑道：「在魔門眼裡，福王就代表朝廷。咱們將消息放給魔門，再令少林做出些讓他們誤會的舉動，你想魔門會有什麼反應？」

筱伯沉吟道：「他們自然認定圓通有陰謀，以魔門一貫的作風，必會先下手為強！」

「如此一來，少林與魔門結盟一事就會煙消雲散。」雲襄慨然道，「佛、道、魔三教的結盟土崩瓦解，將會削弱魔門的勢力，福王妄圖助長魔門聲勢以穩固自己地位的陰謀也會落空！」

筱伯望著神情昂然的雲襄，憂心忡忡地提醒道：「我不懷疑公子有將三方勢力玩於鼓掌的智謀，不過如此一來，恐怕公子會成為少林、魔門及福王的公敵。這其中任何一方的力量，都足以使天下人顫慄，公子還請三思而後行。」

雲襄嘴角泛起一絲冷厲的微笑，從容道：「以天下人為敵者，天下人當共擊之！我雲襄既為其中的一分子，自然不能袖手旁觀。」

筱伯一看雲襄的表情，便知他主意已定，只得無奈問道：「公子想怎麼做？」

雲襄負手遙望虛空，如老僧入定般沉默了足有半個時辰，才對筱伯緩緩道：「你立刻去將阿毅找來，這事必須要仰仗他的應變能力才行。」

筱伯沒有多問，立刻去找羅毅，沒多久就將他帶了回來。聽羅毅說已將覺能一家送到了安全地點，雲襄放下心來，這才將自己與筱伯的測度，以及擬定的計畫詳細地對他說了一遍，最後執著他的手嘆道：「阿毅，靜空大師從小就教你做個誠實君子，而現在我卻屢屢教你去騙人，這實在是難為你了。」

羅毅笑道：「雲大哥不必多慮，我分得清是非曲直。如果誠實善良不能為少林撥亂反正，我不妨試試雲大哥的方法。」

雲襄欣慰地拍拍他的肩頭，有些擔憂地叮囑道：「你一向淳樸善良，但這次要面對的，卻是以毒辣狡詐著稱的魔門少主和光明使，而且你與他們還照過面，稍有閃失就可能丟掉性命，我實在不忍讓你去冒這個險。」

「雲大哥不必多慮。」羅毅笑道，「我從小就隨靜空師父苦練過禪定功夫，在任何人面前都不會驚惶失措，你若要找反間者，我就是最好的人選。」

雲襄望著從容淡定的少年，心下稍寬，終於拍拍他的肩頭道：「去吧！我對你有信心！」

羅毅走後，雲襄立刻讓筱伯傳令下去，要他從江南悄悄帶來的人馬，依照計畫在暗中接應羅毅。現在萬事俱備，就看羅毅的表現了。

少林寺暮鼓響徹嵩山，宣告暮色降臨大地。天邊晚霞如血，為嵩山平添了幾分肅殺之氣。就在嵩山山腰隱密處，有幾座嚴整的營帳肅穆而立，帳外有黑衣漢子守衛，帳後的旗竿上，大剌剌飄揚著魔門的烈焰骷髏圖。自從佛、道、魔三門結盟以來，魔門已毋須再掩飾其行蹤了。

營帳之內，明月使緩緩從寇元杰後心收手，小聲問：「少主，感覺好些了嗎？」

寇元杰長長吁了口氣，點頭道：「嗯，好多了！」那日在濟生堂被「奪魂琴」音劍擊中，直到現在他才感覺大致復原，而被孫妙玉所傷的淨風和力宏則仍臥病在榻，天心居的武功果然不同凡響。

自與少林結盟後，圓通曾力邀魔門教眾在少林寺客房落腳，但卻被寇元杰婉言謝絕。這次少林對佛、道、魔三教結盟表現得太過熱心，令寇元杰不得不多留個心眼。因此他堅持在這處易守難攻的山坳中紮營，擇吉日再與少林、武當共商結盟的具體事宜。

活動了一下手腳，寇元杰精神一振，緩緩步出帳外。外面已是月色朦朧，四野無光，夜幕籠罩嵩山。他一聲輕嘯，拔劍迎風而舞，隨他出來的明月使讚道：「看少主的劍勢，傷勢應已痊癒，屬下這就放心了。」

「明月，你我年歲相仿，你尚長我幾歲，以後在我面前，你不必如此拘謹。」寇元杰收劍道。明月忙拱手道：「少主在上，聖教尊卑有別，長幼有序，明月不敢不恭。」

寇元杰嘆了口氣，心知光明四使從小就受到父親嚴苛的訓練，在自己面前早已養成了這種奴才一樣的稟性，用父親的話來說，就是要將他們訓練成爪牙俱利、卻又忠心耿耿的狗。而今來看，父親的目的算是達到了，但寇元杰一點也不開心。雖然他身邊有著無數忠心耿耿的教眾，卻沒有一個可以說說心事的朋友，這讓他倍感孤獨。

緩緩收起長劍，寇元杰正待回帳，忽聽不遠處傳來衣袂飄忽的聲響和跌跌撞撞的腳步聲，寇元杰立刻目視明月：「去看看！」

明月身形一晃，如大鳥般沒入黑夜。片刻後他拎著一個僧袍破爛、披頭散髮的男子過來，隨手扔在地上，對寇元杰道：「是個帶髮修行的和尚，方才還有兩個少林僧緊追不捨，被屬下使了點小手段引開了。」

寇元杰看了看那和尚的模樣，只見他滿臉血汙，看不清本來面目。他用腳撥了撥那人，隨口問：「怎麼回事？」

那人驚慌地叫道：「施主救命，掌門方丈要殺我！」

寇元杰一怔，問道：「圓通大師為何要殺你？你是誰？」

那人喘息道：「在下……在下覺能。」

「覺能？」明月有些驚訝，「就是那個盜了《易筋經》，正被少林戒律堂追緝的覺能？」

那人點點頭，跟著又連連搖頭：「我……我沒有盜經！」

少林戒律堂在追緝一個盜經的弟子，寇元杰早已從眼線那裡得到了密報。他原本沒有放在心上，今見對方說詞矛盾，他不禁好奇地問道：「你沒有盜經，戒律堂為何要捉拿你？」

覺能突然閉上了嘴。寇元杰見狀，假意對明月吩咐道：「既然他不願說，還是將他送回少林吧。」

覺能嚇了一跳，急道：「千萬不要！我要是被送回少林，那就死定了！」

寇元杰柔聲道：「那你告訴我，圓通大師為何要殺你？只要你說出來，我說不定可以幫你。」

「真的？」覺能將信將疑地問。明月立刻斥道：「咱們少主的話你也敢懷疑？」

「你、你是魔門少主？」覺能又吃了一驚，見寇元杰肯定地點了點頭，他一咬牙，斷聲道，「我不會說，我什麼都不會說！就算方丈不相信我，我也絕不會出賣方丈！」

覺能越是這樣說，寇元杰越是好奇。他對明月使了個眼色，明月立刻心領神會，一掌按在對方前胸膻中穴上，內力微微一吐，覺能立刻發出駭人的慘叫。叫聲剛起，又被明月閉住了穴道，再發不出聲來。

「把你知道的都說出來，不然我讓你想死都死不了。」寇元杰盯著憋得兩眼通紅的覺能，悠然笑道。他知道明月最擅長刑訊逼供，鐵打的漢子也禁不起他的陰毒內力。

果然，覺能堅持了片刻後，終於嘶聲道：「我……我說，快鬆手。」

明月稍稍收回內力，覺能方喘息道：「掌門方丈常常假借閉關，悄悄離開少林，每次都是由我趕車。」

寇元杰聞言啞然失笑：「圓通大師耐不住寂寞，偷偷離開少林去風流快活，這也不算什麼大事，犯得著殺你滅口嗎？」

覺能遲疑了一下，又說道：「他是怕我洩漏他與朝中權貴往來之事，就在這次佛、道、魔三教結盟大會之前，他才剛從北京悄悄趕回少林。」

寇元杰面色微變，忙問：「圓通與朝中權貴有瓜葛？是誰？」

覺能搖頭道：「我不知道是誰，只記得每次停車的地點都是青龍巷。」

寇元杰再次變臉。他對北京城雖稱不上熟悉，但青龍巷附近只有一處權貴的府邸，那就是權傾朝野的福王官邸。若是圓通與福王有勾結，那他與魔門的結盟就……寇元杰額上冷汗涔涔，難怪圓通對結盟如此熱心，原來是出自福王授意！

示意明月將覺能帶到帳中，寇元杰又細細盤問了覺能一回，這才得知圓通與福王早在幾年前就關係匪淺。那年少林被敲詐一百萬兩銀子，卻因禍得福名滿江湖，圓通事後立刻趕到京城面見福王，這其中的關節令人深思。如今圓通在見過福王後，又主動與魔門修好，此事必有陰謀！寇元杰很慶幸上天將覺能送到了自己面前。

就在這時，忽聽帳外傳來守衛的驚呼，接著就見一個黑影傲然闖入帳中，明月一見之下連忙拜伏於地，寇元杰則大喜過望，迎上前拜道：「爹，你……您老怎麼趕來了？」

原來闖入的黑衣老者，正是魔門門主寇焱，尾隨他到來的除了長老施百川，還有一個面如白紙的年輕乞丐和一個神情冷厲的倭人。就聽寇焱一聲冷哼：「你飛鴿傳書說有人公開揭穿了本教天降聖火的奧祕，更有天心居高手傷了淨風和力宏。天心居固然不可小覷，可褻瀆天火的神聖，動搖教徒的信念，這對本教的打擊堪稱致命，為父不趕來行嗎？」

「這都是公子襄所為！」寇元杰將這幾日發生的事仔細說了一遍，最後指著一旁的覺能，「幸虧光明神將這人送到孩兒面前，不然咱們還不知圓通與咱們結盟，竟是包藏禍心。」

寇焱一聲輕嗤，「無利不起早，你以為圓通與咱們結盟，真是存了盡釋前嫌的心思？只是他竟然與福王祕密往來，倒是出乎為父預料。」說著他轉向覺能，眼中閃爍著妖異的光芒，盯著覺能的眼眸問道，「圓通多次進京面見福王，此事屬實？」

覺能的眼神漸漸迷離起來，魂不守舍地答道：「掌門方丈多次假借閉關悄悄進京，但他去見誰我不知道，覺能只是每次都將他送到青龍巷而已。」

寇焱眼中光芒更盛：「這次他可是從京城回來之後，才決定與本教結盟？」

見覺能茫然點頭，寇焱再無懷疑，在他的攝魂術之下，很少有人能說假話。他揮手令明月將覺能帶下去，然後轉向兒子道：「看來圓通是在朝廷的示意下才與咱們結盟，此事必定有詐，咱們得先下手為強。」

「咱們該怎麼做？」寇元杰忙問。寇焱沉吟道，「連夜派人送信給圓通，就說盜竊《易筋經》的傢伙已經被你抓獲，讓他明日到此來領人。」見兒子滿面疑惑，寇焱解釋道，「如今四大光明使已傷其二，圓通以為吃定了你，他必定會親自帶人連夜來提覺能。假使覺能已洩漏他的祕密，他也不怕與你翻臉；假使覺能尚未開口，他便會趕在第一時間滅口。可惜他不知我已趕到嵩山，還帶來了幾個得力幫手，屆時咱們設伏將圓通拿下，用為父新煉成的失魂丹奪其心智，屆時少林與咱們的結盟，就只能假戲真做了。」

「父親已煉成失魂丹？」寇元杰大喜過望，「有失魂丹之助，何愁大事不成？」說完他轉向父親身後那個年輕乞丐和倭人，「這兩位是……」

寇焱指著兩人介紹道：「這是當年大名鼎鼎的南宮世家三公子南宮放，這位則是東瀛浪人東鄉平野郎。他們是被公子襄平倭一戰弄得走投無路，這才前來投奔為父，二人都是不可多得的人才！」

寇元杰連忙與二人見禮。原來南宮放和東鄉平野郎逃離荒島後，被魔門長老施百川引薦給了寇焱，之後又隨寇焱在西疆隱伏多年，這次隨寇焱趕來中原，是因為寇焱有重大計畫要仰仗二人相助。

幾個人見禮完畢，寇焱虎視眾人，沉聲道：「這次西疆之行，我終於說動瓦剌可汗忽畢勒出兵中原。瓦剌十萬大軍正在集結，三個月後即可發兵。為配合瓦剌大軍的行動，南宮公子將作為瓦剌內應，領瓦剌先鋒偷襲大同守軍，全殲大明鎮西軍，打開通往北京和中原腹地的大門；而東鄉君則要盡快趕回東海，糾集失散的同僚，重振往日聲勢，擾襲沿海諸省，使大明海防駐軍不敢馳援西疆；而咱們則要借這次佛、道、魔三教結盟的聲望，三個月後於中原腹地起兵舉事，與瓦剌大軍遙相呼應，一舉摧毀大明帝國！所以，這次能否制服並控制圓通，進而控制少林，並藉由少林控制中原武林，是計畫之關鍵！」

幾個人臉上皆閃過興奮之色，齊聲道：「請門主下令，咱們定依計行事！」

寇焱大步來到帳案後坐定，對兒子道：「你即刻差人去見圓通，就說盜竊《易經筋》的竊賊已被你抓獲，讓他明早來這裡提人。圓通為防祕密洩漏，必定會連夜趕來。你率明月使和慧心使在帳外迎接，為父與施長老、南宮公子和東鄉君在帳後埋伏。就算是少林通、泰、安、祥四大高手齊至，也逃不出咱們的手心！」

寇元杰心領神會地點點頭：「我這就去安排！」說完拱手出帳，去安排帳外的埋伏，並派人送信給圓通。

魔門教眾的駐地離少林並不算遠，不到一個時辰，就見圓通率十幾名武僧匆匆趕到。寇元杰迎上去一看，圓通竟率領少林十八羅漢齊至。十八羅漢一套羅漢陣天下馳名，用來應付明月使和慧心使，以及魔門數十教眾綽綽有餘，難怪圓通有恃無恐了。

寇元杰拱手笑道：「不過是個盜經的小賊，值得圓通大師親自跑一趟嗎？還率領十八羅漢齊至，好像信不過咱們似的。」

圓通見寇元杰神情坦然，帳外的守衛也寥寥無幾，倒顯得自己有些小題大作了。他尷尬地笑笑，合十道：「寇少主多心了，實在是《易筋經》對少林太過重要，貧僧不敢再有任何閃失。」

寇元杰理解地點點頭，抬手示意道：「覺能就在帳中，大師裡邊請！」

圓通見明月使及慧心使俱在帳外，便對十八羅漢吩咐道：「你們在此守候，我隨寇少主去提人！」十八名武僧心領神會，立刻守在帳外，隱隱監視著明月和慧心。

圓通隨寇元杰進入帳中，就見幽暗的大帳裡伏著一人，身著血跡斑斑的僧衣，披頭散髮看不清面目。圓通緩步走上前，揮袖捲向那人的頭髮，將他從地上拎起來。就在這時，那人懷中寒光一閃，一道劍光如毒蛇吐信般突襲而至。這一劍無論方位還是速度都極其精妙，圓通只得後退躲閃，幾乎同時，頭頂有刀風倏然而至，其毒辣凶悍尤在那一劍之上，封住了他後方的退路，而左方又有掌風洶湧而來，功力竟不輸給光明四使。

前有毒劍、後有利刃，左方又有掌風襲來，匆忙中圓通只得往右閃避，於電光石火的瞬間避開了刀劍和掌風。誰知看似安全的右方，竟是最隱密的陷阱，只見一隻大手從帳外倏然探入，牛皮帳在這一抓之下竟如紙一般碎裂。圓通猝不及防，被這一抓死死扣住咽喉。緊跟著就見一個黑衣老者從帳外生生擠了進來，眼裡滿是貓捉老鼠般的戲謔。

圓通眼裡浮現恐懼之色，他雖然從未見過寇焱，但方才這一抓的氣勢，讓他立刻想起那個絕跡江湖二十年的一代魔頭。

偽裝成覺能的南宮放，以及埋伏在帳頂的東鄉平野郎，和左方書案後的施百川俱現出身形，三人臉上帶著得意的微笑。三人武功皆達一流境界，再加上二十多年前就天下無敵的寇焱，擒下圓通根本不算難事，難的是要不驚動帳外的十八武僧，所以四人才安排了這聯手一擊，總算在圓通出聲呼救前將之擒下。

寇焱封住圓通穴道，這才緩緩放開手。圓通得以喘息，正待呼救，卻聽寇焱冷冷道：「你就算出聲呼救，也沒人救得了你，還會白白搭上十八個禿驢的性命。」

圓通張張嘴，最終沒有發出半點聲音。有寇焱在此，再加上方才出手偷襲的幾個絕頂高手，就算叫十八羅漢進來，恐怕也救不了自己。他也是心思敏捷之輩，立刻換上副笑臉拱手拜道：「貧僧不知寇門主在此，多有冒犯，還望恕罪。」

「貧僧？你很窮嗎？」寇焱眼裡泛起一絲譏笑，「少林富可敵國，你這掌門方丈若都在叫窮，那這世上恐怕就沒幾個富人了。」

圓通尷尬地笑笑，回道：「少林確有一點餘財，如今咱們既與魔門結盟，自然就是一家人。少林的財產就是魔門的財產，只要寇門主開口，三五十萬兩咱們也還拿得出來。」

「你將老夫當成綁架敲詐的綁匪嗎？」寇焱一聲冷笑，「三五十萬兩，虧你拿得出手。」

圓通見寇焱眼裡滿是嘲諷，略一遲疑，咬牙道：「我願拿出一百萬兩銀子孝敬門主，這是少林的全部家當了，望門主高抬貴手。」

寇焱眼中的譏笑之色越發濃烈，他盯著圓通淡淡道：「我要的是整個少林，你一百萬兩銀子就想將我打發？」

圓通面色微變，卻毫不遲疑地道：「少林既與魔門結盟，就已決心追隨門主。圓通不才，願率領少林上下，為門主效犬馬之勞。」

寇焱一聲冷哼：「你對福王，是不是也這樣表忠心？」

圓通面色大變，再說不出話來。只聽寇焱冷冷問道：「少林與我教結盟，是否出自福王授意？」

圓通不知寇焱知道多少，不敢隱瞞，無奈地點頭道：「沒錯。」

「福王為何要你這樣做？」寇焱追問道。圓通搖搖頭：「貧……在下只是依福王諭令行事，至於原因在下實在不知。」

寇焱點點頭：「你知道朝廷與本教不共戴天，現在少林何去何從，就在你一念之間。」

圓通忙道：「在下願率領少林上下追隨門主，共謀大事。」

「很好！」寇焱淡然吩咐，「你告訴帳外的武僧，就說你與元杰有要事商議，讓他們先回去，三天後再來接你。」

圓通遲疑片刻，心知就算讓十八個武僧闖進來，也救不了自己。他只得照寇焱的話對帳外的武僧大聲吩咐。眾武僧雖然覺得奇怪，卻也不敢違逆，只得先行回寺。待他們走後，寇焱從懷中掏出一個瓷瓶，倒出一粒潔白如銀的丹丸，遞給圓通道：「你既然願意效忠本門，就該拿出點誠意。這裡有一枚丹丸，你只有吃了它，老夫才會完全相信你。」

圓通盯著寇焱掌心那粒白得刺眼的丹丸，失聲問：「這是什麼？」

「失魂丹。」寇焱淡淡道，「你放心，這不是毒藥，相反的，它還是珍貴無比的仙家聖藥。你吃了它，就能感受到佛經裡所描述的西方極樂世界的快樂。」

圓通還想拒絕，寇焱卻突然出手在他頷下一點，圓通不由自主地張開嘴，那枚丹丸立刻飛入他口中，丹丸在寇焱內力催逼下，瞬間便落入他的肚內。圓通拚命咳嗽，卻再吐不出來。

寇焱拍拍圓通肩頭，不陰不陽地笑道：「你要知道，失魂丹珍貴無比，一畝地的罌粟僅能煉出十幾顆，不是隨便哪個人都能吃到。相信不出三天，你就會求著老夫給你失魂丹。」

寇焱的話聽在圓通耳中已有些飄渺，四周的景物也如夢境般不真實。圓通穴道受制，無法用內力壓制藥性，所以藥性發作極快，片刻功夫他就感覺頭暈目眩，腳下飄飄然如在雲端，四肢百骸有說不出的舒暢，身心更是前所未有的愉悅，眼前閃爍著七彩的光芒。這種欣悅的感覺是如此強烈，相信傳說中的西方極樂世界，也不過如此吧。

見圓通一掃得道高僧的模樣，失魂落魄地倒在地上，發出令人不堪的微微呻吟，臉上洋溢著發自內心的微笑，在場數人除了寇焱，俱驚得目瞪口呆。南宮放不禁喃喃問道：「這是什麼藥，藥性竟然如此詭異？」

寇焱笑道：「這是從罌粟果中提煉出的精華，有令人身心愉悅的功效。這種愉悅比男歡女愛更為強烈，南宮公子要不要嘗嘗？」

南宮放嚇了一跳，連忙擺手：「這丹藥如此珍貴，門主就不要浪費在小人身上吧。」

「說得也是。」寇焱笑著收起瓷瓶，嘆道，「我在崑崙山中隱居十八年，歷盡千辛萬苦，也才煉成這百十顆失魂丹。就算現在依法炮製，每枚丹丸的造價也不是常人可以想像，所以不是如圓通這樣的一派至尊，還真沒資格享用老夫的失魂丹呢。」

南宮放鬆了口氣，笑問道：「這失魂丹除了讓人失魂落魄之外，不知還有什麼功效？」

寇焱詭祕一笑：「這失魂丹最厲害的地方，就是常人一旦服食上癮，就再也放不下，每三五天必服食一次，不然就百爪撓心、萬蟻噬髓，比天底下任何酷刑都要厲害。」

南宮放恍然大悟，連連點頭：「如此一來，圓通就只能乖乖聽門主號令，少林一派從此也就惟門主之命是從了。」

寇焱哈哈一笑，對寇元杰吩咐道：「讓人看緊圓通，這失魂丹只需連服三天，他就再逃不出這藥物的控制，從此成為咱們手中的傀儡。」

寇元杰立刻叫來明月，讓他將圓通帶下去嚴密看管。明月將圓通帶走後，寇焱轉向東鄉平野郎：「東鄉君，這裡大事已定，你立刻與施長老趕回東海，那裡有我的人接應，他們將助你在三個月內重振海上雄風。」

東鄉平野郎大喜過望，忙鞠躬道：「多謝寇門主鼎力襄助，東鄉將永遠追隨門主，共謀大明天下！」說完拱手告退，與施百川如飛而去。

寇焱將目光轉向南宮放，滿是期待地沉聲道：「駐守大同府的鎮西軍是大明精銳，而鎮西將軍武延彪更是與江浙總兵俞重山齊名的虎將。你要在三個月內摸清鎮西軍的駐防虛實，屆時引瓦剌先鋒朗多，一舉將之全殲，打開通往中原和北京城的大門。」

南宮放拜道：「門主放心，在下不會讓門主失望。」

寇焱拍拍南宮放肩頭：「事成之後，我將助你奪回宗主之位，並替你除掉大仇公子襄！從今往後，你將是我魔門和瓦剌永遠的朋友！」

南宮放感動地點點頭：「既然如此，在下就立刻趕去大同，早做準備。」

寇焱點點頭，親自將南宮放送出大帳，目送著他的背影直到消失在夜幕之中。然後他對尾隨而出的兒子淡淡道，「三天之後，圓通必對為父惟命是從，屆時令他出面，請武當掌門風陽子去少林一晤，為父將照今晚的辦法收伏風陽子，以實現佛、道、魔三教真正的結盟。到那時，三教弟子可組成一支聖戰大軍，以『清君側，正綱常』的旗幟舉事，與瓦剌大軍遙相呼應，直取北京！」說到這裡他頓了頓，嘆道，「從清除佛、道兩教異己，到組成聖戰大軍，僅有三個月，上天留給咱們的時間已經不多了。」

如此驚天大事，從父親口中徐徐道來卻顯得波瀾不驚。寇元杰心神巨震，遲疑半晌，憂心忡忡地道：「瓦剌大軍乃虎狼之師，一旦突入中原，恐怕……」

寇焱嘆道：「為父何嘗不知瓦剌人的野心，但若不借瓦剌之力動搖大明根基，咱們豈能於亂中取利？若天下不亂，咱們連一點機會都沒有。」

寇元杰神情複雜地抬頭遙望星空，突然想起母親所說的天心，這些曾令他熱血沸騰的宏圖霸業，與母親「為天地立心」的胸懷相比，實在微不足道。他不禁黯然道：「戰亂一起，不知有多少婦孺將在戰火中殞命。母親天上有知，一定會為之悲慟吧？」

「你千萬不能有這種想法！」寇焱一把抓過兒子，緊盯著他的眼眸喝道，「我雖然敬重你母親，但卻絕不容你被她的婦人之仁迷惑。古來成大事者，可以無知、可以愚蠢、可以懦弱、可以失敗，卻絕不能有半點婦人之仁！你若再有這種想法，我就當沒有你這個兒子！」說到最後已是聲色俱厲。

從未在父親眼中看過如此可怕的神色，寇元杰心下一寒，忙道：「爹爹教訓得是，孩兒知錯了。」

寇焱神色稍霽，冷冷道，「你不能再有這種想法，更不能在旁人面前顯露出來。一旦動搖了教眾的信念，我將以教規論處！」見兒子愧然低下頭，他緩緩放開兒子，「現在是本教舉事的關鍵時刻，你不能再有任何雜念。快去布置人手，為三日後征服少林、武當做最後準備。」

就在寇焱父子送南宮放出帳後不久，假扮成覺能的羅毅悄悄從帳內閃出，狸貓般摸向帳後的密林。乍然驚聞魔門如此隱密的計畫，他不敢有任何耽擱，立刻向後山飛逃而去。本來以他的武功修為，很難瞞過寇焱等人的耳目，不過一方面他從小隨靜空修習禪定功夫，氣息比旁人細微綿長得多；另一方面他成功偽裝成武功平常、又身負重傷的覺能，而覺能只是個小人物，因此魔門教眾對他的看管並不嚴密，使他僥倖得聞寇焱的計畫，又從魔門駐地悄然逃脫。

沒多久，羅毅趕回後山與雲襄等人會合，立刻將聽到的祕密一字不漏地告訴了對方。雲襄聽得驚心動魄，沒想到魔門不僅要一舉征服佛、道兩教泰山北斗，更要集三教之力禍亂天下，並引倭寇與瓦剌侵擾中原，天下安寧已危如累卵。

羅毅顧不得洗去滿臉血汙，緊張地盯著來回踱步的雲襄急問道：「雲大哥，你快想想辦法，一定要阻止魔門吞併少林的野心！」

雲襄徘徊了七八圈之後，終於停下腳步，對緊盯著自己的羅毅等人道：「咱們立刻趕去見武當掌教風陽子，只有說動他挺身而出，才能阻止寇焱吞併少林、武當的計畫！」

《千門》第五部　完

高寶書版集團
gobooks.com.tw

DN 271
千門（五）：千門之心

作　　者　方白羽
特約編輯　余純菁
助理編輯　陳柔含
封面設計　黃馨儀
內頁排版　賴姵均
企　　劃　何嘉雯

發 行 人　朱凱蕾
出　　版　英屬維京群島商高寶國際有限公司台灣分公司
　　　　　Global Group Holdings, Ltd.
地　　址　台北市內湖區洲子街88號3樓
網　　址　gobooks.com.tw
電　　話　(02) 27992788
電　　郵　readers@gobooks.com.tw（讀者服務部）
傳　　真　出版部　(02) 27990909　行銷部 (02) 27993088
郵政劃撥　19394552
戶　　名　英屬維京群島商高寶國際有限公司台灣分公司
發　　行　英屬維京群島商高寶國際有限公司台灣分公司
初版日期　2022年 7 月

國家圖書館出版品預行編目(CIP)資料

千門. 五, 千門之心 / 方白羽著. -- 初版. -- 臺北市：英屬維京群島商高寶國際有限公司臺灣分公司, 2022.07
　面；　公分. --（戲非戲；DN271）

ISBN 978-986-506-446-4（平裝）

857.7　　111008339

凡本著作任何圖片、文字及其他內容，
未經本公司同意授權者，
均不得擅自重製、仿製或以其他方法加以侵害，
如一經查獲，必定追究到底，絕不寬貸。
版權所有　翻印必究